ULRICH RADERMACHER

Saukerl

ULRICH RADERMACHER

Saukerl

Kommissar Alois Schöns erster Fall

GMEINER SPANNUNG

Dieses Buch wurde vermittelt durch
die Literarische Agentur Kossack

Besuchen Sie uns im Internet:
www.gmeiner-verlag.de

Im Ehnried 5, 88605 Meßkirch
Telefon 07575/2095-0
info@gmeiner-verlag.de

1. Auflage 2016

Lektorat: Claudia Senghaas, Kirchardt
Herstellung: Mirjam Hecht
Umschlaggestaltung: U.O.R.G. Lutz Eberle, Stuttgart
unter Verwendung eines Fotos von: © bruzzomont / photocase.de
Druck: GGP Media GmbH, Pößneck
Printed in Germany
ISBN 978-3-8392-1839-6

Personen und Handlung sind frei erfunden.
Ähnlichkeiten mit lebenden oder toten Personen
sind rein zufällig und nicht beabsichtigt.

1. KAPITEL

Im Schweinestall herrschte tierischer Lärm. Es war heiß und es stank fürchterlich. Offensichtlich war die Lüftung des landwirtschaftlichen Gebäudes an diesem Sommertag mit den Ausdünstungen und Exkrementen seiner Bewohner überfordert. Hunderte zukünftige Schnitzel, Koteletts, Haxen und Eisbeine scharten sich um Bauer Huber. Ferkel und Muttertiere, Schweine jeder Generation und Größe suchten neugierig die Nähe des Hofbesitzers. Nur der alte Eber schaute sich das Treiben aus der Ferne an. Ruhig stand er in seiner verschlossenen Box.

Eine besonders vorwitzige Sau machte sich daran, den Rücken des Landwirts zu erklimmen. Denn Anton Huber regte sich nicht mehr. Er lag tot in der Mitte des Stalls. Blut rann aus seinem Hinterkopf. Es floss über seine unrasierte Backe über den geöffneten Hemdkragen entlang zum Betonboden, wo es sich mit dem Urin der Borstentiere vermengte. Zwei Spanferkel leckten den roten Saft vom Hals des Verstorbenen. Ob sich die Aufnahme des Menschenblutes durch die Tiere auf den Geschmack der späteren Wurst auswirken würde, interessierte sie nicht. Warum auch? Schweine machen sich keine Gedanken über ihr Leben nach dem Tod. Ob sie als Ganzes oder in Einzelteilen verkauft werden. Und ob sie an der Theke eines heimischen Metzgers oder einer bundesweit agierenden Supermarktkette ihr Lebenswerk vollenden.

Die Tür zum Stall wurde streng bewacht. Alfred Mayerhofer, ein Beamter der örtlichen Polizeiwache, achtete mit Argusaugen darauf, dass niemand den Tatort betreten konnte, bevor die Spurensicherung eintraf. Außer den Schweinen natürlich. Gegen deren Übermacht hatte der Polizeiobermeister nicht die geringste Chance. Zwar hatte man ihn darüber informiert, dass der Huber-Bauer regungslos im Schweinestall liegt. Aber das war noch lange kein Grund, sofort mit einer Hundertschaft anzurücken. Denn von einer blutenden Kopfwunde hatte die Frau, die den Vorfall meldete, kein Wort erwähnt. Ein Herzinfarkt oder ein Schwächeanfall war doch bei diesem Wetter viel wahrscheinlicher. Deshalb hatte Mayerhofer einen Rettungswagen angefordert, ehe er die kurze Strecke von der Wache zum Hof zu Fuß antrat.

Dem erfahrenen Polizeibeamten reichte ein flüchtiger Blick, um festzustellen, dass der Krankenwagen nicht mehr benötigt wurde. Stattdessen verständigte er die Spurensicherung sowie Hauptkommissar Schön in der Hansastraße. »Bringen Sie am besten Ihre Gummistiefel mit«, hatte er dem Leiter der Mordkommission geraten. Zwar hatten die Schweine der Exekutivgewalt umgehend Platz gemacht, jedoch wurde jeder Quadratzentimeter, den der Polizist bei seinem Rückzug wieder freigab, sogleich von einem der Ringelschwänze besetzt. Mayerhofer blieb daher nichts anderes übrig, als auf Verstärkung zu warten. Er entschloss sich, bis zum Eintreffen der Kollegen die Eingangstür zu bewachen und die bisher einzige Zeugin zu befragen. Wobei der Begriff ›lockere Unterhaltung‹ besser gepasst hätte. Denn bei der Frau, die das Verbrechen gemeldet hatte, handelte es sich um eine allseits bekannte Lehrerin der örtlichen Grundschule. Martina Scharf hatte schon die Kinder des Polizeiobermeisters unterrichtet. Man kannte sich also. Von Elternabenden und Sportfesten genauso wie vom Verkehrsunterricht für die 4. Klasse.

Der Polizist musterte die Zeugin von oben bis unten, obwohl er sie schon zigmal gesehen hatte. Eine zierliche, drahtige Person. Von Kopf bis Fuß kein Gramm Fett. Für seinen Geschmack war die Frau zu mager und ihre Arme zu muskulös. Doch für den, der sportliche Damen mag, überaus attraktiv. Blaugrüne Augen, blonder Pagenkopf, nur wenige Falten. Ein hübsches Dekolleté, klein und fest. Ein Nachbarsjunge hatte einmal erzählt, dass seine Lehrerin ihrem Namen alle Ehre machen würde. Sie sei die schärfste Lehrerin an der ganzen Schule. Etwas frühreif für einen Drittklässler, jedoch durchaus zutreffend. Mayerhofer erinnerte sich, dass Frau Scharf einmal erzählt hatte, dass sie in den Osterferien in eineinhalb Tagen von München an den Gardasee gefahren war. Mit dem Fahrrad wohlgemerkt, nicht mit dem Auto. Sie hatte ihm sogar die Anzahl der bewältigten Höhenmeter mitgeteilt, allerdings hatte er diese vergessen.

Mit dem Rennrad war Martina Scharf auch heute auf Achse. Sie hatte es an die Außenwand des Schweinestalls gelehnt.

»Ist das eine Maßanfertigung?«, bewunderte Mayerhofer das gute Stück.

»Kein Unikat, aber natürlich passend auf meine Größe zusammengebaut.«

»Wie lange sind Sie schon unterwegs?«

»Knapp zehn Minuten. Als ich am Anwesen der Hubers vorbeifuhr, hörte ich ein lautes Quieken. Nicht von einem Schwein, sondern der Lärm einer ganzen Horde. Ich fuhr zum Stall und sah den Toni da liegen.«

»Haben Sie den Stall betreten?«

»Nein, die obere Hälfte der Stalltür stand offen. Das reichte, um zu sehen, dass der Toni in Schwierigkeiten war. Bedauerlicherweise hatte ich mein Handy nicht dabei. Also habe ich mich sofort wieder aufs Rad gesetzt und bin zu Ihnen gefahren.«

»Das haben Sie gut gemacht! Haben Sie sonst jemanden auf dem Hof gesehen? Frau Huber vielleicht?«

»Keine Menschenseele.« Martina Scharf hatte bereits eine Hand am Lenker: »Kann ich jetzt weiterfahren?«

»Tut mir leid. Die Mordkommission hat bestimmt noch einige Fragen an Sie.«

»Bitte was?« Die Lehrerin runzelte die Stirn.

»Ich denke, ich lehne mich nicht zu weit aus dem Fenster, wenn ich behaupte, dass Anton Huber erschossen wurde. Hauptkommissar Schön wird gleich hier sein.«

»Das ist ja furchtbar!« Martina Scharf ließ ihr Fahrrad los, um sich mit beiden Händen an der Stallwand abzustützen. Entgeistert starrte sie auf den Boden.

Inzwischen waren ein Gerichtsmediziner sowie die Herren von der Beweissicherung am Tatort eingetroffen. Auf den in München üblichen Leichenbeschauer hatte man verzichtet. Denn eine Schusswunde am Kopf ist kein natürlicher Sterbegrund und ebenso wenig ein Indiz für einen Unfall. Mit vereinten Kräften und vier Kollegen von der örtlichen Wache gelang es, alle Schweine in ihre Boxen zurückzutreiben. Mögliche Ferkel-Schlupflöcher wurden mit Brettern verbarrikadiert. Danach war die Todesursache schnell geklärt. Die Kugel steckte noch im Schädel des Toten. Weitere Details wie Einschusswinkel und genaues Modell der Tatwaffe würden die Experten bei der Obduktion herausfinden. Gottlob war die Leiche von Anton Huber bis auf minimale Bissspuren an Hemd und Hose sowie leichte Abdrücke der Paarhufer unversehrt.

Die Beamten der kriminaltechnischen Untersuchung standen dagegen vor einer ungleich schwierigeren Aufgabe. Der alte Schweinestall und sein Betonboden waren eine echte Herausforderung für die Spezialisten. Zweifelsohne war es ein Leichtes, tierisches von menschlichem Blut zu unterscheiden. Aber brauchbare Spuren zwischen Stroh, Gülle und Futterresten zu finden, war weitaus komplizierter. Außerdem stand zu befürchten, dass die Schweine mit ihrer Schleckerei viele Indizien weggelutscht hatten. Zumal niemand wusste, wie lange der Huber-Bauer bereits in seiner aktuellen Position lag.

Abgesehen davon war nicht ausgeschlossen, dass der Mörder aus sicherer Entfernung geschossen hatte. Wenn der Täter ein guter Schütze war, hätte er den Stall nicht einmal betreten müssen. Und durch die Verwendung eines Schalldämpfers hätte schon das Öffnen einer Sektflasche mehr Krach als dieses abscheuliche Verbrechen verursacht. Wobei mögliche Passanten bei einem derartigen Geräusch auf einem Bauernhof wohl eher von der Fehlzündung eines Traktors als von einem Mord ausgehen würden. Schließlich befindet sich der Huber-Hof in Bayern, wo die Welt und die Kriminalstatistik noch in Ordnung sind.

Alois Schön wollte die Arbeit der Kollegen im Stall nicht stören. Ein kurzer Blick auf die Leiche genügte ihm. Sogar Julia Neubauer, die ältere der beiden Kommissaranwärter, die derzeit in seinem Team ihr Hauptpraktikum absolvierten, war deshalb aufgefordert worden, vor der Stalltür zu warten. Der Leiter der Mordkommission hatte die 23-Jährige gebeten, ihn zum Tatort zu begleiten: »Die meisten Zeugen fühlen sich wohler, wenn ein Mann und eine Frau als Ermittler auftreten. Außerdem sehen vier Augen mehr als zwei.« Denn Kommissarin Natascha Frey befand sich noch im Urlaub.

Als er wieder ins Freie trat, wurde er von Martina Scharf bereits ungeduldig erwartet: »Kann ich jetzt gehen? Meine Kinder warten!« Unruhig schob die Lehrerin ihr Fahrrad hin und her.

»Wir benötigen noch Ihre Aussage.« Alois Schön trat an die Zeugin heran. Mit einem Taschentuch fuhr er sich über seine dunkelblonden Stoppelhaare, um die wenigen Schweißperlen, die sich während seines kurzen Aufenthalts im Stall gebildet hatten, zu trocknen.

Julia blieb dagegen stehen.

»Schon erledigt«, mischte sich Alfred Mayerhofer ein.

»Genau! Also brauchen Sie mich nicht mehr!«

»Kennen Sie den Toten?« Alois Schön sah die Zeugin freundlich an.

»Natürlich. Den Huber Toni kennt doch jeder!«

»Stimmt! Und die Zeugin ebenfalls. Sie ist Lehrerin an unserer Grundschule.«

Der Leiter der Mordkommission hob missbilligend die Augenbrauen, bevor er sich vom Polizisten wegdrehte. Er atmete tief durch, wodurch sich sein trainierter Brustkorb sichtbar weitete. »Konnten Sie erkennen, ob Herr Huber noch lebt?«

»Nein. Ich war ja nicht im Stall. Ich sah den Toni dort liegen und bin daraufhin sofort zur Wache gefahren!«

»Warum sind Sie nicht zu ihm gerannt, um zu helfen? Das können Sie doch sicherlich!«

»Ich dachte, es wäre wichtiger, den Rettungswagen zu verständigen.« Mit ihren herunterhängenden Schultern und den gekreuzten Beinen wirkte die Lehrerin in diesem Moment wie ein Schulmädchen, das zum Direktor zitiert worden war, um einen Verweis in Empfang zu nehmen.

»Haben Sie um Hilfe gerufen?«

»Nein.«

»Warum nicht?«

Martina Scharf antwortete nicht, sondern starrte angestrengt auf ihr Rad. Ihre hageren Finger zerknüllten die ledernden Fahrradhandschuhe wie ein Papiertaschentuch. Wobei ihr Blick auffallend leer war.

Alois Schön traf daraufhin folgende Entscheidung: »Frau Scharf, ich denke, wir sollten uns einmal in Ruhe unterhalten. So schnell wie möglich.«

Die Gesichtszüge der Angesprochenen versteinerten sich mit jedem Wort, das an ihre Ohren drang. Bis die Sätze des Kommissars wieder freundlicher klangen: »Momentan brauchen wir Sie hier nicht. Sie können also nach Hause fahren und sich frisch machen.

Jedoch erwarte ich Sie um 17 Uhr bei uns in der Hansastraße! Oder sollen wir Sie abholen, wenn wir hier fertig sind?«

»Nein danke, ich fahre lieber selber.« Die Zeugin schwang sich auf ihr Fahrrad und fuhr davon.

»Wohnte der Tote allein auf dem Hof?«

»Nein, aber scheinbar waren zum Zeitpunkt der Tat alle ausgeflogen.«

»Dann lassen Sie uns die Nachbarn befragen, Kollege Mayerhofer.«

Doch leider war das Haus, das an den Betrieb angrenzte, verwaist. Erst nach einer Viertelstunde kehrte die Nachbarin mit dem Auto zurück. Sie grüßte den örtlichen Polizisten und seine Begleitung freundlich. Schnell erkannte sie, dass man sie sprechen wollte: »Kemmans mit.« Noch im Hausflur beantwortete sie die erste Frage: »Der Anton war die letzdn Wochan alloa. Sei Frau is scho seit a paar Wochan auf da Reha und da Bua seit'm Fasching im Internat.«

»Wissen Sie, in welchem?« Julia schrieb fleißig mit.

»Na. Irgendwo in oaner Privatschui am Starnberger See.«

»Was ist mit der Tochter?«, warf Alfred Mayerhofer ein.

»De wohnt scho seit letzten August in Minga.«

»Haben Sie eine Adresse für uns?«

»Na, aber das sollt' doch für Eana ka Problem sein!«

»Stimmt«, nickte Alois Schön, »gibt es sonst etwas, was wir wissen sollten?«

»Duad ma leid, i war den ganzen Tag unterwegs.«

»Wo waren Sie denn?«

»Beim Einkaufa in Ingolstadt Village.«

»Können Sie das belegen?«

»Brauch i vielleicht an Alibi?« Argwöhnisch verzog die Bäuerin ihr Gesicht.

»Könnte nicht schaden!«, mischte sich Alfred Mayerhofer abermals ein.

»Heildst du mi für a Mörderin?«

Alois Schön sah, wie die Ader an der Schläfe der Bauersfrau immer dicker wurde: »Ein Kassenbeleg würd' schon genügen.«

»Wenns mögen, können S' die gerne zahlen!«, knallte die Frau ein Bündel Papier, das sich vorher in ihrem Portemonnaie befunden hatte, auf den Tisch.

Ruhig nahm Alois Schön einige der Kassenbons in die Hand und betrachtete die Aufdrucke. Diese belegten eindeutig, dass die Nachbarin mehrere Stunden im Outlet-Center verbracht hatte und somit als Täterin nicht infrage kommen konnte.

»War Ihr Hof während Ihrer Abwesenheit völlig verwaist?«

»Abgesehen von unserem Hund und de zwoa Katzn schon!« Die Nachbarsfrau beruhigte sich nur sehr langsam.

»Wo war Ihr Mann? Oder Ihre Angestellten?«

»Mei Mo? Draußen aufm Feld. Alloa. Unsere Polen san scho längst wieder in ihrer Hoamad!«

»Danke. Bitte informieren Sie uns, wenn Ihnen noch etwas einfällt.« Alois Schön legte seine Visitenkarte auf den Tisch. »Wir kommen auf Sie zu, sollten wir weitere Fragen haben.«

»Wenn's denn sei muass.«

Inzwischen war der Leichenwagen eingetroffen, der die sterblichen Überreste von Anton Huber zur Obduktion in die Rechtsmedizin bringen sollte. Die Schweine verharrten ruhig in ihren Boxen, sodass die Spurensicherung ihrer Arbeit ungestört nachgehen konnte. Alfred Mayerhofer wurde beauftragt, das Alibi des Nachbarn zu überprüfen. Er werde ihm unverzüglich auf dem Feld einen Besuch abstatten, zeigte sich der Polizeiobermeister sehr engagiert.

Anschließend ging Alois Schön mit Julia zu seinem Auto, um in die Hansastraße zurückzufahren. Für die Beamten der Mordkommission gab es hier nichts mehr zu tun. Ihre Gummistiefel hatten sie ebenfalls nicht anziehen müssen.

2. KAPITEL

Martina Scharf erschien pünktlich im Kommissariat. Entspannt saß sie auf ihrem Stuhl, als Alois Schön mit Martin den Vernehmungsraum betrat. Nachdem Julia den Chef zum Tatort begleitet hatte, durfte ihr Klassenkamerad die Protokollierung der Zeugenaussage übernehmen.

»Allmächd! Wos mochd die denn hier?«, entfuhr es dem Franken, als er die Lehrerin erblickte.

»Servus, Martin!«

»Ihr kennt euch?«

»Nur flüchdig! Mir habe uns neilich im Kunsdbark Osd ganz nedd underhalde.«

»Das stimmt«, lächelte die Zeugin.

»Möchten Sie, dass ein anderer Kollege für die Protokollführung eingeteilt wird?«

»Nicht nötig, Herr Kommissar. Der Martin macht das bestimmt ausgezeichnet. Außerdem habe ich nichts zu verbergen!«

»Dann erzählen Sie uns bitte noch einmal, wie Sie die Leiche von Herrn Huber gefunden haben, Frau Scharf.«

Die wiederholte, was sie bereits am Tatort erzählt hatte. Dass sie auf ihrer Trainingsrunde am Huber-Hof vorbeigekommen sei und sehr laute Geräusche aus dem Schweinestall vernommen habe. Als sie den Huber-Bauern regungslos im Stall liegen sah, habe sie ihm von der Tür aus zugerufen: ›Toni, was ist los?‹ Doch dieser habe keinen Laut von sich gegeben oder sonst wie reagiert. Daraufhin sei sie sofort zur Wache gefahren. Anschließend habe sie mit dem Mayerhofer draußen vor dem Stall auf das Eintreffen der Kriminalbeamten aus München gewartet. Warum sie nicht in den Stall gelaufen sei oder um Hilfe gerufen habe, wisse sie bedauerlicherweise immer noch nicht. Obwohl sie sich diesbezüglich während der ganzen Fahrt ins Dezernat das Hirn zermartert habe. Das Einzige, was ihr zu diesem Thema noch eingefallen sei, sei der Umstand, dass sie nicht habe erkennen können, dass der Toni tot sei, weil er von Dutzenden von Schweinen umringt war. Erst der Mayerhofer habe ihr gesagt, dass man ihn erschossen habe. »Mehr kann ich leider nicht zur Aufklärung Ihres Falles beitragen, Herr Kommissar«, schloss die Zeugin ihren Bericht emotionslos ab.

»Wann sind Sie von zu Hause losgefahren?«

»Ungefähr Viertel vor zwei. Ich war nicht einmal zehn Minuten unterwegs!«

»Gibt es dafür Zeugen?«

Martina Scharf rückte mit ihrem Stuhl ein paar Zentimeter nach hinten und verschränkte die Arme vor der Brust. Für einen kurzen Augenblick waren ihr Mund und ihre Augen weit geöffnet: »Brauche ich etwa ein Alibi?« Doch schon einige Sekunden später hatte sie sich wieder unter Kontrolle: »Dann habe ich Pech gehabt. Die Kinder waren noch in der Schule, und mein Mann, wie es sich für diese Uhrzeit gehört, in der Firma.«

»Ist nicht so schlimm, Frau Scharf. Aber warum haben Sie überhaupt angehalten?«

»Weil die Schweine so laut waren! Ein ohrenbetäubender Lärm!«

»Trotzdem hätten Sie weiterfahren können. Quiekende Ferkel sind ja nichts Ungewöhnliches auf einem Bauernhof.«

»Richtig, Herr Kommissar. Aber so laut waren sie noch nie. Also wollte ich wissen, was da los ist.«

»Oder gab es noch einen weiteren Grund?«

»Nein«, lächelte die Zeugin, »ich gebe ja zu, dass ich ein neugieriger Mensch bin. Aber das ist doch kein Verbrechen!«

»Stimmt.« Alois Schön nickte freundlich, bevor er das Thema wechselte: »Wie gut kannten Sie Herrn Huber?«

»Ich kenne alle Einheimischen bei uns! Schließlich unterrichte ich seit über 20 Jahren an unserer Grundschule. Außerdem wohnen wir schon eine Ewigkeit im Ort.«

»Dann können Sie uns bestimmt Einiges über die Familie Huber erzählen.«

»Vermutlich nicht so viel, wie Sie sich erhoffen, Herr Kommissar. Wir waren nicht eng befreundet. Man kannte sich halt. Vom Maibaumaufstellen oder unserem Dorffest.« Martina Scharf setzte sich auf ihrem Stuhl ein wenig zurück: »Der Hof existiert bereits seit Jahrzehnten. Schweinezucht, wie Sie gesehen haben. Die Hubers haben zwei Kinder. Die Tochter ist so Anfang 20, der Sohn müsste elf sein. Er kam letztes Jahr aufs Gymnasium.«

»Hatte Herr Huber Feinde?«

»Sieht ganz so aus. Sonst säßen wir beide heute nicht hier!«

»Können Sie das bitte genauer ausführen?«

Martina Scharf antwortete nicht. Sie wich den Blicken des Kommissars aus und beschenkte stattdessen Martin mit einem hinreißenden Lächeln.

»Frau Scharf, jetzt zieren Sie sich nicht so. Wenn Sie möchten, kann ich noch deutlicher werden: Kennen Sie jemanden, dem Sie einen Mord an Herrn Huber zutrauen?«

»Na ja, sein Schweinestall mitten im Ort war so manchen ein Dorn im Auge. Ist ja kein Wunder, so wie es da im Sommer stinkt. Da will ich auch kein Hotel vis-à-vis haben!«

»Der Hotelbesitzer war also nicht gut auf Herrn Huber zu sprechen?«

»Bestimmt nicht. Die beiden wären ihr Lebtag nicht mehr Freunde geworden. Aber den Toni deswegen umbringen? Das kann ich mir ehrlich gesagt nicht vorstellen. Außerdem könnte es dann der halbe Ort gewesen sein.«

»Kann man denn wegen des Gestanks nichts machen?«

»Scheinbar nicht«, zuckte Martina Scharf mit den Achseln, »wenn Sie es genau wissen wollen, fragen Sie am besten unseren Bürgermeister.«

»Gute Idee, das machen wir. Bitte rufen Sie uns an, wenn Ihnen noch etwas einfällt!«

»Mach ich gerne!« Die Zeugin nahm Schöns Visitenkarte entgegen und verließ schnellen Schrittes das Dezernat.

Bestens gelaunt und braun gebrannt erschien Natascha Frey am nächsten Morgen im Büro.

»Du schaugst fei echt guad aus«, kommentierte Martin ihren Teint.

»Ich hab' mich ja auch bestens erholt«, lächelte die hübsche Kommissarin. Sie wusste, dass der Franke für sie schwärmte, hielt ihn aber für gewöhnlich mit frechen, provokativen Sprüchen auf Distanz. Nicht nur, weil sie eine Beziehung zu einem Kollegen für unprofessionell hielt, sondern vor allem weil er nicht ihr Typ war: Martin war gerade mal so groß wie sie, also 1,73 Meter, Brillenträger und zwei Jahre jünger als sie und Julia. Abgesehen davon hatte sie von Männern derzeit noch die Nase voll. Ihr letzter Freund hatte sich im Februar verabschiedet, weil sie ihm wegen der Prüfungen auf der Polizeiakademie nicht genügend Aufmerksamkeit schenken konnte. Vermutlich war es besser so, denn dieses Verhalten zeugte nicht gerade von Liebe und Rücksichtnahme. Immerhin hatte das den Vorteil, dass sich ihr Liebeskummer in Grenzen gehalten hatte. Zum Glück hatte die Trennung nicht das Examen beeinflusst, und im Grunde passte die Situation, so wie sie momentan war. Sie genoss ihr Leben als Single und konzentrierte sich voll auf ihre Karriere bei der Kripo. Die Arbeit im Team von Alois Schön, dem sie seit März angehörte, machte ihr Spaß. Aber dieses Kompliment ging runter wie Öl und deswegen schüttelte sie erfreut ihre blonde Mähne.

»Das freut mich, Natascha. Denn es wartet viel Arbeit auf uns. Wir haben einen brandneuen Mordfall!«

Über den aktuellen Sachstand informierte Alois Schön seine Mitarbeiterin auf der Fahrt zum Bürgermeister.

»Uns sind die Hände gebunden!«, kam dieser sofort auf den Punkt. »Landwirtschaft ist ein privilegiertes Vorhaben, und der Hof war zuerst da. Da können Sie nicht so einfach sagen, der Schweinestall muss weg!«

»Hat Herr Huber denn nicht mit sich reden lassen?«

»Er hat darauf spekuliert, dass ihm die Gemeinde das Nachbargrundstück veräußert. Dann hätte er groß bauen können!«

»Warum haben Sie ihm nicht einfach das Grundstück verkauft?«

»Weil er es praktisch geschenkt haben wollte, Frau Frey! Allerdings sind wir als Gemeinde verpflichtet, einen angemessenen Preis zu erzielen. Sonst kriegen wir Probleme mit unserer Rechtsaufsicht!«

»Demzufolge waren also einige Leute im Ort nicht gut auf Herrn Huber zu sprechen«, stellte Alois Schön lapidar fest.

»Kann man so sagen.«

»Als da wären?«

Der Blick des Bürgermeisters schlängelte sich zwischen den beiden Kommissaren hindurch zum Fenster: »Zank und Streit gibt es bei uns häufiger …« Nervös trommelte er mit den Fingern auf seinem Schreibtisch. »… wie in jeder Ortschaft!« Erneut entstand eine kurze Pause: »Aber deswegen bringt man doch keinen um!« Erst jetzt war der Rathauschef wieder in der Lage, seine Gesprächspartner anzuschauen.

»Das Verhältnis zum Hotelbesitzer gegenüber soll nicht das beste gewesen sein.«

»Richtig. Der Gruber Wast hat ja auch am meisten unter dem Schweinestall gelitten. Allerdings hätte er ihn deshalb schon vor Jahren umbringen können!«

»Bei unseren Damen war der Toni sehr beliebt!«, stellte die Sekretärin, die gerade den Kaffee hereinbrachte, mit einem Leuchten in den Augen fest.

»Danke, Frau Roithmeier, ist schon gut«, wiegelte

ihr Chef ab. Daraufhin verließ die Assistentin den Raum.

»Was meint sie damit?«

Der Bürgermeister überlegte, bevor er antwortete: »Der Anton war halt ein gestandenes Mannsbild, groß, durchtrainiert, gut aussehend. Darüber hinaus konnte er ausgezeichnet tanzen. Auf so einen steht die Damenwelt!«

»Aber er war doch verheiratet!«, wandte Natascha ein.

»Stimmt. Das war er auch. Allerdings war der Bursche schon in seiner Jugend kein Kostverächter.«

»Würden Sie bitte konkreter werden?«

»Sie müssen mich verstehen, sehr geehrter Kommissar Schön. Ich möchte keine falschen Gerüchte verbreiten oder mir ein Urteil über die Ehe der Hubers anmaßen.«

»Wir ermitteln hier in einem Mordfall!«

»Sie haben ja recht.« Der Gemeindevorsteher tupfte sich die Schweißperlen von seiner Stirn. »Man erzählt sich, dass der Anton mit einigen Frauen im Ort nicht nur geflirtet haben soll.«

»Können Sie Namen nennen?«

»Schöne Augen hat er vielen gemacht, und gerüchteweise hört man von mehreren: Unsere neue Kindergärtnerin soll genauso wie die Wurstverkäuferin aus unserem Supermarkt seinem Charme erlegen sein. Angeblich soll er auch eine Jugendliebe aufgefrischt haben. Aber gesehen habe ich ihn bisher nur mit einer. Rein zufällig auf dem Nachhauseweg vom letzten Dorffest.«

»Was haben Sie gesehen?«

»Na, dass er mit einer Dame, die nicht seine Angetraute war, hinterm Bierzelt rumgeknutscht hat! Und dass er seine Hände da hatte, wo sie nicht hingehören.«

»Jetzt machen Sie es nicht so spannend. Mit wem hat sich Herr Huber da verlustiert?«

Obwohl ihm die Antwort erkennbar schwerfiel, gab es für den Gemeindevorsteher kein Zurück mehr: »Mit Martina Scharf, unserer Grundschullehrerin!«

Alois Schön und Natascha Frey sahen sich wortlos an. Kurz darauf beendeten sie das Gespräch im Rathaus.

Von dort waren es bis zum Landgasthof Gruber nur wenige Hundert Meter, die sie zu Fuß zurücklegten. Die Mitarbeiterin an der Rezeption erklärte, dass der Hotelbesitzer momentan in der Küche unabkömmlich sei: »Bei uns kocht der Chef noch selbst!«

»Ich denke, er wird sich für uns und unser Anliegen die Zeit nehmen. Sagen Sie bitte Ihrem Chef, dass wir in der Gaststube auf ihn warten.«

Keine fünf Minuten später kam Sebastian Gruber in der für diese Berufsgruppe typischen Kleidung an den Tisch der Beamten: Die Hose in Pepita weiß-schwarz, weiße Kochjacke mit halbem Ärmel und dem Emblem des Gasthofes sowie die obligatorische Mütze auf dem Kopf. »Griaß Eahna, wie kon i Eahna heaifa?«

»Wir hätten ein paar Fragen zum Tod von Anton Huber«, legte Alois Schön seinen Dienstausweis auf den Tisch: »Sicherlich haben Sie schon vom Ableben Ihres Nachbarn gehört!«

»Freili hob i des. Im ganzen Ort gibt's koa anders Thema mehr.« Der Gastwirt stemmte seine muskulösen Arme in die Hüften: »Aber dem Hundskribbe woan i koa Träne noch!«

»Könnten Sie sich bitte setzen, damit wir uns in Ruhe unterhalten können?«

»Na guad. Wenn's denn sei muss.« Sebastian Gruber hielt für einen Moment inne: »Gebens ma zwoa Minuten. I sog schnell in der Küch' Bscheid, dass es länger dauert! Bestellns Eahna sich was bei da Bedienung. Geht aufs Haus!«

»Sie ham Glück, dass momentan ned so vui los is«, kehrte er kurz darauf an den Tisch der Beamten zurück.

»Wie laufen die Geschäfte?«, erkundigte sich Natascha.

»Ja mei. Man wurschtelt sich so durch. Is nimmer so einfach, wie es früha amoi woar. Die Leit ham ned mehr so vui Geld, und jeder Sportverein hat seinen eigenen Wirt und seine eigenen Partys. Des gschpüra mi a!«

»Und Ihr Hotel? Läuft' s da besser?«

»Wo dengan Sie hi? Ein paar Handwerker und Monteure. Oder wolln Sie Urlaub nem an Saustoi macha?«

»Womit wir beim Thema wären«, setzte Alois Schön die Unterhaltung fort. »Wie war denn Ihr Verhältnis zu Anton Huber?«

»Des hob i doch scho g'sagt. Der soll in der Höll' schmoren. Denn in de Himmi kimmt der nia und nimmer!«

»Sie wissen, dass Sie sich mit solch einer Aussage belasten?«

»Des is mir wurscht. Denn i wars net!«

»Aber ein Motiv hätten Sie!«

»I? Na, wirkli net! Da hätt' i die Huberin ja mit umbringa müss! Sonst wärn die Fackeln nie wegkemma!«

Diesem Argument konnte Alois Schön nicht widersprechen: »Wie lange kannten Sie denn schon Herrn Huber?«

»Mir waren in derselben Klass' und haben midanand a Fußball gspuilt!«

»Dann waren Sie früher einmal gute Freunde.«

»Freili. Frühа woar der Anton einer meiner besten Spezln!«

Daraufhin erzählte Sebastian Gruber, dass ihm der Tote sogar beim Bau der kleinen Pension, aus der der heutige Hotelbetrieb hervorging, geholfen hatte. Doch dann habe es Streit zwischen den Freunden gegeben, weil sich eine Freundin des Huber-Bauern in den Gastwirt verliebt hatte. Selbst die Tatsache, dass bei Sonja und ihm zwei Jahre später die Hochzeitsglocken geläutet hätten, hätte das zerrüttete Verhältnis nicht kitten können. Der Huber sei halt ein sehr nachtragender Mensch gewesen.

»Und der Schweinestall in Ihrer Nachbarschaft hat die Situation noch weiter angeheizt.«

»Des kennas glaum. Friea hod der ja ned so vui Viecher g'hobt.

Erst als i aus der Pension a Hotel gemocht hob, fing der a an, zu expandieren. Mehrfach hob i ihm a gscheites Angebot gmacht, dass der Stoi wegkimmt. Mehr als der goanze Dreck wert war. Aber der Hundskrüppel wollt' mir nur oans auswischn. Wegen der Sonja!« Es war unübersehbar, wie der Hals und das Blut in den Adern des Hotelbesitzers anschwollen. Selbst seine Augenlider schienen dicker zu werden.

»Ist Ihre Frau zu sprechen?«, interessierte sich Natascha Frey für zusätzliche Details der privaten Beziehung zwischen dem Toten und der Familie des Gastwirts.

»Die is verreist, zu ihrer Muatter.« Doch die Art und Weise, wie der Gasthofbesitzer antwortete, warf bloß neue Fragen auf. Durchdringende Blicke aus vier in Verhörtechnik geschulten Augen veranlassten ihn, noch schnell, aber leise, hinzuzufügen: »Mir ham in den letzten Wocha a kloane Krise ghabt.« Dabei senkte er den Kopf auf seinem massigen Körper. Sebastian Gruber saß da, als könne er nicht bis drei zählen.

»Hatte Ihre Ehekrise mit Anton Huber zu tun?«

»Ko scho sei«, raunzte er, ohne die Kommissare anzuschauen. Seine Pupillen richtete er weiterhin starr auf den massiven Eichentisch.

»Könnten Sie bitte ein bisschen konkreter werden?« Natascha konnte ebenfalls hartnäckig sein.

»Na. Des geht Eana nix o!«

»Natürlich geht uns das etwas an! Schließlich haben Sie jetzt schon zwei Motive, Herrn Huber umzubringen!«

»I wars aber ned!« Der Hotelier haute mit der flachen Hand auf die Tischplatte.

»Ihr Kaffee schmeckt ausgezeichnet!« Alois Schön nahm erneut einen kräftigen Schluck der schwarzen Brühe, die die Kellnerin serviert hatte. Es war ihm ein Bedürfnis, die Gesprächsatmosphäre abzukühlen, bevor er einen weiteren bedeutsamen Punkt ansprach: »Besitzen Sie eine Waffe, Herr Gruber?«

»Ja freili! Schaun's Eahna doch amoi um. I bin im Schützenverein!«

Das war unübersehbar. An den Wänden der Gaststube hingen zahlreiche Schützenscheiben, die der Hotelbesitzer gestiftet oder selbst gewonnen hatte. Mal wurde er Brezenkönig, mal Wurstkönig und ein paar Mal sogar

Schützenkönig. »Ober mei Gewehre und Pistolen hoab i im Vereinsheim. Und über jede Patrone führ i genau Buach!«

»Das ist vorbildlich!« Alois Schön hatte kein Interesse daran, dass sich Sebastian Gruber länger aufregte: »Ist Ihnen denn gestern etwas auf dem Huber-Hof aufgefallen?«

»Na. Der Hof geht mir om Oarsch vorbei!«

»Der Mord passierte um die Mittagszeit. Sagen wir zwischen elf und 13.30h Uhr!«

»Do bin i in der Küch' gstandn.«

»Die Schweine müssen ungewöhnlich laut gewesen sein!«

»Des is mir wurscht. Auf dem Hof kann a Bombn explodieren, und des interessiert mi immer no ned!«

»Womöglich hat sich ja ein Hotelgast beschwert?«, hatte Natascha eine neue Idee.

»Na!«

»Sicher? Egal, wir werden Ihre Gäste später selbst befragen!«

»Es is koana mehr da von de Leit. Die san alle gestern abgereist! Und neie Gäst san heit ned kemma!«

Alois Schön erkannte, dass die wirtschaftliche Situation des Hotelbetriebs nicht rosig war. Dennoch reichte ihm diese Aussage nicht: »Danke für Ihre Offenheit. Könnten wir trotzdem noch einen kurzen Blick in Ihre Bücher werfen?«

»Des geht jetzt aber wirkli zu weit!«

»Ihre aktuelle Bilanz und Ihre Kontoauszüge würden uns fürs Erste genügen.«

»Muss des sein?«

»Ja. Es sei denn, Sie es ziehen vor, von uns wegen

Flucht- und Verdunkelungsgefahr festgenommen zu werden. Dann warten Sie bei uns in München, bis wir uns einen Beschluss von der Staatsanwaltschaft besorgt haben.«

»Kemmans mit in mei Büro!«

Der kleine Raum platzte aus allen Nähten. An der Wand stapelten sich die Aktenordner im Regal, ein Stuhl stand hinter dem Schreibtisch und einer davor. Das war's. Der Platz reichte gerade aus, dass man die Tür öffnen konnte, ohne an den Besucherstuhl zu stoßen. Sebastian Gruber musste den Bauch einziehen, um hinter den Schreibtisch zu gelangen. Er öffnete eine verschlossene Schreibtischschublade und knallte einen dünnen Ordner auf den Tisch: »Hier, damit a Ruah is.«

Die finanzielle Lage des Hotelbesitzers erwies sich als äußerst bescheiden. Die GmbH hatte die letzten Jahre so gut wie keine Steuern bezahlt, das Privatvermögen, sofern es nicht als Sicherheit für bestehende Kredite diente, war weitestgehend aufgebraucht. Dennoch hatte die Bank bisher stillgehalten.

»Eigentlich müsste ich Sie festnehmen«, fasste Alois Schön die Ergebnisse der Vernehmung zusammen, »aber ich will noch einmal ein Auge zudrücken, wenn Sie uns versprechen, sich zu unserer Verfügung zu halten und uns zu informieren, wenn Sie München verlassen!«

»Wo soll i denn hi? I ko doch do ned weg!«

»Da warst du heute aber sehr großzügig, Alois«, stellte Natascha auf dem Rückweg zum Auto fest.

»Kann sein. Allerdings müsste ich mich schon sehr täuschen, wenn er der Mörder ist. Trotz oder gerade wegen der vielen Motive, die er hat. Glaub mir, Natascha, wenn der etwas zu verbergen gehabt hätte, wäre er nicht so offen gewesen.« Anschließend griff er zum Handy, um sich von Julia die genaue Adresse von Martina Scharf geben zu lassen. Denn die hatte offensichtlich entscheidende Details bei ihrer Aussage verschwiegen.

3. KAPITEL

Familie Scharf wohnte in einer Reihenhaussiedlung der besseren Art. Selbst einem erstmaligen Besucher blieb nicht verborgen, dass sich die Bewohner der Straße ab und zu einen Gärtner leisteten. Die Häuser waren breiter, die Grundstücke größer als die in München heute üblichen Neubausiedlungen der Marke »Wohnen auf der Treppe mit Grünflächen in Handtuchgröße«. Das Rosenbeet und ebenso der Rasen machten einen gepflegten Eindruck, litten jedoch unter der Sommerhitze.

Die Lehrerin saß auf der Terrasse, als die Kriminalbeamten klingelten. Barfuß und nur mit einem modischen Wickeltuch bekleidet, bat sie die Kommissare in den Garten. Auf dem Tisch unter der orangefarbenen Markise standen eine halb gefüllte Salatschüssel neben einem benutzten Teller mit Besteck sowie einer Tube Sonnencreme, Lichtschutzfaktor 15. Ein Glas, halb voll mit Prosecco, zeugte von dem Umstand, dass Martina Scharf bereits beim Nachtisch ihres Mittagessens angelangt war.

»Frau Scharf, wir haben Informationen, dass Sie uns bei Ihrer Aussage wichtige Dinge verschwiegen haben«, kam Alois Schön gleich auf den Punkt, »aber vielleicht sollten wir das drinnen besprechen.«

»Wir können gerne draußen bleiben. Um diese Uhrzeit bin ich die Einzige in unserer Straße, die zu Hause ist. Auch die Kinder sind noch in der Schule. Lassen Sie uns das laue Lüftchen auf meiner Terrasse genießen!«

»Wenn Sie meinen.« Der Leiter der Mordkommission nahm auf einem Gartenstuhl gegenüber der Verdächtigen Platz, während sich Natascha an die Kopfseite des Tisches setzte. »Bitte sagen Sie es, wenn Sie unser Gespräch doch lieber in Ihrem Wohnzimmer weiterführen wollen.«

»Ich wüsste nicht, was ich Ihnen noch berichten könnte. Ich habe Ihnen doch bereits alles gesagt!«

»Sie haben uns Ihr Verhältnis mit Anton Huber verschwiegen!«

»Bitte was?«, zog die Beschuldigte die Stirn in Falten, »ich soll eine Affäre mit dem Huber-Bauern gehabt haben? Wer verbreitet denn solch eine Unverschämtheit?«

»Man hat Sie gesehen.«

»Das kann nicht sein. Da muss man mich verwechselt haben. Schließlich bin ich glücklich verheiratet!«

»Das ist ein Grund, aber kein Hindernis«, gab Natascha zu bedenken.

Die Blicke ihres Chefs wanderten währenddessen von der Terrasse ins Wohnzimmer der Familie. Von seinem Platz konnte Alois Schön die Schrankwand mit den Familienfotos gut sehen. »Wie lange sind Sie denn schon verheiratet, Frau Scharf?« Mit seiner Frage konnte er gerade noch verhindern, dass sich die Lehrerin aufregte. Sie hatte schon Luft geholt und die Lippen gespitzt, vermutlich um mit einer Schimpftirade zu beginnen. Doch nun antwortete sie: »Schon mehr als 20 Jahre!«

Von den verwunderten Blicken der Zeugin verfolgt erhob sich Alois Schön, um sich die Familiengalerie genauer anzusehen. Auf der Anrichte standen Fotos von den Kindern in ihren verschiedenen Lebensabschnitten: als Babys, bei der Einschulung, bei der Kommunion. Des weiteren Urlaubsfotos mit der Mutter, den Großeltern sowie mit Freunden. Andere Porträts zeigten Martina Scharf an ihrem 30. Geburtstag oder bei einem Grillfest. Nur Ehemann Walter war nirgendwo abgelichtet. Selbst ein Foto von der Hochzeit des glücklichen Paares fehlte.

»Wie alt sind Sie, Frau Scharf?«, kehrte Alois Schön in den Garten zurück.

»Das geht Sie überhaupt nichts an!«

»Darf ich Sie schätzen?« Der Leiter der Mordkommission konnte über die bockige Art der Lehrerin nur grinsen.

»An Ihrer Stelle würde ich mir gut überlegen, was Sie jetzt sagen!«

»Also gut. Lassen wir das. Wie alt ist denn Ihr Mann?«

»55«, kam die Antwort wie aus der Pistole geschossen.

»Dann sind Sie ja um Einiges jünger!«

»Korrekt.«

»Und wie alt sind Ihre Kinder?«

»Zwölf und 15.«

»Also zu jung, um im Kunstpark Ost zu verkehren.« Martina Scharfs Gesichtszüge wirkten nun noch härter, als sie ohnehin schon waren.

»Und weil Ihre Ehe so glücklich ist, amüsieren Sie sich in der Disco mit jungen Burschen wie unserem Kollegen Martin!« Natascha traute ihren Ohren nicht. Hatte sie das richtig verstanden?

»Ich habe lediglich eine junge Kollegin begleitet!« Alois Schön verzog keine Miene und schwieg.

Bis der Lehrerin die Stille unangenehm wurde: »Ich geb' ja zu, ich habe mit Ihrem Mitarbeiter ein wenig geflirtet. Er hat mir nette Komplimente gemacht, und darauf habe ich dann reagiert. Dagegen ist doch nichts einzuwenden!«

»Und mit Herrn Huber haben Sie ebenfalls nur den neuesten Dorftratsch ausgetauscht.«

»Stimmt genau, mit dem Toni habe ich mich auf dem Dorffest sehr nett unterhalten.«

Alois Schön zog die Augenbrauen nach oben.

Worauf Martina Scharf ergänzte: »Außerdem haben wir miteinander getanzt. Vielleicht hat mir dabei der Toni auch mal an den Po gelangt oder mich etwas enger geführt. Aber so etwas darf man nicht überbewerten!«

»Ich werde meinen Mitarbeiter um Bestätigung Ihrer Aussage bitten!«

»Was glauben Sie, was passiert, wenn herauskommen würde, dass ich ein Techtelmechtel mit einem blutjungen Kerl wie Ihrem Auszubildenden hätte?«, betonte die Pädagogin bewusst den Konjunktiv ihrer Äußerung, »oder mit irgendeinem anderen Mannsbild in unserem Ort. Mein Ruf wäre auf Jahre hinaus ruiniert. Dann könnte ich meinen Job an den Nagel hängen!« Mit dem Blick eines Hundebabys sah sie Alois Schön an.

Dennoch ließ sich dieser nicht erweichen. »Eben. Sie haben uns mehrfach belogen und ein geradezu klassisches Motiv für den Mord an Herrn Huber. Daher werde ich Sie festnehmen. Wegen Verdunkelungsgefahr!«

»Sie machen Witze!« Mit offenem Mund und einem künstlichen Lächeln sah Martina Scharf den Leiter der Mordkommission an.

Doch dieser antwortete todernst: »In diesen Dingen

spaße ich nicht!« Wer Alois Schön kannte, wusste, dass er es hasste, angelogen zu werden. »Ich schlage vor, Sie rufen Ihren Mann an, dass er sofort nach Hause kommt. Mir ist egal, welche Erklärung Sie für Ihr morgiges Fernbleiben in der Schule abgeben, aber unterrichten werden Sie definitiv nicht!«

Es dauerte ein wenig, bis Martina Scharf ihren Ehemann von der Dringlichkeit der Situation überzeugt hatte. Rasch einigte man sich auf ein plötzlich aufgetretenes Leiden, das es erforderte, die Lehrerin für die nächsten Tage krankzuschreiben. Und wie es sich für einen guten Vater und Ehemann gehört, sagte Walter Scharf alle seine Termine in der Firma ab. Während er den Familienanwalt über den Stand der Dinge unterrichtete, verließ seine Frau gemeinsam mit den Kommissaren die Reihenhaussiedlung.

Zurück in der Hansastraße bat Alois Schön Kommissaranwärter Martin zu einem Gespräch unter vier Augen in sein Büro. Im Westen konnte er aus dem 5. Stock bis nach Pasing und südwärts Richtung Sendling schauen. Selbst wenn er auf den Feierabendstau am Mittleren Ring oder die Ausläufer des Münchener Hauptbahnhofs blickte, erlaubte ihm dieser Ausblick ab und zu eine Sekunde der Entspannung und des Durchatmens. Den einzigen bunten Farbtupfer bietet in diesem Viertel von zweckmäßigen Büroimmobilien das ADAC-Haus, das durch seinen gelbgemusterten Anstrich schon von Weitem auffällt. Allerdings macht es vermutlich sogar Sinn, wenn die Suche nach Mördern, Sexualstraftätern und Wirtschaftskriminellen in einer nüchternen Atmosphäre erfolgt. Zu viel Ambiente schadet da nur. Er informierte ihn über das mögliche Verhältnis zwischen Martina Scharf und dem Toten sowie über ihre Festnahme: »Damit muss ich jetzt wissen, was zwischen euch beiden lief!«

»Is scho kloar, Chef. I will ja a ned, dass der Fall wegen mir bade gehd!« Martin erzählte, dass er mit der Dame nicht nur geflirtet habe, sondern dass diese mit ihm nach ein paar Gläsern Prosecco in seine Wohnung gegangen sei. Nach zwei Stunden sei sie nach Hause gefahren, und seitdem hätte er sie weder gesehen noch gesprochen. Ein klassischer One-Night-Stand eben.

Nichtsdestotrotz entschied Alois Schön, dass Martin keinen dienstlichen Kontakt mehr mit Frau Scharf, die zwischenzeitlich nach Stadelheim gebracht worden war, haben sollte. Stattdessen solle er sich um die Familie des Ermordeten kümmern. Denn trotz zahlreicher Anrufe hatten die Kollegen bisher weder die Witwe noch die Tochter erreicht. Das Einzige, was man herausgefunden hatte, war, dass Maria Huber die Rehaklinik schon am Montagmittag auf eigenen Wunsch verlassen hatte. Ihre Tochter habe sie abgeholt. Da die Patientin alle erforderlichen Unterschriften für ihre Selbstentlassung geleistet habe, seien der Klinikleitung die Hände gebunden gewesen. Außerdem habe sie ihren Aufenthalt lediglich um zwei Tage verkürzt.

Nachdem Martin wiederum nur den Anrufbeantworter der Tochter erreicht hatte, besorgte er sich einen Dienstwagen und fuhr in den Münchener Süden. Er musste schnellstens Ergebnisse erzielen. Denn eine Affäre mit einer Mörderin würde seiner Karriere bei der Kriminalpolizei gewiss schaden. Da war er sich absolut sicher.

Cordula Huber wohnte in einer mittelgroßen Wohnanlage in Forstenried. Eine Immobilie für jeden Geschmack: Wer anonym bleiben wollte, wurde in Ruhe gelassen, wer Wert auf Nachbarschaft legte, fand diese ebenfalls. Kaum hatte der Kommissaranwärter an der Wohnungstür geklingelt, erhielt er von der Bewohnerin des Apartments nebenan den Hinweis, dass Frau Huber Anfang der Woche in Urlaub gefahren sei.

»Wann genau?« Der Franke bemühte sich, bei seinen selbstständigen Ermittlungen den Dialekt auf ein Mindestmaß zu reduzieren.

»Na, am Montag natürlich!«

Martin runzelte die Stirn. Wie konnte man verreist sein und gleichzeitig seine Mutter aus der Rehaklinik abholen?

Doch dann korrigierte sich die Frau: »Halt, warten Sie. Am Montagabend habe ich Cordula noch beim Einkaufen gesehen! Also muss es Dienstag gewesen sein.«

»War sie allein?«

»Nein, in Begleitung. Vom Aussehen her könnte es ihre Mutter gewesen sein.«

Martin nickte, bevor er weiter sprach: »Wissen Sie, wo Frau Huber Ferien machen wollte?«

»Irgendwo im Norden an der See!«

»Nord- oder Ostsee?«

»Keine Ahnung. Auf einem Campingplatz. Ich habe ihr geraten, sie solle lieber nach Italien fahren, weil da bestimmt das Wetter besser sei. Doch sie wollte partout nicht auf mich hören.« Erst jetzt wurde die Nachbarin argwöhnisch: »Sagen Sie mal, warum wollen Sie das eigentlich alles wissen? Und wer sind Sie überhaupt?«

Freilich hatte Martin nicht das geringste Interesse, den

Tratsch im Treppenhaus zu schüren. Daher bedankte er sich freundlich und ging die Treppe hinunter, ohne seine Identität zu offenbaren. Auf der Straße erkundigte er sich bei Alois Schön via Handy, ob er die Wohnung öffnen lassen solle. »Informieren Sie schon einmal den Hausmeister, aber warten Sie, bis ich da bin. Alleine gehen Sie mir da nicht rein!«

20 Minuten später standen sie im Apartment. Hinweise auf ein Verbrechen? Fehlanzeige. Küche, Bad sowie die beiden Zimmer waren tadellos aufgeräumt. Die halb leeren Schränke lieferten weitere Indizien für die urlaubsbedingte Abwesenheit der Bewohnerin. Ob die Mutter in der Nacht von Montag auf Dienstag bei ihrer Tochter geschlafen hatte, ließ sich dagegen nicht feststellen. Alois Schön und sein fränkischer Mitarbeiter fanden weder eine zweite Garnitur gebrauchter Bettwäsche noch eine zusätzliche Zahnbürste oder überzählige Handtücher. Das Bett im Schlafzimmer war ordentlich gemacht, die ausziehbare Couch im Wohnzimmer schien unbenutzt. Martin inspizierte sogar den Korb für die schmutzige Wäsche sowie die Geschirrspülmaschine. Doch beide waren leer.

»Lass uns Feierabend machen«, beendete Alois Schön daraufhin die Inspektion.

In der morgendlichen Besprechung erläuterte Martin die Ergebnisse seines Besuchs bei Cordula Huber. »I glaab, dass Mudder un Dochder gemeinsam in Urlaab gefahre sin«, schloss er seinen Bericht.

»Das ist die wahrscheinlichste Lösung«, stimmte Julia ihrem Klassenkameraden zu, »wir sollten bei Amadeus in Erding anrufen. Die können uns bestimmt sagen, wo sie ihre Ferien verbringt.«

»Das funktioniert nur bei Flügen und vielleicht noch bei der Buchung eines Hotels, aber nie und nimmer bei Urlaub auf dem Campingplatz«, korrigierte Natascha.

»Dann bleibt uns nur die Ochsentour«, schlussfolgerte Alois Schön. »Wir müssen alle Campingplätze an Nord- und Ostsee abklappern. Fangt mit den größten und schönsten an.«

»Vielleichd had sie ja ihre Urlaubsadresse in facebook gebosded!«

»Das würde ich als Erstes checken«, schmunzelte Natascha.

»Wer kümmert sich eigentlich um die Schweine?«, war Julia um das Wohl der Ringelschwänze besorgt.

»Die Dorfhelfer«, hatte ihr Chef selbst darauf eine Antwort parat.

»Un späder der Medzger oder die Worschdfabrig«, ergänzte Martin. Wodurch er sich böse Blicke der Kollegin einhandelte.

»Haben wir inzwischen den Sohn über den Tod seines Vaters informiert?«

»Wir wollten erst mit Mutter oder Schwester reden, Chef«, entschuldigte sich Natascha, »aber daraus wird wohl nichts.«

»Habt ihr denn wenigstens im Internat angerufen?«

»Selbstverständlich. Uns wurde gesagt, dass es nicht eilt. Diese Woche sei die Klasse von Max in Berlin. Und nachdem wir noch nicht mit Mutter und Tochter gesprochen hatten, wollten wir dem Jungen nicht den Spaß verderben.«

»Und wenn er zu Hause mit dem Handy anruft?«

»Das habe ich den Schulleiter auch gefragt. Daraufhin antwortete dieser, dass Max nie nach Hause telefoniert.«

»Das ist aber merkwürdig«, stellte Julia fest. Ihre Kollegen in der Runde nickten.

Für 10.30 Uhr war eine weitere Vernehmung von Martina Scharf angesetzt. »Egal, was wir heute erfahren, reiß dich zusammen!«

»Du meinst wegen Martin? Kein Problem, Chef. Du weißt doch: Auf einem alten Radl lernt man das Fahren am besten«, grinste Natascha.

»Kann schon sein«, erwiderte Alois Schön mit ernstem Blick, »aber ich will keinen Streit in unserem Team. Das ist unprofessionell!«

4. KAPITEL

»Guten Morgen, Frau Scharf. Wie geht es Ihnen?«

Die Lehrerin antwortete nicht. Man sah, dass sie nicht oder nur sehr wenig geschlafen hatte. Ihre Kaffeetasse hatte sie bereits zur Hälfte geleert.

Stattdessen ergriff ihr Anwalt das Wort: »Ich habe Frau Scharf geraten, mit Ihnen zu kooperieren. Denn sie ist unschuldig!« Eindringlich, fast beschwörend sah er den Leiter der Mordkommission an: »Wir gehen jedoch davon aus, dass die Details dieser Unterredung nur im allergrößten Notfall verwendet und ansonsten in diesem Raum und in Ihren Akten bleiben werden!«

»Der Zustand Ihrer Ehe und Ihr Sexualleben interessieren uns normalerweise überhaupt nicht«, wandte sich Alois Schön daraufhin in beruhigendem Ton direkt an die Verdächtigte, »aber in diesem Fall gibt es zu viele Möglichkeiten. Also erzählen Sie uns bitte etwas über Ihr Verhältnis mit Herrn Huber!«

»Der Toni und ich kennen uns schon ewig«, begann Martina Scharf leise. »Egal, ob wir uns gemeinsam mit meinem Mann auf der Straße unterhalten haben oder wir uns auf einem Fest oder einer Sportveranstaltung über den Weg gelaufen sind, es war immer recht lustig.« Sie räusperte sich, bevor sie nochmals ihre Stimme dämpfte: »Beim letzten Dorffest sind wir uns dann nähergekommen. Scheinbar hat ihm mein neues Dirndl gut gefallen«, hauchte sie kaum mehr vernehmbar über den Vernehmungstisch.

»Das stimmt mit unseren Recherchen überein. Sie wurden beobachtet bei eindeutigen Handlungen hinterm Bierzelt!«

»Wir haben keinen bemerkt«, huschte ein Lächeln über das verhärmte Gesicht der Lehrerin. »Toni und ich waren damals so heiß aufeinander, dass wir später noch mit seinem Auto zum See gefahren sind, um ungestört zu sein.«

»Wie lange dauerte denn Ihre Beziehung mit Herrn Huber?«

Mit einem Mal waren die Lebensgeister der Zeugin erwacht: »Von Mitte Juli letzten Jahres bis heuer im April.« Ihre Augen funkelten: »Der Toni war ein außergewöhnlich leidenschaftlicher und guter Liebhaber. So einen gibt Frau nicht so ohne Weiteres wieder her. Erst als ich drei Wochen in Osterurlaub fuhr, ist die Sache eingeschlafen.«

»Wie oft haben Sie sich getroffen?«

»Mal mehr, mal weniger. Wie es unsere Terminkalender zugelassen haben. Und ab und zu ganz spontan, beispielsweise nach dem Faschingsball.«

»Und davon hat kein Mensch etwas mitgekriegt? Seine Frau oder auch Ihr Mann?«

Die Beschuldigte schüttelte den Kopf: »Wie will die überprüfen, wie lange der Toni auf dem Feld arbeitet?«, beantwortete sie nur den ersten Teil der Frage.

»Wer hat denn nun Schluss gemacht? Sie oder er?« Angesichts der angedeuteten Leidenschaft konnte sich Alois Schön ein Einschlafen dieser Affäre kaum vorstellen.

»Niemand. Das sagte ich doch bereits!« Martina Scharf bemühte sich, ihre Emotionen zu kontrollieren. »Toni hat sich nach den Osterferien nicht mehr bei mir gemeldet, und daraufhin hatte ich ebenfalls kein Interesse mehr.«

»Wirklich? Das passt aber überhaupt nicht zu Ihrer Aussage von vorhin!«, wandte Natascha lautstark ein.

»Wie bitte?«

»Sie sagten wortwörtlich: ›Der Toni war ein außergewöhnlich leidenschaftlicher und guter Liebhaber. So einen gibt Frau nicht so ohne Weiteres wieder her‹. Und jetzt behaupten Sie, Sie hätten nicht einmal mehr miteinander telefoniert!«

»Richtig, Frau Frey. Nachdem die Schule wieder begonnen hatte, war so viel los, dass ich gar keine Zeit hatte, mir solche Gedanken zu machen. Geschweige denn, mich mit dem Toni zu treffen.«

»Oder hatte Herr Huber zu diesem Zeitpunkt schon wieder eine Neue?«

»Nicht, dass ich wüsste, Herr Kommissar.« Martina Scharf saß ruhig und mit verschränkten Armen auf ihrem Stuhl. »Außerdem hatte ich inzwischen erkannt, dass eine längere Beziehung vor allem Probleme bereitet. Daher war es gut so.«

Alois Schön machte bewusst eine Pause: »Haben Sie Ihrem Mann die Affäre gebeichtet?« Emotionslos, als ob ihn die Antwort gar nicht interessierte, sah er die Zeugin an.

Diese zuckte dennoch zusammen, stemmte ihre Arme gegen die Tischkante.

Woraufhin ihr Anwalt sofort reagierte: »Das geht jetzt aber wirklich zu weit!«

»Wieso? Dann hätte dieser ebenfalls ein Motiv. Was Ihre Mandantin entlasten würde.«

»Walter ist unschuldig. Er weiß nichts von meinen Affären.«

Martina Scharf nahm ein Taschentuch und schnäuzte hinein. Doch ihre Augen blieben feucht. »Mein Mann will nichts mehr von mir. Glauben Sie mir, ich habe es schon oft versucht. Mit allen Mitteln!« Die letzten beiden Sätze sprach Frau Scharf so leise, dass Alois Schön sich nicht sicher war, ob das Tonbandgerät diese hatte aufzeichnen können. Als sie fertig war, vergrub sie den Kopf in ihren verschränkten Armen auf dem Tisch, um zu verbergen, wie viele Tränen ihr mittlerweile über das Gesicht liefen.

»Wie viele Bekanntschaften hatten Sie denn noch außer Herrn Huber und unserem Martin?«

»Zwei«, schluchzte die Lehrerin in den Tisch hinein, »mit einem jungen Kerl aus Nordrhein-Westfalen, der mich auf der Wiesn massiv angebaggert hat, und mit einem Unternehmer, den ich beim Après Ski in Österreich kennengelernt habe.« Erst jetzt hob sie ihr verweintes Gesicht, um den Kommissar anzusehen. »Von dem einen habe ich nicht einmal eine Telefonnummer, und die Sache mit dem Tegernseer war auch nichts Großartiges. Obwohl wir uns ein paar Mal getroffen haben.«

»Und Ihr Mann weiß von alledem wirklich nichts?«

»Es interessiert ihn nicht. Es reicht ihm, wenn ich ihm die Wäsche mache und für ihn und die Kinder koche. Außerdem arbeitet er viel.« Martina Scharf ergriff eines der Papiertaschentücher, die ihr Anwalt auf den Tisch gelegt hatte. Sie trocknete ihre Tränen und wischte sich die verlaufene Schminke aus dem Gesicht: »Er hat mehrfach betont, dass er sich trotz allem nicht von mir scheiden lassen will. Und ich will es ebenso wenig«, bekannte sie mit matter Stimme.

Alois Schön konnte es nicht fassen. Diese Ehe entsprach nicht seinen Vorstellungen von Liebe und Familie. Er hatte Frau und Kind verlassen, weil ein Nebeneinanderherleben für ihn nicht infrage kam. Weil die Liebe erloschen war und ohne dass eine Neue bereitstand. Ebenso war er seiner Frau stets treu gewesen. An jedem Tag ihrer zwölfjährigen Ehe. Dennoch beschloss er, die Freilassung von Frau Scharf zu befürworten. Denn Verdunkelungsgefahr war nach dieser Vernehmung nicht mehr gegeben. Außerdem hatte die Verdächtige einen festen Wohnsitz, einen Beruf und Kinder, um die sie sich kümmern musste.

Julia und Martin kontaktierten derweil die Campingplätze im Norden Deutschlands. Stundenlang telefonierten sie mit den Zeltlagern in Niedersachsen, Schleswig-Holstein und Mecklenburg-Vorpommern. Ohne Ergebnis. Zwar gab es einige Buchungen auf den Namen Huber, aber keine, auf die eine genauere Beschreibung der vermissten Personen passte. Die angehenden Kriminalbeamten entschlossen sich daher, eine Rundmail an alle Polizeistationen und Fremdenverkehrsämter in den drei nördlichen Bundesländern zu senden. Mehr konnten sie momentan nicht tun.

Am Freitagmorgen lag der Bericht der kriminaltechnischen Untersuchung auf dem Schreibtisch von Alois Schön. Dieser war überraschend kurz. Denn die Schweine hatten ganze Arbeit geleistet. Gerichtsfeste

Spuren fanden sich nur wenige. Aufgrund der Tatsache, dass die Kuschelei der Tiere Auswirkungen auf die Körpertemperatur hatte, konnte der Todeszeitpunkt lediglich innerhalb einer Zeitspanne von zehn Uhr morgens bis 13 Uhr mittags angegeben werden. Die Kugel im Hinterkopf des Ermordeten stammte von einer Walther P99, einer Waffe, die in manchen Bundesländern auch von der Polizei benutzt wird. Eine Pistole, die mit und ohne Schalldämpfer erhältlich ist. Folglich verwunderte es nicht, dass niemand das Verbrechen bemerkt hatte. Außerdem hatten die Gerichtsmediziner festgestellt, dass der tödliche Schuss aus einer Entfernung von etwa fünf Metern abgegeben worden war. Damit war klar, dass der Täter den Stall betreten hatte. Gleichfalls musste der Tote seinen Mörder gekannt haben. Sonst hätte Anton Huber diesem gewiss nicht den Rücken zugekehrt. »Das war eine glatte Hinrichtung, der hatte keine Chance, sich zu wehren«, hatte der Doc abschließend zu seinem Bericht hinzugefügt.

Alois Schön beeilte sich, zeitig zu Hause zu sein.

»Ich habe dir etwas Wichtiges mitzuteilen«, hatte seine Freundin Beate orakelt, »daher möchte ich dich einladen. In ganz schickes Ambiente!« Sie hatten sich letztes Jahr bei der Silvesterfeier seines Kumpels Hartmut kennengelernt. Ein echter Glücksfall, von dem er nach seiner Trennung nicht mehr zu träumen gewagt hatte. Doch die kleine, resolute Schwarzhaarige, dieses selbstbewusste Energiebündel, hatte in ihm Gefühle ausgelöst, die er schon lange nicht mehr verspürt hatte. Auch heute freute er sich auf einen harmonischen Abend mit der Dame seines Herzens. Also rasierte er sich gründlich und holte seinen besten Anzug sowie das weiße Hemd mit den Manschettenknöpfen aus dem Schrank. Dazu wählte er die passende Krawatte.

Beate hatte sich ebenfalls fein herausgeputzt: hohe Absätze und ein kniefreies Cocktail-Kleid, das nur eine Schulter bedeckte.

Alois Schön war beeindruckt: »Wo gehen wir hin?«

»Lass dich überraschen!«

Diese Antwort verursachte ein zwiespältiges Gefühl in Schöns Magengegend. Einerseits war er sich absolut sicher, dass Beate nichts planen würde, was ihm missfallen könnte. Andererseits hatte er nicht den Hauch einer Idee, welcher Anlass diesen Aufwand erforderte. Man könnte glatt meinen, sein Liebling wolle ihm einen Heiratsantrag machen. Dabei war er noch nicht einmal geschieden.

Inzwischen hatten sie den Mittleren Ring Richtung Innenstadt verlassen. Beates Ziel war das Lenbach, ein stylisches Restaurant am gleichnamigen Platz neben der Münchener Börse, beliebt bei Prominenten und anderer zahlungskräftiger Klientel. Ein Tempel kulinarischer Leidenschaft.

Hoffentlich werde ich hier überhaupt satt, machte sich Alois Schön insgeheim Sorgen, während ihnen der Ober ihren Tisch im Renaissance-Saal zuwies.

»Bringen Sie uns bitte auf jeden Fall eine Flasche Wasser«, orderte Beate schon nach Erhalt der Speisekarten.

»Gerne«, erwiderte der Kellner und zündete die Kerze in der Mitte des Tisches an.

»Wie lange willst du mich noch auf die Folter spannen?«

»Zuerst sollten wir das Essen auswählen. Nicht, dass du mir vom Fleisch fällst!« Beate lächelte geheimnisvoll und nippte an ihrem Wasserglas. Das Paar entschied sich jeweils für einen Caesar Salad und das Chateaubriand für zwei Personen. Die Entscheidung über den Nachtisch wurde auf später vertagt.

Alois Schön fühlte sich wie ein Erstklässler am Tag der Einschulung. Fahrig und aufgeregt. »Bist du etwa schwanger?«, platzte es aus ihm heraus.

Beate schmunzelte: »Möchtest du denn noch Kinder?« Sie sah ihm tief in die Augen. So tief, dass ihr Liebster zu schwitzen begann. Über dieses Thema hatten sie bisher noch nicht gesprochen. Folglich hatte Alois Schön darauf auch keine Antwort parat. »Herr Ober, ich hätte gerne ein Bier!«, war daher das einzig Sinnvolle, was er momentan sagen konnte. Insgeheim wünschte er sich, er hätte diese Frage niemals gestellt.

»Und für mich einen Prosecco!«

»Bist du dir sicher?«

»Vollkommen!«, antwortete Beate und lachte: »Wie soll ich dich sonst überzeugen, dass du auf dem Holzweg bist?«

Alois Schön fiel ein Stein vom Herzen, besser gesagt eine ganze Geröllhalde: »Wozu dann der ganze Zinnober?« Die Schweißperlen auf seiner Stirn trockneten, und sein Blutdruck reduzierte sich wieder auf die normalen Werte.

»Ich wollte schon immer einmal hierher. Aber einfach so? Vor allem, da du zum Essengehen an einem Freitagabend nie im Leben deinen feinen Anzug aus dem Schrank geholt hättest. Obwohl er dir echt gut steht. Du siehst toll aus! Zum Verlieben!« Beate ergriff die Hand ihres Freundes, um sie zärtlich zu küssen.

»Also gibt es doch einen Grund!«

»Durchaus! Bloß nicht annähernd so schön wie deine Idee.«

Unterdessen war ihnen der Salat serviert worden.

»Ich habe im letzten Monat eine drastische Mieterhöhung bekommen. So viel, dass ich mir überlege, etwas Eigenes zu kaufen. Daher kam mir der Gedanke, ob es nicht klüger wäre, zusammenzuziehen?«

Alois Schön legte Messer und Gabel zur Seite. Er nahm einen kräftigen Schluck aus seinem Glas. Natürlich hatte auch er sich hin und wieder ausgemalt, wie angenehm es wäre, wenn sie beide Haushalte zusammenlegten. Trotzdem hatte er mit diesem Ansinnen seiner Freundin nicht gerechnet. Nicht an diesem wunderschönen Abend. »Klingt sehr verlockend, aber ein Hauskauf will gut überlegt sein. Das macht man nur einmal im Leben!«

»Ich habe mir bereits einige Immobilien angeschaut. Allerdings war bis jetzt nicht das Richtige dabei.«

»Waren die Kinderzimmer nicht groß genug?«

Jetzt war Beate baff: »Willst du wirklich noch Kinder?«

»Wir sollten Frederik fragen, ob er ein Geschwisterchen will. Und ihn über unsere Absichten vorab informieren. Ich möchte ihn nicht vor vollendete Tatsachen stellen.«

»Gerne. Ich wollte deinen Jungen doch schon längst kennenlernen.«

»Dann solltet ihr euch gleich nächstes Wochenende beschnuppern.«

Das Essen schmeckte vorzüglich, und Alois Schön wurde rundum satt. Daher bestellten sie nur eine Portion des Desserts für beide.

»Heute ist in der Bar Party. Lass uns tanzen gehen, damit wir die Kalorien wieder loswerden«, machte Beate Pläne für den weiteren Verlauf des Abends. Hand in Hand gingen sie durch die Halle, an der Garderobe und am Eingang vorbei, zur Bar. Alois Schön hängte sein Jackett über einen Stuhl an einem der Stehtische und zog auch noch die Krawatte aus. Dann legte er los. Seine Füße wirbelten im Takt der Musik. Zwei Songs später öffnete er einen weiteren Knopf an seinem Hemd. Als die Musik langsamer wurde, nahm er Beate in seine Arme. Entspannt lehnte sie ihren Kopf an seine Brust. »Du machst mich so heiß, ich glaub', ich werd' dich zu Hause vernaschen!«, küsste er sie leidenschaftlich. Und er hielt sein Versprechen.

5. KAPITEL

Trotz Berufsverkehr gelangten Natascha Frey und Alois Schön zügig an den Starnberger See. Bereits vor der ersten Pause saßen sie am Montagmorgen im Büro des Leiters der Privatschule. Dieser wirkte enorm gestresst. Eine schwangere Lehrerin war kurzfristig ausgefallen, und Ersatz stand nicht bereit.

»Der Max ist ein sehr sensibler Junge. Daher bitte ich Sie, dass Sie äußerst behutsam vorgehen, wenn Sie ihm die Nachricht vom Tod seines Vaters überbringen.«

»Machen wir«, brummte Alois Schön, »vielen Dank für den Hinweis.«

»Wie äußert sich die Sensibilität von Max? Gibt es besondere Auffälligkeiten?«, erkundigte sich Natascha.

»Er ist ein sehr ruhiges Kind, manchmal sogar apathisch. Er isst wenig und klagt öfter über Kopfweh. Aber ich denke, das wird sich legen, wenn er sich bei uns akklimatisiert hat.«

»Wie lange ist Max schon bei Ihnen?«

»Seit Beginn des zweiten Schulhalbjahres, also seit März.« Diese Aussage stimmte mit der der Nachbarin überein.

»Gefällt es ihm denn hier nicht? In diesem Zeitraum sollte er sich doch längst eingewöhnt haben!«

»Wie bei uns Erwachsenen existieren auch bei Jugendlichen in dieser Beziehung kolossale Unterschiede. Einige gehen sofort auf ihre Mitschüler zu und haben bereits nach ein paar Tagen einen großen Freundeskreis. Während andere, wie Max Huber, Monate benötigen, um sich an eine neue Umgebung zu gewöhnen. Glauben Sie mir, dem Max gefällt es ausgezeichnet bei uns. Sonst würde er häufiger an den Wochenenden nach Hause fahren.« Der Mann redete ohne Unterlass. »Abgesehen davon, dass wir alles dafür tun, dass sich die Schüler in unserem Internat wohlfühlen. Ich selbst hatte mir überlegt, ob es nicht gut wäre, wenn er bei unseren Ruderern mittrainiert. Das könnte unter Umständen sogar seine Rückenschmerzen lindern. Allerdings habe ich den Gedanken wieder verworfen, weil er für diese Sportart doch zu schmächtig ist.« Erst jetzt machte er eine Pause. Und das vermutlich nur, um die Unumstößlichkeit seiner folgenden Aussage zu betonen: »Der Max braucht halt noch etwas Zeit.«

Natascha runzelte dennoch die Stirn. Was den Schulleiter zu einer weiteren Erklärung nötigte: »Unser Sportlehrer hatte ihm vorgeschlagen, bei den Leichtathleten mitzumachen. Darauf hat Max erbost gefragt, was er denn bei diesen Deppen solle? Der Kollege war völlig perplex angesichts dieser absolut unangemessenen Reaktion.« Es war offensichtlich, dass er jede Überlegung, er oder die anderen Pädagogen hätten irgendetwas, und sei es nur eine Kleinigkeit, besser machen können, ins Reich der Utopien verwies.

»Nehmen Sie zu jedem Zeitpunkt neue Schüler auf?«, führte Alois Schön das Gespräch fort.

»Normalerweise nur zu Beginn eines Schuljahres. Bei Max Huber haben wir eine Ausnahme gemacht, weil uns der Vater so bedrängt hat.«

»Warum die Eile?«

»Max' Schulnoten wurden von Monat zu Monat schlechter. Auf der Grundschule war er ein erstklassiger Schüler, nur Einser und Zweier. Das Halbjahreszeugnis der fünften Klasse war ebenfalls recht ordentlich, zumindest kein Grund zur Beunruhigung. Doch das Jahreszeugnis war auf einmal mit Vierern übersät. Trotz häuslicher Unterstützung bei den Hausaufgaben hat er die Versetzung nur gerade so geschafft. Selbst Nachhilfe hat die Situation nicht verbessert, im Gegenteil.« Endlich holte der Pädagoge einmal Luft, bevor er weitersprach: »Bereits zu Anfang des Jahres war klar, dass das nächste Zeugnis ein Desaster werden würde. So konnte es nicht weitergehen. Daher entschieden die Eheleute Huber kurzfristig, Max auf eine Privatschule, also zu uns, zu geben. Da wir aufgrund eines Umzugs zum neuen Halbjahr einen Platz freihatten, konnte Max ausnahmsweise sofort die Schule wechseln. Nicht jeder hat das Glück, so schnell eine bessere und persönlichere Betreuung zu bekommen!« Die letzten Worte betonte der Direktor in besonderem Maße. Seine Stimme konnte seinen herablassenden Stolz nicht verbergen.

»Vielleicht lag' s am G8«, mutmaßte Natascha.

»Das G8 ist viel kritisiert worden, häufig zu Recht. Aber glauben Sie mir, einen solchen Abfall der Schulnoten wie bei Max Huber hat es nicht zu verantworten.«

»Möglicherweise ist es eine Auswirkung der Pubertät.« Alois Schön erinnerte sich, dass seine Noten und sein Bock auf Unterricht in dieser schwierigen Zeit enorm gelitten hatten.

»Dafür haben wir keinerlei Anhaltspunkte. Er hat weder besondere Wachstumsschübe noch spielen seine Hormone verrückt.«

»Oder hat er andere Dinge im Kopf? Mädchen zum Beispiel?«

Schließlich begann sich Schöns Sohn Frederik ebenfalls für das weibliche Geschlecht zu interessieren. Selbst wenn er es niemals offen zugeben würde, hatte der Aufklärungsunterricht erste Spuren hinterlassen. Mit Busen und Kinderkriegen kannte sich Frederik inzwischen voll und ganz aus.

»Ich sagte doch, Max ist ein sehr schüchterner Junge, auch was Mädchen angeht.«

Der Schulleiter hatte den Satz kaum zu Ende gesprochen, als seine Sekretärin ohne anzuklopfen ins Zimmer stürmte: »Herr Direktor, kommen Sie schnell. Der Max Huber ist von der Mauer im Pausenhof gestürzt. Ich habe den Krankenwagen schon angefordert!«

»Das haben Sie gut gemacht!«, lobte der Chef seine Mitarbeiterin, während er aus dem Büro eilte. Alois Schön und Natascha Frey rannten hinterher. Max Huber lag weinend am Boden, umringt von einer Horde Mitschüler. Einige hatten ihre Handys gezückt, um ihn zu filmen. Andere gafften nur. Ein Lehrer, vermutlich die Pausenaufsicht, kniete neben dem Verletzten und streichelte seine Hand. Es bedurfte keines Medizinstudiums, um zu erkennen, dass zumindest ein Bein gebrochen war. Auf jeden Fall gab es für die Kriminalbeamten hier nichts mehr zu tun. In dieser Situation machte es absolut keinen Sinn, den Jungen über den Tod seines Vaters zu informieren. Schlechte Nachrichten könne man ihm auch noch später überbringen, entschied Alois Schön.

Im Dezernat nahmen währenddessen Martin und Julia den endgültigen Bericht der Spurensicherung in Empfang. Die Spezialisten hatten das gesamte Anwesen des Toten gründlich durchsucht. Während sich im Stall kaum brauchbare Ergebnisse fanden, entdeckten sie im Haus einen digitalen Camcorder mit drei verschiedenen Speicherkarten. Diese waren mit unterschiedlichen Frauennamen versehen.

»Ob so ein Porno Grund genug ist, um jemanden umzubringen, könnt ihr von der Mordkommission besser beurteilen«, hatte der Kollege bereits den erotischen Inhalt erwähnt.

Martin machte sich sogleich an die Arbeit. Der erste Chip war vom Volumen her sehr klein. Nur 2 GB und die waren noch nicht einmal ausgenutzt. Denn er enthielt nur ein paar Fotos einer jungen Dame namens Sabine. Schnappschüsse, wie sie Millionen Männer von ihrer Freundin haben: im Bikini, mit bauchnabelfreiem Top oder in knackig kurzen Hosen von hinten. Das Schärfste auf der SD-Karte war das Bild, das ihren vorgebeugten Ausschnitt zeigte. Ein wohlgeformter Busen, wie ihn hunderttausend Frauen ihr Eigen nennen, reizvoll verpackt in einem roten Spitzen-BH.

Susi war da schon freizügiger. Gekonnt vollführte sie einen Striptease vor der Kamera.

»Nicht schlecht«, bestätigte Julia, die dem Franken im Vorbeigehen über die Schulter geschaut hatte.

»Daugt drodzdem nichd als Modiv. Die machd des doch freiwillig!«

»Kann schon sein, aber vielleicht hat sie ihre Meinung später geändert, und er sich geweigert, den Film zu löschen. Und auf Youtube möchte ich so etwas von mir genauso wenig sehen!«

Martin checkte daraufhin, ob der kleine Streifen im Internet veröffentlicht worden war. Er fand ihn nicht.

Der Kommentar des Kollegen von der Spurensicherung musste sich folglich auf das letzte Speichermedium beziehen. Dieses zierte der hübsche Vorname Tina. Daher hatte der Kommissaranwärter gehofft, dass es sich nicht um die gemeinsame Freundin handeln würde. Allerdings sollte er sich täuschen. Der Film zeigte die Grundschullehrerin in voller Aktion. Am Anfang noch leicht bekleidet, kurz darauf gar nicht mehr. Es war jedoch offensichtlich, dass die Aufnahmen heimlich und ohne Wissen der Hauptdarstellerin gedreht worden waren. Denn im Gegensatz zum Video von Susi änderte sich die Position der Kamera nicht, egal ob Martina Scharf stand, kniete oder auf dem Tisch lag.

Der Bürgermeister hatte sich also nicht geirrt. Sowohl die Kindergärtnerin als auch die Metzgereiverkäuferin waren den Verführungskünsten des Toten erlegen. Hauptkommissar Schön bestätigte die Einschätzung von Julia, dass Susi zum potenziellen Täterkreis zu zählen sei. Und für eine Lehrerin könne solch ein Videofilm viel verheerendere Folgen haben, wenn er an die Öffentlichkeit gelangte. Deshalb müsse man sich mit beiden Damen eingehend unterhalten. Mit der Vernehmung von Sabine könne man sich dagegen Zeit lassen.

Gut gelaunt erschien die Metzgereifachverkäuferin im Dezernat. Eine hübsche, schlanke junge Frau mit langen rötlichen Haaren, Sommersprossen und einem bezaubernden Lächeln. Alois Schön war von ihrer Ausstrahlung äußerst angetan: »Die Zahl der männlichen Kunden an der Wursttheke wird sich bei dieser Bedienung sicherlich stark erhöht haben«, behielt er jedoch seine Sympathie für die Zeugin für sich.

»Klar kenne ich das Video«, erklärte Susi, »schließlich war das mein persönliches Geburtstagsgeschenk für den Toni.«

»Wann wurden die Aufnahmen gemacht?«

»Vorletztes Jahr im November, Toni ist Skorpion. Die Kamera hat er sich selbst zum Geburtstag geschenkt. Von seiner Frau kriegt er nichts mehr, hat er mir erzählt. Die zweite Speicherkarte habe ich dann besorgt.« Die Zeugin holte kurz Luft: »Das ist doch das Problem, Herr Kommissar, als Geliebte können Sie keine großen Geschenke machen. Sonst fliegt ihr Verhältnis auf.«

»Gab es niemals Streit wegen des Films?«

»Warum denn? Dann hätte ich ein solches Präsent nicht machen dürfen!«

»Auch nicht, als Ihre Beziehung beendet war?«

»Was hätte er denn tun sollen? Meine Vorführung seiner Frau zeigen? Oder seinen Kindern? Ist mir doch egal! Wer ist denn fremdgegangen? Ich nicht! Er hätte sich doch selbst mehr geschadet als mir!« Anschließend berichtete Susi offen und ehrlich über ihre Affäre mit dem Toten und deren Ende. Man habe sich im Guten getrennt, als sie einen neuen Mann im Fasching kennengelernt hatte.

»Was würde Ihr neuer Freund zu dem Video sagen?«

»Abgesehen davon, dass ich aktuell wieder Single bin, sollte es ihn nicht stören. Da erwarte ich Toleranz!«

»Die aber nicht jeder Mann in diesem Maß aufbringt.«

»Auf Typen, die sich darüber aufregen, was ich in meiner Vergangenheit getan habe, stehe ich gar nicht«, erwiderte die lebenslustige junge Frau, bevor sie lachend hinzufügte, »den meisten Kerlen gefällt es doch, wenn ihre Freundin nicht so prüde ist.« Ihre leuchtenden Augen belegten, dass sie sich wegen ihrer Vorführung kein bisschen schämte.

»Was glauben Sie denn, wie seine Frau auf die Aufnahmen reagiert hätte?«, erkundigte sich Natascha.

»Keine Ahnung«, zuckte Susi mit den Schultern. »Wie verhält sich denn eine Ehefrau, wenn sie erfährt, dass ihr Mann eine Geliebte hat? Fällt da ein solches eher harmloses Filmchen noch ins Gewicht?«

Selten hatte Hauptkommissar Schön eine derartige Frohnatur zu vernehmen. Er konnte sich die Wurstverkäuferin beim besten Willen nicht als Täterin vorstellen. Daher beendete er alsbald die Befragung.

Eine Stunde später traf Martina Scharf erneut im Dezernat ein. Sie hatte sich gegen diesen Termin gewehrt, da sie noch viel zu erledigen habe. Sie müsse mit ihrer Tochter zum Kieferorthopäden, Schularbeiten korrigieren, und trainiert hätte sie ebenfalls schon lange nicht mehr. Daraufhin hatte ihr Alois Schön die Dringlichkeit seines Anliegens verdeutlicht. Nur hinsichtlich des Arztbesuches zeigte er sich generös. Alles andere müsse warten. Zur Überraschung der Kriminalbeamten erschien die Lehrerin dennoch ohne Anwalt. Fassungslos starrte Tina auf die ersten Sequenzen des Filmes, den Anton Huber von ihr gemacht hatte. Nach nicht einmal einer

Minute bettelte sie verzweifelt: »Ich kann das nicht ansehen. Bitte stellen Sie das ab!« Jeder im Raum konnte erkennen, wie das Nervenkostüm von Frau Scharf von Sekunde zu Sekunde dünner wurde. Unruhig zappelte sie auf ihrem Stuhl hin und her, um im nächsten Augenblick in einer Art Schockstarre zu verharren, gefolgt von einem Staunen mit weit geöffnetem Mund. »Bitte stellen Sie das ab! Ich halt' das nicht aus! Nun schalten Sie das doch endlich aus!«, wiederholte sie in regelmäßigen Abständen.

Doch Alois Schön ließ sich nicht erweichen. Er wusste zwar nicht, ob sich Frau Scharf erinnerte, welche Szene, um nicht zu sagen, welche Stellung als Nächstes folgte. Dennoch spekulierte er darauf, dass sich seine Hauptverdächtige angesichts des gezeigten Bildmaterials zu einem Geständnis durchringen würde.

Doch Martina Scharf entschied sich anders. »Ich muss hier raus«, sprang sie wie von einer Tarantel gestochen aus ihrem Stuhl und stürmte aus dem Zimmer.

Natascha rannte sofort hinterher. Als sie erkannte, dass die Verdächtige keinen Fluchtversuch unternahm, sondern in der Damentoilette verschwand, folgte sie ihr gemächlichen Schrittes. Leise öffnete sie die Tür. Aus einer Kabine vernahm sie Geräusche, die darauf schließen ließen, dass sich die letzte Mahlzeit der Lehrerin auf dem Weg in die Kloschüssel befand.

Die Kommissarin wartete vor den Waschbecken. Inzwischen waren die Würgegeräusche in ein heftiges kurzatmiges Schluchzen übergegangen: »Dieses Schwein, diese Drecksau!« Jetzt, wo sie sich unbeobachtet fühlte, gab es für die sonst so nüchterne Frau kein Halten mehr. Ihre Atmung wurde immer kürzer.

Als Martina Scharf nach Luft schnappte wie ein Fisch, der an Land gespült worden war, klopfte Natascha an die Tür: »Frau Scharf, kommen Sie heraus!«

Für einen Moment war es mucksmäuschenstill. Sogar das Schluchzen verstummte.

Die Kommissarin klopfte noch einmal, diesmal energischer: »Frau Scharf, geht es Ihnen gut?« Nichts geschah. Es dauerte eine ganze Weile, bis sich die Scheibe in der Tür von rot auf weiß drehte. Natascha drückte die Klinke mit den Fingerspitzen herunter und öffnete die Tür nur wenige Zentimeter. Durch den Spalt sah sie ein Häufchen Elend von Lehrerin auf dem Toilettendeckel sitzen, das Gesicht in den Händen vergraben.

»Kommen Sie, Frau Scharf. Lassen Sie uns nach draußen gehen.«

Zitternd erhob sich die Angesprochene, um umgehend in Nataschas Armen zu versinken. Verlaufene Schminke wanderte vom ihrem Gesicht auf die Bluse der Kommissarin. Langsam gingen sie zum Waschbecken, um das restliche Make-up abzuwaschen.

»Lassen Sie Wasser über Ihren Puls laufen, das hilft!«

Trotz ihrer bekanntermaßen guten Kondition war Martina Scharf zu schwach dazu. Kaum hatte sie die rechte Hand in Richtung Wasserhahn ausgestreckt, knickte sie im linken Knie ein. Gerade noch konnte Natascha sie auffangen. Sie nahm die Lehrerin unter den Arm und geleitete sie vorsichtig zu einem Stuhl im Büro. Dann rief sie den Notarzt, der Martina Scharf eine Aufbauspritze für den Kreislauf sowie eine Beruhigungsspritze für ihre Nerven gab. Auf die Einweisung in eine Klinik wurde verzichtet, weil der Ehemann versprach, sich zu Hause um seine Frau zu kümmern.

Er werde dafür sorgen, dass sie sich sofort hinlege, um zu schlafen.

»Was schließen wir nun daraus?«, überlegte Natascha laut, als das Ehepaar Scharf gegangen war. »Hatte sie von dem Film keine Ahnung, oder hat ihr Bewusstsein realisiert, dass ihr die Felle davonschwimmen und ihre Tat auffliegen wird?«

»Als sie bei uns eintraf, war Martina Scharf ganz normal und ruhig. Erst beim Betrachten der Bilder ist sie mehr und mehr ausgerastet«, erklärte Alois Schön, »das spricht dafür, dass sie das Video nicht kannte.«

»Die Dadsach, dass sie ohne Anwald gam, sprichd ebenfalls für ihre Unschuld.«

»Das könnte auch Taktik sein«, gab Natascha zu bedenken, »oder sie wollte sich einfach nur die Kosten sparen!« Sie drehte ihren Kopf in Richtung ihres Chefs: »Wusste sie denn, was sie bei uns erwartet, Alois?«

»Sie hat nicht gefragt …«

Auch Julia hatte eine gute Idee: »Wenn der Ehemann das Video kennt, hätte er ebenfalls ein erstklassiges Motiv. Und Maria Huber genauso!«

»Grundsätzlich gebe ich dir recht«, korrigierte Alois Schön seine Mitarbeiterin, »aber würdest du dann die Speicherkarte nach der Tat wieder an ihren Platz zurücklegen?«

Julia schüttelte den Kopf: »Ich hätte sogar den Camcorder verschwinden lassen!«

»Es sei denn, der Mörder will uns bewussd däuschen.«

»Interessante Theorie«, bestätigte Natascha. »Der Mörder liefert uns das Motiv für seine Tat auf dem Tablett, damit wir denken, so blöd kann doch kein Mensch sein, und ihn deshalb für unschuldig halten.«

»Genau!« Der Franke reckte seinen rechten Daumen nach oben.

»Wissen wir denn, wie gut sich Herr Scharf und Anton Huber kannten?«, fuhr Alois Schön fort. »Und Maria Huber müssen wir erst finden, bevor wir sie fragen oder gar verhaften können.«

6. KAPITEL

Am Dienstag ermittelten die Kriminalbeamten vor Ort. Dabei stellten sie fest, dass sich Anton Huber durch den Gestank seiner Schweine bei zahllosen Bewohnern unbeliebt gemacht hatte. Viele Leute schimpften auf ihn und seinen Saustall: Eigenheimbesitzer, die es versäumt hatten, vor dem Kauf ihres Hauses einen Gang durch die Nachbarschaft zu unternehmen, genauso wie Mieter, die sich einen Umzug in eine Gegend mit besserer Luft nicht leisten konnten. Ebenso behaupteten zahlreiche Gewerbetreibende, dass sie ohne das landwirtschaftliche Anwesen bedeutend mehr Kundschaft hätten. Immer wieder bekamen die Polizisten an diesem Tag deftige Kraftausdrücke und Flüche zu hören. Obwohl die meisten, die sich beschwerten, Anton Huber nicht einmal persönlich kannten. Und auf die Frage, ob man den Hofbesitzer schon einmal direkt auf das Problem angesprochen oder wenigstens einen Anwalt zur Abklärung der Rechtslage konsultiert habe, ernteten die Kriminalbeamten nur Kopfschütteln. Offenbar wurde dann doch keiner dieser Vernommenen durch die Ausdünstungen der Borstentiere so sehr gestört, dass es größere Anstrengungen rechtfertigte.

Mittags unterhielten sich Natascha Frey und Alois Schön mit Sabine, der Kindergärtnerin. Diese gab die Beziehung mit dem Landwirt ohne Umschweife zu:

»Der Anton war ein hervorragender Liebhaber, aber auf Dauer wäre das mit uns nichts gewesen. Da waren wir uns beide von vornherein einig.«

»Wie darf ich das verstehen?«

»Schauen Sie, Herr Kommissar: Er war verheiratet, ich Single. Ich möchte noch Kinder haben, er nicht. Aber wie sagte die amerikanische Sängerin Cher? ›Auf der Suche nach dem Richtigen kann man auch viel Spaß mit dem Falschen haben!‹ Genau so war es beim Anton und mir!«

»Haben Sie denn inzwischen den Richtigen gefunden?«, knüpfte Natascha an das Zitat an.

»Ja, mein Volker ist ein ganz Lieber. Wir sind der gleiche Jahrgang, haben dieselben Interessen und Lebensziele. Alles passt. Daher wollen wir im nächsten Mai heiraten! Wenn's klappt, soll der Tag unseres Kennenlernens auch unser Hochzeitstag werden!« Die Augen der Erzieherin leuchteten.

»Weiß Ihr Verlobter von Ihrer Affäre zu Anton Huber?«

»Ich habe ihm erzählt, dass wir mal eine Zeit lang zusammen waren. Es hat ihn nicht im Geringsten gestört. Warum auch? Schließlich habe ich wegen ihm die Sache mit Anton beendet!«

»Wie hat denn Herr Huber reagiert, als Sie Schluss gemacht haben?«

»Total cool. Er hat mir sogar Glück gewünscht!«

Alois Schön hob die Augenbrauen: »Die meisten Männer verarbeiten eine Abfuhr nicht so gut.«

»Vermutlich hat es geholfen, dass die Gefühle zwischen uns nicht so stark waren. Es ging halt doch mehr um Sex.«

»In Anbetracht der Tatsache, dass es in Ihrer Beziehung nur um Sex ging, waren die Fotos, die er von Ihnen gemacht hat, eher prüde!« Natascha glaubte, einen Widerspruch entdeckt zu haben.

»Kann schon sein. Ich steh' halt nicht so darauf. Und Anton hat sehr schnell eingesehen, dass es für ihn von Vorteil ist, wenn er die Kamera zur Seite legt.« Es entstand eine kleine Pause.

»Wie lange waren Sie zusammen?«

»Etwa sechs Wochen, letztes Jahr im Frühjahr. Von Anfang April bis Mitte Mai.« Die Endzwanzigerin war folglich die Geliebte des Toten nach der Metzgereiverkäuferin Susi und vor Martina Scharf.

Freilich hatte der Bürgermeister noch eine Jugendliebe erwähnt, die Gerüchten zufolge ebenfalls ein Techtelmechtel mit dem Ermordeten gehabt hatte. Weil sie sich sicher waren, dass es sich bei der Dame um Sonja Gruber handelte, statteten die Kommissare dem Landgasthof einen erneuten Besuch ab. Sebastian Gruber schloss gerade ein Fass an die Zapfanlage der Bar im ansonsten menschenleeren Restaurant an: »Hocken S' Eahna hi, wos Lust ham. I kimm glei!«

Als der Gasthofbesitzer Platz genommen hatte, kam Alois Schön ohne Umschweife zum Punkt: »Herr Gruber, wir haben gehört, dass Anton Huber auch eine uralte Beziehung wieder aufgefrischt haben soll.«

»Des wundert mi ned. Der Saukerl hat doch alles gevögelt, was ned bei drei aufm Baum wor! Außer seim Weib natürlich!«

»Mehr haben Sie dazu nicht zu sagen?«, blickte Natascha den Gastwirt fordernd an.

»Na. Wieso?«

»Wir vermuten, dass es sich bei dieser Jugendliebe um ihre Ehefrau Sonja handelt«, erläuterte Alois Schön in ruhigem Ton.

Sebastian Gruber schwieg, zeigte keinerlei Emotionen. Seine kräftigen Unterarme lagen fest auf der Tischplatte, die Hände zusammengefaltet, als wolle er Däumchen drehen.

»Ist Ihre Frau zu sprechen?«

»Na, die is no bei ihrer Mutta.«

»Dann benötigen wir eine Nummer, unter der wir sie erreichen können.«

»Resi, i brauch an Schtift!« Trotzig grummelnd, die Augen starr auf den Block der Kellnerin gerichtet, kritzelte der Gastronom die Telefonnummer auf das Papier: »Soll Ihnen die Sonja doch sagen, wos mit dem Huber gelaafa is.« Es entstand eine kleine Pause, bis Sebastian Gruber die Kommissare verunsichert ansah und mit leiser Stimme bat: »Aber sein S' so guad und sorgen S' dafier, dass mei Schwiegermutter nix von der Sach erfährt. Es reicht scho, wenn die mitkriegt, dass mir a Ehekris hoam. Wenn die spannt, dass bei uns die Polizei ermittelt, rot die ihra Tochter direkt zur Scheidung.« Von einer Sekunde auf die andere verwandelte sich der grantelnde gestandene Urbayer in ein hilfloses Kind.

»Wir werden äußerst diskret vorgehen«, versprach Natascha, weil auch sie der Meinung war, dass der Gastwirt für einen Mann mit seinen Motiven außerordentlich zuvorkommend war. Irgendwie tat ihr der Mann sogar ein bisschen leid.

Als die Kommissare ins Büro zurückkamen, wurden sie von Julia mit positiven Neuigkeiten empfangen. Die Kollegen in Norddeutschland hatten Cordula Huber gefunden und bereits über den gewaltsamen Tod ihres Vaters informiert. Die Tochter, so stand es in der E-Mail, habe die Nachricht gefasst aufgenommen. Selbstverständlich werde sie unverzüglich nach München zurückreisen, um zu helfen. Sie wäre der Mordkommission jedoch sehr dankbar, wenn man sie nach der Reise durch ganz Deutschland ausschlafen ließe und nicht vor zehn Uhr erwarte.

Nach der Mittagspause telefonierte Natascha mit der Gattin des Landgasthofbesitzers. Sonja Gruber bestätigte, dass ihr ihre Jugendliebe wiederholt schöne Augen gemacht hatte. Der Anton habe mehrfach beteuert, dass seine Ehe am Ende sei und er sie noch immer liebe. Aber sie sei standhaft geblieben. Selbst das Argument, dass sie es bei ihm wesentlich besser hätte als bei ihrem Mann, hätte sie nicht gelten lassen. Schließlich waren Anton und sein Schweinestall nicht ganz unschuldig an der schlechten finanziellen Situation des Landgasthofes. Außerdem habe sie ihm nicht geglaubt, dass er sich wegen ihr scheiden lassen würde. Sie habe vermutet, dass er einfach wieder einmal ein neues Betthaserl bräuchte. Dazu sei sie sich jedoch zu schade. Dies habe sie dem Anton auch klar und deutlich gesagt.

»Hat Ihr Mann etwas von dem Werben mitgekriegt?«

»Natürlich. Ich habe ihm sogar davon erzählt. Ich hatte ja nichts zu verbergen!« Doch irgendwie passte der Tonfall nicht zu den Worten, die Natascha vernommen hatte. Daher bohrte sie nach: »Gibt es noch etwas, womit Sie uns helfen können, Frau Gruber?«

Die Dame am anderen Ende der Leitung überlegte angestrengt. Offenbar wurde auch sie sich jetzt der Widersprüchlichkeit bewusst. Gleichwohl dauerte es noch einen Moment, bis sie leise und zögerlich antwortete: »Trotz meiner Offenheit hat mir mein Mann nicht geglaubt. Deswegen bin ich ja zu meiner Mutter!«

»Das müssen Sie mir genauer erklären.«

»Sebastian war stinksauer, als ich ihm die Geschichte erzählt habe. Was sich der notgeile Bock denn einbilden würde und warum ich denn überhaupt mit dem Saukerl reden würde, und so. Den ganzen Abend hat er kein einziges Wort mit mir gesprochen. Als ich ihn dann am nächsten Morgen fragte, ob er sich wieder beruhigt hätte, wurde es nur noch schlimmer: Offensichtlich würde er als Ehemann nicht mehr meine Ansprüche erfüllen. Da könnte ich doch gleich zum Huber auf seinen Hof ziehen. Als er noch ein paar solcher Sprüche losließ, wurde es selbst mir zu viel!« Sonja Gruber redete sich immer mehr in Rage: »Was denken sich die Männer eigentlich, Frau Kommissarin? Anstatt mich für meine Ehrlichkeit und Offenheit zu loben, scheißt mich der Kerl zusammen!« Wie ein tosender Wasserfall kamen die einzelnen Silben aus dem Telefonhörer: »Glaubte Sebastian tatsächlich, ich würde ihn betrügen und ihm anschließend brühwarm erzählen, wie mich der Anton angemacht hat? So blöd kann man doch wirklich nicht sein, oder, Frau Frey?«

»Wohl kaum.«

»Also habe ich meine Sachen gepackt und bin losgefahren«, schloss Sonja Gruber nach einer kurzen Pause ihren Bericht ab.

»Wann war das?«

»Vorletztes Wochenende, am Samstag!«

Natascha ging im Geiste den Kalender durch: Samstags hatte das Ehepaar Gruber einen handfesten Ehekrach, am Dienstag drauf wird der Grund für die Auseinandersetzung tot im Stall gefunden. Inzwischen war eine weitere Woche vergangen, und Sebastian Gruber schmollte immer noch.

»Frau Gruber, ist es normal, dass Ihr Mann so lange beleidigt ist? Denn zu Ihrem Streit hat er heute kein Wort gesagt. Er hat uns nur Ihre Telefonnummer gegeben. Sonst nichts!«

»Sebastian ist ein typischer Stier. Die fressen alles in sich hinein. Die muss man dann eine Zeitlang in Ruhe lassen. Aber diesmal dauert es arg lange, bis er sich bei mir rührt«, seufzte die Gattin des Hotelbesitzers.

»Vermissen Sie Ihren Mann?«

»Ein wenig schon.«

»Vielleicht sollten Sie ihn anrufen und fragen, ob er sich ebenso freut wie Sie, wenn Sie wieder nach Hause kommen. Getreu dem Motto: Die Klügere gibt nach«, beendete Natascha das Telefonat.

»Herzliches Beileid«, begann Alois Schön das Gespräch mit der Tochter des Toten am nächsten Morgen. Er hatte es vorgezogen, die Unterhaltung an seinem Schreibtisch und nicht in einem Vernehmungsraum zu führen.

Die junge Frau, ganz in Schwarz, nickte artig.

»Danke, dass Sie Ihren Urlaub sofort abgebrochen haben.«

»Ist doch klar.«

»Möchten Sie einen Kaffee?«

»Ja bitte, mit Milch und Zucker.«

Ein kurzer Anruf genügte, und Julia brachte einen Becher. Den Löffel, mehrere Stücke Würfelzucker sowie zwei abgepackte Portionen Dosenmilch servierte sie auf einer Untertasse.

»Wie geht es meiner Mutter?«

Mit dieser Frage wurde Alois Schön überrascht. Gerade hatte er sich nach dem Verbleib der Witwe erkundigen wollen: »Wir dachten, Sie wären gemeinsam im Urlaub gewesen.«

»Mit meiner Mutter im Urlaub? Niemals! Den Maxi hätte ich gerne mitgenommen. Aber der hatte ja noch Schule.« Während Cordula Huber die ersten Worte wie ein vergammeltes Stück Fleisch ausspuckte, machte sich in den letzten beiden Sätzen der Moll-Ton des Bedauerns bemerkbar.

»Das heißt, Sie haben Ihre Mutter aus der Rehaklinik abgeholt und anschließend nach Hause gefahren.«

Die Tochter schüttelte den Kopf: »Ich habe sie aus der Reha abgeholt und am Dienstagmorgen zur U-Bahn gebracht, weil sie einen Termin in München hatte. Danach habe ich meine restlichen Sachen gepackt, um an die Nordsee zu fahren.« Ihre Sprechweise glich der eines Nachrichtensprechers. Völlig emotionslos erstattete sie Alois Schön Bericht.

»Also hat Ihre Mutter von Montag auf Dienstag bei Ihnen übernachtet.«

»Richtig.«

»Weshalb haben Sie sie nicht nach Ihrer Verabredung nach Hause gebracht?«

»Es hat mir schon genug Umstände bereitet, sie aus

der Klinik abzuholen! Ich weiß nicht, wie es bei Ihnen zugeht, Herr Kommissar. Aber bei mir ist der letzte Tag vor dem Urlaub immer Stress pur.«

Alois Schön sah die Zeugin genau an: »In Ihrer Wohnung sah es nicht so aus, als ob dort ein Gast genächtigt hätte.«

»Bitte was?«

»Eine zweite Garnitur Bettwäsche haben wir beispielsweise nicht gefunden. Oder zwei Frühstücksgedecke in Ihrer Spülmaschine.«

»Wollen Sie etwa behaupten, ich lüge Sie an? Warum sollte ich das tun? Was sollen diese Unterstellungen?«

»Ihre Mutter ist verschwunden!«

Cordula Huber antwortete nicht. Stattdessen rührte sie mit dem Löffel in ihrer Kaffeetasse. Eine Umdrehung nach der anderen. Gedankenverloren fixierten ihre Augen die Kreise, die sich in der hellbraunen Melange bildeten.

»Frau Huber, wir benötigen jede Spur, um sie zu finden! Können Sie sich erinnern, mit wem Ihre Mutter einen Termin in München vereinbart hatte?«

Es dauerte eine Weile, bis sich die Tochter entschloss, zu reden: »Also gut, Herr Kommissar. Ich sage es Ihnen klar und deutlich. Mit der Ehe meiner Eltern stand es nicht mehr zum Besten. Meine Mutter hatte mich daher gebeten, dass ich sie noch vor meinem Urlaub aus der Reha abhole. Und zwar vorzeitig und ohne Wissen meines Vaters, damit sie sich in aller Ruhe mit einem Anwalt beraten kann, was sie bei einer Scheidung erwarten darf und muss.« Ruhig führte sie die Tasse an die Lippen.

»Können Sie uns den Namen der Kanzlei nennen?«

»Leider nein. Meine Mutter hat ihn mir nicht verraten, und ich habe nicht danach gefragt. Denn ich wollte mich aus der Ehekrise meiner Eltern so weit wie möglich heraushalten.«

»Hat Ihre Mutter gesagt, wo sie ungefähr hin will? In welches Viertel, ob sie umsteigen muss oder Ähnliches?«

»Sorry, da muss ich passen.« Die Augen der Tochter wirkten müde, ihr Blick gelangweilt, fast schon gequält.

Alois Schön atmete tief durch: »Wissen Sie noch, wie spät es war, als Sie Ihre Mutter an der U-Bahn absetzten?«

»Sie hat die U-Bahn um 9.03 Uhr genommen. Und als ich losgefahren bin, war es 10.35 Uhr.«

»Woher wissen Sie das so genau?«

»Weil ich die Stau- und Blitzermeldungen von Radio Arabella gerade so mitbekommen habe.« Cordula Huber trank ihren Rest Kaffee und legte den Löffel auf die Untertasse: »Wann kann ich denn mit der Freigabe des Leichnams meines Vaters rechnen?«

»Wann immer Sie es wünschen. Unsere Rechtsmediziner sind fertig. Sie müssen nur sagen, wohin wir ihn überführen sollen.«

»Ich werde Ihnen die Adresse telefonisch mitteilen. Danke für den Kaffee.« Cordula Huber erhob sich und ging zur Tür.

»Einen Moment noch bitte.«

»Entschuldigung«, blieb sie mitten im Raum stehen, »ich bin mir bewusst, dass ich Ihnen keine große Hilfe bin. Aber ich habe Ihnen alles gesagt, was ich weiß!« Ein kurzer Blick über die linke Schulter musste dem Kommissar genügen.

»Wissen Sie, dass Ihr Bruder im Krankenhaus liegt?«

Die junge Frau stürmte zum Schreibtisch zurück. Die Arme aufgestützt, schrie sie Alois Schön mit weit aufgerissenen Augen an: »Nein! Wieso? Etwa wegen Papa? Was ist mit Maxi?«

»Ihr Bruder hatte einen Unfall. Er ist im Internat von einer Mauer gestürzt.«

»Ist es schlimm?«, setzte sich Cordula Huber wieder hin. Ihr Mund stand offen, sie gierte nach einer Antwort.

»Die genaue Diagnose ist mir nicht bekannt, vermutlich nur ein Beinbruch.«

Cordula Huber atmete tief durch: »Ich hoffe, Sie irren sich nicht.« Sie schielte nach ihrer Kaffeetasse, doch diese war leer.

»Ein Anliegen hätte ich allerdings noch. Wir haben Ihren Bruder noch nicht über den Tod Ihres Vaters und ebenso wenig über das Verschwinden Ihrer Mutter informiert. Können Sie uns dazu ins Krankenhaus begleiten?«

»Ja gerne. Wann denn?«

»Passt Ihnen heute Nachmittag?«

»Natürlich, ich will Maxi so schnell wie möglich sehen!«

»Gut. Meine Kollegin wird Sie um 14 Uhr abholen«, beendete Alois Schön das Gespräch nun endgültig.

7. KAPITEL

In der Klinik in Starnberg begrüßte Max seine Schwester: »Hi, Cordula, bist du schon wieder aus dem Urlaub zurück?« Er breitete seine Arme aus, so weit er nur konnte, und strahlte über das ganze Gesicht.

»Ja, Bruderherz, ich habe mich gut erholt. Wie geht's dir?«

Der kleine Patient wollte seine Schwester gar nicht mehr loslassen. Lange verharrten die Geschwister Wange an Wange, bevor der Junge antwortete: »Ganz gut, mein Bein tut mir nicht mehr weh.«

»Sonst alles okay?«

»Ja, Bänder und Sehnen alle noch heil. Im Vergleich zu meinem Autounfall nur ein paar Kratzer. Ich habe ja noch nicht einmal einen Gips!« Maximilian schob die Bettdecke zur Seite, um seine Plastikschiene zu präsentieren.

»Du hast wirklich einen erstklassigen Schutzengel!«

»Und ein Schwesterherz, das ihn voll unterstützt!«

Natascha Frey hatte bewusst an der Tür des Zimmers gewartet. Von dort konnte sie den Jungen genau beobachten. Ein hübsches Kerlchen, ein bisschen mager. Bloß seine Fingernägel, die sehr weit abgeknabbert waren, fielen störend auf.

»Cooles Teil«, deutete Natascha auf die Schiene, während sie ans Bett herantrat.

Max erschrak: »Wer sind denn Sie?« Hektisch deckte er die Stütze wieder zu und zog das Federbett über den Mund.

»Das ist Natascha Frey. Sie hat mich begleitet, weil sie dir etwas sagen will.«

»Mit der geilen Schiene werden dich in der Schule sicherlich alle beneiden!« Natascha hielt den richtigen Zeitpunkt zur Überbringung der Nachricht vom Tod des Vaters noch nicht für gekommen.

»Schön wär's«, seufzte der Elfjährige, ohne die Kommissarin anzusehen. Es entstand eine kleine Pause.

»Haben dich schon viele Freunde besucht?«

Maximilian schüttelte den Kopf: »Heute Morgen war ein Lehrer da.« Er deutete auf eine Tafel Schokolade und eine Packung Gummibärchen, die auf dem Beistelltisch neben dem Bett lagen.

»Toll, wenn einem selbst die Pauker Süßigkeiten schenken. Solche Lehrer hätte ich auch gerne gehabt.«

Gleichwohl erzielte diese Bemerkung nicht die erhoffte aufmunternde Wirkung. Im Gegenteil. Max setzte sich aufrecht hin, stemmte seine dünnen Arme in die Hüfte und schrie trotzig: »Ich will jetzt endlich wissen, was Sie hier wollen!« Hätte er gestanden, hätte er garantiert mit dem Fuß aufgestampft.

Natascha war für einen kurzen Moment irritiert. Sollte sie weiter warten, um das Gemüt des Jungen abzukühlen? Doch dessen Blick wurde immer fordernder und düsterer.

»Ich bin von der Polizei, Max.«

Der kleine Patient hatte sich wieder im Bett zurückgelegt, um nun aufmerksam, aber misstrauisch ihren Worten zu lauschen.

»Wir haben deinen Vater letzte Woche tot im Stall gefunden«, fuhr die Kommissarin fort, während Cordula die rechte Hand ihres Bruders streichelte.

Max schluckte, zeigte jedoch ansonsten keinerlei Emotionen. Offenbar lenkten ihn die Liebkosungen seiner Schwester ab. Er schien sie sogar zu genießen.

Natascha entschied sich, Details der Tat nur auf Nachfrage preiszugeben. Genauso wenig wollte sie das Kerlchen heute über das Verschwinden der Mutter informieren. Ihrer Meinung nach war es nicht notwendig, einem Elfjährigen zu erklären, dass sie für die Mordkommission tätig sei und dass seine Mutter zu den Hauptverdächtigen zählen würde.

Auch Cordula machte keine Anstalten, dem Bruder weitere Schreckensnachrichten zu überbringen. Als die Besuchszeit zu Ende war, versprach sie, am nächsten Tag wiederzukommen, was von Max freudig begrüßt wurde.

»Was war das mit dem Autounfall?«, erkundigte sich Natascha auf dem Weg zum Parkplatz.

»Ist nicht so wichtig.«

»Vielleicht doch!«

»Also gut. Damit Sie Ruhe geben: Max wurde vor drei Jahren bei einem Verkehrsunfall schwer verletzt. Aufgrund eines sogenannten Polytraumas haben seine Nieren versagt, und ich musste ihm eine Niere spenden.«

»Deswegen also die vielen Medikamente auf seinem Nachttisch.«

Die Schwester nickte.

Im Auto schaltete Natascha das Radio an: »Gefällt Ihnen der Sender?«

Cordula Huber antwortete nicht. Sie hatte weder die Musik noch die Stimme ihrer Fahrerin wahrgenommen. Denn sie durchlebte erneut die Zeit, in der ihr Bruder nur dank ihrer Hilfe dem Tod von der Schippe gesprungen war: Der achtjährige Max fuhr damals mit seiner Mutter zum Einkaufen. Irgendwie hatte es der Kleine geschafft, diese zu überreden, dass er, statt im Kindersitz auf der Rückbank, vorne als Beifahrer mitfahren durfte. Als ihr Handy läutete, unterhielt sich Maria Huber angeregt mit einer Freundin. Dabei verlor sie die Kontrolle über das Fahrzeug. Der Mercedes prallte seitlich gegen einen Baum. Max erlitt schwere innere Verletzungen. Allein die Diagnose aller Blessuren dauerte eine Ewigkeit. Ständig verlängerte sich die Liste, bis sie in akutem Nierenversagen gipfelte. Maria Huber hatte dagegen bloß ein gebrochenes Bein sowie ein paar Schnittwunden. Eine Ungerechtigkeit sondergleichen: Der Verursacherin ging es gut, während sich der Zustand des unschuldigen Kindes von Stunde zu Stunde verschlechterte. Cordula zögerte daher keine Sekunde, als die Ärzte wegen der Organspende anriefen. Zwei Wochen teilte sie mit ihm das Zimmer im Klinikum. Sie erinnerte sich an die Tränen, derer sie sich nicht erwehren konnte, wenn sie den kleinen fast leblosen Körper im Bett liegen sah. An die bangen Blicke auf die zahlreichen medizinischen Apparate und ihre Skalen und Kurven, die bedeuteten, dass Max noch lebte. Und an die Freude, als der Krümel die Augen aufschlug und seine Schwester erkannte. Den Moment, als er sie zum ersten Mal wieder ansprechen konnte, würde sie ihr Lebtag nicht vergessen. Schließlich begann damals sein zweites Leben. Ein Leben, das er ausschließlich ihr zu verdanken hatte. Folglich musste sie sich auch weiterhin um sein Wohlergehen kümmern.

Währenddessen besuchte Alois Schön die Familie der Lehrerin: »Grüß Gott, Herr Scharf. Ist Ihre Frau zu sprechen?«

»Martina hat sich nach dem Essen wieder hingelegt, sollte aber wach sein. Das Zimmer am Ende des Flures oben.« Walter Scharf drehte sich um und machte sich wieder auf den Weg in sein Arbeitszimmer.

»Laufen Sie mir bitte nicht weg. Mit Ihnen muss ich später auch noch reden!«, stellte der Leiter der Mordkommission daraufhin klar.

»Eigentlich passt es mir momentan überhaupt nicht. Trotz Homeoffice habe ich viel zu erledigen, und außerdem muss ich einige dringende Telefonate mit Kunden führen.«

»Ich werde Ihre kostbare Zeit nicht über Gebühr beanspruchen.«

Alois Schön ging die Treppe nach oben und klopfte: »Grüß Gott, Frau Scharf. Wie geht es Ihnen?«

»Es geht.« Die Patientin hatte Mühe, den Kommissar anzusehen.

»Es tut mir leid, aber ich muss Ihnen noch einige Fragen zu dem Video stellen.«

Martina Scharf senkte den Kopf. Ihr zierlicher Körper rutschte langsam unter die Bettdecke, bis nur noch das verhärmte Gesicht herausschaute.

Alois Schön nahm sich einen Stuhl und schob ihn neben das Bett: »Hatten Sie wirklich keine Ahnung von dem Streifen?«

Die Lehrerin schüttelte den Kopf.

»Haben Sie eine Idee, wann er ihn gemacht haben könnte?«

»Wie denn? Ich wusste ja nicht einmal, dass der Toni eine Videokamera besitzt!«

»Die hat doch heutzutage jeder.«

»Sie müssen mir glauben!« Martina Scharf zwang sich zu einem Lächeln, das jedoch ihre Traurigkeit nicht verbergen konnte. Diese Mischung aus Flehen, unendlichem Leid und dem offensichtlichen Versuch, sympathisch zu wirken, verlieh ihren Gesichtszügen eine bizarre Komik. So wie es da lag, wirkte das durchtrainierte, drahtige Persönchen äußerst zerbrechlich.

»Hat Sie Herr Huber niemals zu erotischen Fotos oder zum Striptease aufgefordert? Oder angedeutet, wie toll es wäre, wenn man sich beim Sex filmt? Überlegen Sie bitte, Frau Scharf!«

»Nein, nie.«

»Ist aber seltsam. Immerhin gibt es von Ihren Vorgängerinnen ebenfalls Aufnahmen. Folglich wäre es nur normal, wenn er sich erkundigt, ob Sie ihm gleichermaßen einen solchen Gefallen tun!«

»Mich hat er nie gefragt.«

»Hätten Sie denn zugestimmt?«

»Vermutlich nicht.«

»Das erklärt, warum er den Streifen heimlich gedreht hat.«

»Außerdem waren wir so gut wie nie bei ihm zu Hause«, ergänzte die Geliebte mit matter Stimme, »das wäre viel zu gefährlich gewesen.«

»Genau deswegen müssen Sie sich doch erinnern können, wann Sie gefilmt wurden.«

»Ich weiß es nicht mehr. Höchstwahrscheinlich am Anfang unserer Beziehung. Kurz vor den Sommerferien war ich ein oder zwei Mal bei ihm auf dem Hof, weil der Rest der Familie ausgeflogen war. Aber auf Dauer wurde uns das zu riskant.«

Alois Schön machte sich fleißig Notizen. Den ersten Punkt hatte er nun abgehakt. »Was haben Sie eigentlich Ihrem Mann erzählt?«, fuhr er demzufolge fort.

»Ich habe ihm die Affäre gestern Morgen gebeichtet. Ohne ins Detail zu gehen und nur die mit dem Toni«, flüsterte die Ehefrau.

»Dann ist er also über die Existenz des Videos informiert.«

»Notgedrungen. Wobei ich nur sagte, dass der Toni uns ohne mein Wissen im Bett filmte.« Nach wie vor lagen ihre Arme unter der Bettdecke, schauten ihre Augen starr nach vorne. »Im Großen und Ganzen habe ich mich daran gehalten, was Sie Walter am Montag erzählt haben. Dass ich zu wenig gegessen hätte und deshalb bei der Hitze in Ihrem Büro zusammengeklappt wäre.« Sie lächelte verschämt: »Da haben Sie mir einen großen Gefallen getan. Dafür kann ich mich bei Ihnen nur bedanken!«

Der Leiter der Mordkommission ließ sich mit einer Reaktion Zeit. Zum einen, weil es ihn Überwindung kostete, ernst zu bleiben, und zum anderen, weil er wartete, ob die Lehrerin noch etwas hinzufügen wollte. Doch Martina Scharf schwieg. Also bohrte er nach: »Wie hat Ihr Mann reagiert?«

»So gut wie gar nicht.«

»Kein einziges Wort?« Alois Schön überlegte, wie

er sich verhalten würde, wenn Beate ihm einen Seitensprung beichten würde. Er würde darauf garantiert viel emotionaler antworten.

»Naja«, entgegnete Martina Scharf leise, »Walter meinte, so blöd könne bloß ich sein.« Sie griff zum Wasserglas, das auf dem Nachtisch stand, und trank zwei kräftige Schlucke. »Als ich ihn fragte, was er damit genau meine, blieb er mir die Antwort schuldig. Daraufhin habe ich ihm klipp und klar gesagt, dass er nicht ganz unschuldig an dieser Situation sei, weil er sich so wenig um mich kümmert. Da ist er auf sein Zimmer gegangen.«

Alois Schön wandte seinen Kopf zur Seite. Diese Antwort musste er erst einmal verdauen. Nach kurzem Überlegen fuhr er fort: »Wie gut kannte Ihr Mann Anton Huber?«

»Wie man sich halt so kennt. Man weiß, wer man ist, und man grüßt sich.«

»Keine gemeinsamen Interessen?«

»Nein. Walter ist nicht von hier. Er ist weder Mitglied bei der Feuerwehr noch in einem örtlichen Verein. Wenn überhaupt, dann geht er mit mir durch den Ort spazieren oder zu einer Veranstaltung.«

»Aber beim Dorffest waren Sie allein!«

»Richtig, Walter war auf Geschäftsreise. Sonst wäre ich dem Toni sicherlich nicht so nahe gekommen.« Martina Scharf seufzte, ohne zu verdeutlichen, weshalb. Ob sie die Affäre bereute oder ob sie die Qualitäten des Lovers vermisste.

»Und heute Morgen? Hat sich Ihr Mann da in irgendeiner Weise zu Ihrem Seitensprung geäußert? Oder eine Andeutung gegenüber Ihren Kindern gemacht?«

»Ich sagte doch schon. Walter ist egal, was ich tue!« Martina Scharf drehte sich auf den Bauch und vergrub ihr Gesicht in ihrem Kopfkissen.

»Und Sie halten es für völlig ausgeschlossen, dass Ihr Mann schon vorher von Ihrer Affäre erfahren hat?«

»Ja!«, zog sich die Lehrerin die Bettdecke über den Kopf. Mehr als ein Schluchzen konnte man von ihr nicht mehr erwarten.

Alois Schön ging die Treppe hinunter, um Walter Scharf zu befragen: »Bewundernswert, dass Sie in einer solchen Situation so gelassen bleiben.«

»Wie reagieren Sie denn, wenn Ihnen Ihre Frau erzählt, dass sie beim Sex mit einem anderen heimlich gefilmt wurde? Erwarten Sie, dass ich mir den Porno auch noch anschaue?«

»Ich wäre zumindest laut geworden und stinksauer!«

»Was soll das bringen?«

Alois Schön überlegte: Er hätte vermutlich geschrien, um sich abzureagieren. Und die Behauptung einer Ehebrecherin, er trage eine große Mitschuld an ihrer Affäre, hätte ihn noch mehr in Rage gebracht. Fragend sah er den Ehemann an.

Doch Walter Scharf schwieg.

»Was meinten Sie, als Sie sagten, so blöd könne nur Ihre Frau sein?«

»Nichts. Vergessen Sie's!«

»Herr Scharf, bitte!«

»Ich weiß es selber nicht so genau!« Der Ehemann drehte sich um und ging zum Fenster. Die Hände in den Hosentaschen, den Blick zum Garten begann er mit der Antwort: »Es war eine spontane Äußerung!«

Walter Scharf sprach langsam und machte zwischen den Sätzen lange Pausen. »Ich habe mich bloß gewundert, dass sie nicht gemerkt hat, dass sie gefilmt wird.« Offenbar war es das erste Mal, dass er über den Vorfall, seine Worte und seine Reaktion nachdachte. »Um jedoch beurteilen zu können, woran das lag, müsste ich den Film sehen. Aber dazu werden mich keine zehn Pferde bringen ... Deshalb habe ich auch auf Martinas Frage hin geschwiegen.« Seine Stimme wurde mit jedem Satz lauter.

»Ihre Frau sagte, Sie seien auf Ihr Zimmer gegangen.«

»Richtig. Ich habe meine Kopfhörer aufgesetzt und Musik gehört: Wagner, Ring der Nibelungen. Natürlich nur den Anfang, etwa eine Stunde. Dann habe ich mich schlafen gelegt. Schließlich musste ich am nächsten Tag früh raus.«

Damit war das Gespräch beendet. Über die Ehe der Scharfs konnte sich Alois Schön nur wundern. Umso mehr freute er sich, dass ihm Beate jeden Tag zeigte, wie sehr sie ihn liebte und begehrte. Die würde niemals auf die Idee kommen, ihn mit einem anderen Mann zu betrügen. Dafür gab es allerdings auch nicht den geringsten Grund. Bekanntermaßen kümmerte er sich vorbildlich um die Dame seines Herzens.

Zu Hause angekommen telefonierte er mit Frederik. Er schlug ihm vor, am Wochenende gemeinsam ins Legoland zu fahren.

»Super, Papa. Da wollte ich schon immer hin! Darf der Simon auch mit?«

»Nein, Frederik. Diesmal möchte ich jemanden mitnehmen.«

»Wen willst du denn ins Legoland mitnehmen?«

»Jemanden, dem ich schon viel von dir erzählt habe, und der dich gerne einmal kennenlernen möchte.«

Der Junge überlegte: »Hast du etwa eine Freundin?«

»Gut kombiniert, mein Sohn.«

»Ist sie hübsch?«

»Natürlich. Nicht nur das. Sie wird dir gefallen!«

Kurz darauf wurde Frederik von seiner Mutter zum Essen gerufen, sodass sie das Telefonat beenden mussten.

Die Nachricht vom Verschwinden von Maria Huber hatte sich wie ein Lauffeuer im Ort verbreitet. Es schien, als ob die kostenlosen lokalen Anzeigenblätter extra ihre Druckerpressen angehalten hätten, um die Sensationsnachricht als Allererste verkünden zu können. Selbstverständlich wurde jeder Bürger, der die flüchtige Person auch nur vom Sehen her kannte, von den Lokalreportern nach seiner Meinung gefragt. Inwieweit denn erkennbar gewesen wäre, dass diese Frau zu einem solch grausamen Verbrechen fähig sei? Alt und Jung, Groß und Klein kamen ihrer Bürgerpflicht, die Polizei bei ihren Ermittlungen zu unterstützen, gerne nach. Bestimmt spekulierten einige auf eine Belohnung für die Aufspürung der Ehegattenmörderin. Aber sachdienliche Hinweise erhielt die Mordkommission letztendlich doch nicht.

Folglich mussten Cordula und Max Huber ihren Vater alleine zu Grabe tragen. Der Pfarrer hatte aus diesem Grunde noch einmal gebeten, von Beileidsbekundungen auf dem Friedhof abzusehen. Alois Schön hatte neben Natascha und Martin fünf im Ort unbekannte Kollegen aufgefordert, sich in Zivil unter die Trauergemeinde zu mischen. Nur Julia blieb missmutig alleine im Büro.

Trotz der kurzfristigen Terminansetzung und der Tatsache, dass es sich bei dem Toten nicht unbedingt um einen Sympathieträger handelte, war der kleine Friedhof am Freitagnachmittag gut gefüllt. Wie bei ländlichen Begräbnissen üblich, hatten der Musikverein und der Fußballverein ihre Abordnungen geschickt. Selbst wenn das letzte Treffen der Musikanten mit Anton Huber schon eine Ewigkeit zurücklag und er niemals Mitglied der Altherrenmannschaft gewesen war. Viele der Besucher hielten sich an die katholische nach Geschlechtern getrennte Sitzordnung. Maxi Huber kam auf Krücken in die Kirche gehumpelt. Der Rollstuhl, den man ihm im Krankenhaus mitgegeben hatte, wurde direkt vor dem Kircheneingang geparkt.

Cordula Huber hatte genügend Kraft, ihren Bruder zur Grabstätte des Vaters zu schieben. Während der Totenmesse hatte sie die ganze Zeit Maxis Hand gehalten. Beide Geschwister waren der Rede des Pfarrers regungslos gefolgt. Auch am offenen Grab sagten sie kein Wort. Im Gegensatz zur Trauergemeinde, deren Tuscheln bereits beim Verlassen der Kirche einen ungewöhnlich hohen Geräuschpegel erreichte. Es war unüberhörbar, dass diverse Anwesende nur sichergehen wollten, dass der Saukerl wirklich beerdigt wurde. Wortfetzen war zu entnehmen, dass einige Männer am liebsten den Sarg geöffnet hätten, um Gewissheit zu haben, dass sich in diesem der Huber-Bauer befand. Fehlte bloß noch, dass einer ins Grab gespuckt hätte.

Ergriffener war dagegen die Trauer der örtlichen Damenwelt. Immerhin handelte es sich bei dem Toten um einen gut gebauten, charmanten Schönling, der zu Lebzeiten so manchen weiblichen Körper in Wallung gebracht hatte. Selbst wenn es ausschließlich beim Flirten geblieben war, hatten seine Komplimente stets den Blutdruck und das Selbstbewusstsein der jeweils Betroffenen ansteigen lassen. Im Gegensatz zu den Herren der Schöpfung hatten die Bewohnerinnen der Gemeinde Anton Huber als netten, zuvorkommenden Menschen kennengelernt. Ein Mannsbild, von dem Frau gerne träumte. Und daher war nicht ausgeschlossen, dass die eine oder andere dunkle Sonnenbrille ihre Trägerin nicht nur vor der Sommersonne schützen sollte, sondern ebenso die Sicht auf eine heimlich verdrückte Träne verbergen musste.

Susi, die Metzgereifachverkäuferin, hatte es sich nicht nehmen lassen, ihre immer noch vorhandene Sympathie für den Ex durch den Kauf eines Blumenstraußes auszudrücken. Außerdem bestätigte sie den weiblichen Mitbürgerinnen durch diese Grabbeigabe, dass es bei ihnen nicht bei Komplimenten und Flirten geblieben war. Alois Schön wertete das Gebinde als zusätzlichen Beleg für ihre Unschuld.

Sabine nahm an der Trauerzeremonie ebenfalls teil. Aber im Gegensatz zu ihrer Vorgängerin hatte sie es vermieden, sich für den Toten in Unkosten zu stürzen.

Wozu auch? Die Kindergärtnerin wurde von einem jungen Mann begleitet, dem an der Nasenspitze anzusehen war, wie verliebt er war. Alois Schön hatte schon lange nicht mehr ein solch glückliches Pärchen gesehen. Das nahm er zum Anlass, eine weitere Kandidatin von seiner Liste der potenziellen Mörderinnen zu streichen. Schließlich blieben ihm nach wie vor zwei Verdächtige mit überaus starkem Motiv: Die verschwundene Ehefrau des Toten und Martina Scharf, die bei der Beisetzung ihres ehemaligen Liebhabers durch Abwesenheit glänzte.

Die Besprechung der eingeteilten Beamten war von kurzer Dauer. Jeder Zivilpolizist konnte bestätigen, dass der Tote nicht den besten Leumund im Ort genossen hatte. Die Bewohner, die nicht gut auf Anton Huber zu sprechen waren, teilten sich in zwei Lager: Die eine Hälfte fürchtete die Konkurrenz in Liebesdingen. Diese Gruppe zollte der vermeintlichen Mörderin großen Respekt für ihre Tat. Es sei doch nur verständlich, dass Maria Huber dem Treiben ihres Mannes ein Ende gesetzt habe.

Die andere Hälfte hoffte, dass der Gestank im Ort nun endlich vorbei sei. Wenn der Bauer tot und seine Ehefrau im Gefängnis sei, könne schließlich niemand mehr den Hof bewirtschaften. Denn der Bua sei ja noch viel zu jung, und die Tochter in München habe bestimmt kein Interesse an der Hofbewirtschaftung. Im Übrigen sei es doch für beide Kinder viel lukrativer, wenn das Anwesen verkauft würde. Von dem Erlös könnten sie vortrefflich leben, während mit Landwirtschaft heute sowieso kein Geld mehr zu verdienen sei.

Angesichts der sommerlichen Temperaturen waren alle Beamten froh, frühzeitig ins Wochenende gehen zu können.

8. KAPITEL

Alois Schön wäre gerne in den Biergarten gegangen, aber nun saß er auf dem Balkon seiner Wohnung und blätterte in den Unterlagen, die Beate angeschleppt hatte: »Was soll ich mit diesen geschönten Hochglanzprospekten? Für Immobilienmakler reicht die Bestlage von Schwabing doch bis nach Ingolstadt!«

»Ich will doch nur wissen, was dir gefällt, mein Schatz.«

»Gut erschlossen bedeutet tierisch laut, ruhige Lage am Arsch der Welt. Mir genügt es, wenn ich mir die Sachen anschaue.« Nichtsdestotrotz diskutierten sie noch lange über die Vor- und Nachteile von Wohnküchen sowie über die Mindestanzahl und notwendige Größe der Zimmer. Höchstwahrscheinlich wäre es am klügsten, statt einer Wohnung ein Haus mit Garten und ausbaufähigem Dachgeschoss zu erwerben. Dieses könne man wahlweise als Speicher, Hobbyraum oder Gästezimmer nutzen. Unter Umständen wäre dann auch für einen Weinkeller Platz, denn der Rotwein schmeckte vorzüglich. Und für den Fall der Fälle könnte man sogar ein weiteres Kinderzimmer einplanen. Natürlich sollten Frederiks Bedürfnisse bei ihren Plänen genauso Berücksichtigung finden. Darin waren sich Beate und Alois einig. Selbst wenn sich im Laufe des Abends ihr erforderliches Budget ständig erhöhte.

Am Samstag stand der Junior pünktlich, aber allein vor Schöns Wohnungstür. Entgegen früherer Gewohnheiten war seine Mutter sofort wieder gefahren.

»Grüß dich, Frederik«, lächelte Beate den Filius an.

»Dich kenn ich doch! Du warst doch letztes Jahr in der Therme!«

»Gutes Gedächtnis! Und da hast du sie voll nett gefunden.«

Frederik nickte. Nicht so gut fand er, dass Beate begehrte, auf der Fahrt nach Günzburg neben seinem Vater sitzen zu dürfen.

Im Legoland sammelte die Freundin dagegen Pluspunkte. Während sich Alois Schön die wilden Attraktionen ab und zu lieber von unten anschaute, war Beate für jeden Spaß zu haben. Sie genoss die Fahrt im wilden Roboter der Hero Factory genauso wie den Ritt in der Techno-Schleuder. Ebenso wenig störten sie die Wasserspritzer im Wellenreiter.

Nach dem Besuch der Unterwasserwelt aßen sie zu Mittag.

»Ist es schlimm, dass ich mitgekommen bin?«

»Nein. So muss ich nicht alles alleine fahren«, erwiderte Frederik, während er sein Schnitzel bearbeitete. Erst als er seinen Teller leer gegessen hatte, wurde er neugieriger: »Wie lange kennt ihr euch schon?«

»Seit Silvester.«

»Also wart ihr schon in der Therme zusammen!«

»Richtig, allerdings erst ein paar Tage. Bitte entschuldige, dass wir dich deswegen angeschwindelt haben.« Dennoch überlegte Alois Schön, ob es in Ordnung gewesen war, seinem Sohn die Freundin so lange zu verheimlichen.

»Immerhin hat mir dein Papa schon viel über dich erzählt.«

»Redet ihr etwa über mich?«

»Nur das Beste. Dein Vater erzählt mir immer, wie toll du bist, und wie stolz er auf dich ist!«

»Ehrlich?«

»Na klar. Sonst müsste ich ja lügen!«

Frederik war wieder zufrieden. Aber ein Gedanke beschäftigte ihn noch: »Habt ihr auch Sex?«

Der Vater wollte bereits seine Stimme erheben, doch seine neue Freundin reagierte ganz cool: »Natürlich. Schließlich lieben wir uns. Ist dann doch normal, oder nicht?«

Der Junge nickte. Somit konnte das Paar nach dem Essen Händchen haltend durch den Freizeitpark laufen und sich ab und zu sogar küssen. Die Drei übernachteten in einem der Ritterzelte und verbrachten am Sonntag einen weiteren erlebnisreichen Tag im Freizeitparadies. Erst am Abend gingen sie getrennte Wege. Während Alois Schön den Junior inklusive seiner Spielzeugneuerwerbungen zu seiner Mutter zurückbrachte, fuhr Beate in ihre Wohnung.

Am Montagmorgen rief Natascha im Internat an, um sich nach dem Befinden vom Max Huber zu erkundigen. Doch entgegen ihren Erwartungen war dieser nicht im Gymnasium erschienen. Also versuchte sie es bei der Schwester.

»Ich wollte den Maxi ja in die Schule bringen!«, entschuldigte sich diese, »schließlich hatten wir das so ausgemacht. Aber ich hatte schon Probleme, ihn überhaupt aus dem Bett zu kriegen. Und als ihm dann auf der Fahrt nach Starnberg schlecht wurde, bin ich wieder umgedreht. Er braucht scheinbar noch ein paar Tage, und für mich ist es kein Problem, weil ich noch Urlaub habe.«

»Was sagt denn das Jugendamt dazu? Die sind normalerweise von solch eigenmächtigen Handlungen gar nicht begeistert!«

»Keine Angst, Frau Frey, die sind längst informiert. Der Sachbearbeiter hat mich sogar gelobt, dass ich ihn sofort angerufen habe. Er fand es toll, dass ich mich um das Wohl meines Bruders so sehr kümmere.«

Ratlos legte Natascha auf. So geschockt hatte Maximilian Huber auf der Beerdigung seines Vaters gar nicht gewirkt. Warum wollte der Junge nicht ins Internat zurück? Mit Krücken ist man doch etwas Besonderes in der 6. Klasse. Alle sind nett und umsorgen dich. Insbesondere die Mädchen sind gegenüber einem gerade wieder Genesenden äußerst zuvorkommend. Selbst die Lehrer zeigen sich nachsichtig und verschonen dich mit lästigen Aufgaben. Außerdem hatte Max so viel zu erzählen. Das war doch spannender als in der Wohnung der großen Schwester. »Irgendetwas ist in diesem Laden faul«, fasste sie ihre Gedanken laut zusammen.

»Wieso? Der wird hold kaan Bogg ham. I wär an seiner Stelle a lieber zu Haus.«

»Der Max aber nicht. Der ist sogar an den Wochenenden in Starnberg geblieben.«

»Stimmt, das hat uns der Direktor erzählt«, bestätigte Alois Schön.

»Wir brauchen interne Informationen. Am besten aus erster Hand!«

»Das wäre gewiss von Vorteil, Natascha. Aber wie sollen wir in einer Schule unerkannt ermitteln?«

»Dann müssen wir eben einen verdeckten Ermittler einschleusen. Denen ist doch eine Lehrkraft ausgefallen!«

»Mir san doch nid im Kino.«

»Leider hat das Kultusministerium für unsere Dienste keine Lehrer ausgebildet. Darüber hinaus sind wir beide im Internat schon als Polizisten bekannt.«

»Habt ihr vergessen, dass ich mal zwei Semester Lehramt studiert habe?«, brachte sich Julia ins Gespräch.

»Eine Kommissaranwärterin als verdeckte Ermittlerin? Das wird uns die Staatsanwaltschaft niemals genehmigen!«

»Sie haben sie doch noch gar nicht gefragt!«

Alois Schön überlegte: Julia Neubauer war eine ehrgeizige junge Polizistin, die bisher nur positiv aufgefallen war. Erstklassige Noten auf der Polizeischule, sportlich und vielseitig interessiert. Die ihn nun erwartungsvoll ansah. »Also gut, ich kann ja mal fragen …«, griff er zum Telefonhörer.

»Sagen Sie denen, dass sogar die Fächerkombination passt!«

»Mach ich. Aber erst, wenn alle den Raum verlassen haben, damit ich in Ruhe telefonieren kann.«

Zehn Minuten später trat der Leiter der Mordkommission an Julias Schreibtisch. »Ich konnte dem Staatsanwalt klarmachen, dass zwischen einem Gymnasium und einer terroristischen Vereinigung noch ein kleiner Unterschied besteht. Deshalb wurde Ihr Vorschlag akzeptiert.«

»Toll!«, klatschte Julia vor Freude in die Hände.

»Dennoch habe ich ihm versprechen müssen, dass Sie sich jeden Tag nach Schulschluss bei mir melden, damit wir gemeinsam abstimmen, ob Sie am folgenden Tag weitermachen.«

»Geht klar, Chef!«

Am nächsten Morgen begleitete der Internatsleiter die neue Lehrkraft zu ihrer ersten Stunde in eine 9. Klasse. Alois Schön hatte ihm klargemacht, dass ein schneller Ersatz für eine schwangere Kollegin den Ruf der Schule mehr förderte, als wenn bekannt würde, dass die Polizei im Internat ermittelte. Der Geräuschpegel war sehr hoch, als sie den Raum betraten. Schüler, die vorher auf den Bänken saßen, beeilten sich, an ihren Platz zu kommen. Die Dezibelzahl sank merklich, als der Direktor seine Stimme erhob: »Guten Morgen. Ich möchte euch Frau Neubauer vorstellen. Sie wird die Vertretung für Frau Schmidt übernehmen.«

Die Klasse murrte.

»Ich hatte mich schon auf die Freistunden gefreut«, brachte ein Mädchen die Meinung der Teenies auf den Punkt.

»Seid bitte etwas nachsichtig mit Frau Neubauer. Sie ist noch Referendarin und netterweise als Aushilfe eingesprungen.«

Dann verließ er das Zimmer, um sich wieder seinen eigentlichen Aufgaben zu widmen.

Julia forderte die Schüler auf, sämtliche Handys auszuschalten und für die Dauer des Unterrichts in der Tasche verschwinden zu lassen. Alle folgten, bis auf den Ältesten. Der Kerl, der bestimmt schon zwei Mal sitzen geblieben war, saß auf seinem nach hinten gekippten Stuhl und bearbeitete die Tasten seines Smartphones.

Die neue Lehrerin wiederholte ihre Anweisung.

»Ich habe den Ton doch schon abgestellt!«

»Ich sagte ausschalten und wegstecken!«

Aber der Junge reagierte nicht.

»Wenn du nicht sofort dein Handy ausmachst, werde ich es einkassieren!« Zur Bekräftigung ihrer Forderung trat Julia an seinen Platz heran. Der Bursche schaute kurz auf und zog die Augenbrauen nach oben, ließ sich aber sonst nicht stören. Ungerührt saß er auf seinem Stuhl, auf dem er gerade noch die Balance halten konnte. Folglich reichte eine geringfügige Berührung an der Seite, damit er aus dem Gleichgewicht geriet. Reflexartig warf er beide Arme in die Luft, um die Schräglage auszugleichen, wodurch ihm das Handy entglitt. Julia fing es reaktionsschnell auf und ging an das Lehrerpult zurück. Das Smartphone verstaute sie in ihrer Tasche.

Währenddessen hatte der Knabe den Kampf gegen die Schwerkraft verloren, was ihm das Gelächter der Mitschüler und eine Beule am Kopf bescherte. Dieser hatte Bekanntschaft mit der harten Holzbank des Hintermannes gemacht. Leicht benommen und stinksauer schimpfte er auf dem Boden sitzend: »Mein Vater ist Anwalt. Der wird Sie verklagen. Wegen Diebstahls und Körperverletzung!«

»Wenn er gut ist, wird er es lassen. Denn er wird den Prozess verlieren!«

»Geben Sie mir sofort mein Handy zurück!« Wutentbrannt stürmte der Rüpel nach vorne, um sich vor der neuen Lehrkraft aufzubauen.

»Ich bringe es dir morgen wieder mit.«

»Ich brauche es aber heute Nachmittag!«

»Dann hättest du es besser auf deinem Zimmer gelassen. Ihr wisst doch, dass Handys im Unterricht verboten sind.«

Der Junge schnaubte wie ein Stier in einer spanischen Arena. Seine Augen verengten sich zu schmalen Schlitzen.

»Ich schlage vor, du setzt dich wieder hin!«

Doch anstatt zu folgen, hob der Bursche mit hochrotem Kopf die Arme, bis seine Hände auf der Höhe von Julias Backe angelangt waren. Wollte der Kerl die Referendarin tatsächlich schlagen? Julia beabsichtigte nicht, es darauf ankommen zu lassen. Ebenso wenig mochte sie austesten, wer der Schnellere von beiden wäre. Flugs packte sie sein Handgelenk mit ihrer Rechten und seinen Ellbogen mit der linken Hand. Dadurch beförderte sie den schon fast im 90-Grad-Winkel befindlichen Arm in eine schmerzhafte Position. Mit wutverzerrtem Gesicht folgte der Klassen-Rambo seiner Lehrerin im Rückwärtsgang bis an seinen Platz. Erst als er sich hingesetzt hatte, ließ Julia los.

»Das werden Sie mir büßen!«, drohte er, während er seinen Ellbogen massierte. Seine Mitschüler hatten das Geschehen mit offenem Mund verfolgt.

Julia nutzte die Gunst der Stunde: »Bitte schaut noch einmal, ob eure Handys wirklich ausgeschaltet sind. Ich möchte auch kein Summen und keine sonstigen Geräusche aus euren Taschen hören. Es ist ja nicht so schlimm, wenn ihr eure elektronische Post erst am Nachmittag beantwortet«, fügte sie hinzu, »nur Butler und Dienstmädchen müssen ständig erreichbar sein!«

Die Klasse, überwiegend aus wohlhabendem Hause und folglich eher Arbeitgeber dieses Personals, lachte.

Diesen Spruch kannten sie nicht. Viel wichtiger war jedoch, dass die Schüler von nun an gehorchten. Julia hatte ihren ersten Kampf gegen provokative Teenies gewonnen. Daher konnte sie nun in aller Ruhe erfahren, was ihre Vorgängerin durchgenommen hatte.

In ihrer Freistunde nach der Pause holte Martin das Handy ab: »Sag den Kollegen, dass es eilt. Ich habe versprochen, dass ich es morgen zurückgebe. Sonst kriege ich Probleme mit dem Kerl!«

»Gehd kloar, Julia. Es reichtd ja, wenn mir die Daden überspiele. Auswerde könne mer se dann immer noch.«

Der Unterricht in der 5. Klasse war gegenüber den Vorkommnissen in der 9. die reinste Erholung. Am Ende des Schultages erkundigte sich der Internatsleiter, wie es Julia ergangen sei. Aufgrund deren Schilderungen wurde der aufsässige Schüler darauf aufmerksam gemacht, dass er kurz vor dem Rauswurf aus dem Gymnasium stehe. Da dies dann bereits sein dritter Verweis sei, wäre damit seine Schullaufbahn endgültig beendet. Daran würden auch die juristischen Kenntnisse und das Geld seines Vaters nichts ändern. Wutentbrannt verließ der renitente Schüler das Zimmer des Direktors.

Am Nachmittag schaute Julia im Dezernat vorbei, um Bericht zu erstatten. Die gesamte Mannschaft beglückwünschte sie zu ihrem Mut und zu ihrem Erfolg. Dennoch mahnte Alois Schön zur Vorsicht: »Lassen Sie solche Aktionen nicht zur Gewohnheit werden!«

»Keine Angst, Chef. Ich denke, ich habe die Klassen gut im Griff!« Julia genoss die Komplimente und das aufrichtige Lob für ihren couragierten Auftritt. Weitere James-Bond-Einlagen plane sie nicht. Im Gegenteil. Sie beabsichtige, ihre Zusage einzuhalten: »Ist das Handy schon fertig? Ich brauche es morgen in der dritten Stunde!«

»Leider nein. Aber die Kollegen haben versprochen, sich zu beeilen. Schließlich will Sie hier niemand in Schwierigkeiten bringen.«

Die Spezialisten hielten Wort. Zu Beginn des Unterrichts nach der Pause konnte Julia dem Klassenrüpel das Smartphone zurückgeben. Und zu ihrer großen Überraschung vermied dieser erneute Störungen der Schulstunde. Inwieweit die Drohungen des Direktors zu diesem Verhalten beitrugen, oder ob es allein der Verdienst der resoluten Pädagogin war, ließ sich nicht genau klären. Gleichwohl verlief der Unterricht in ruhigen Bahnen, und bei einigen Schülern war die Referendarin sogar schon recht beliebt.

Vorher hatte Julia bereits freiwillig die Pausenaufsicht übernommen. Denn das Wetter war schön und die Luft draußen wesentlich angenehmer als der stickige Mief im Lehrerzimmer. Zudem bot sich damit eine ideale Gelegenheit, zusätzliche Eindrücke für ihre Ermittlungen zu sammeln. Selbstverständlich wurde die neue Lehrkraft gründlich beäugt. Nicht nur, weil sich die gestrige Aktion wie ein Lauffeuer in der Privatschule verbreitet hatte. Vor allem die pubertierenden Schüler musterten Julia auf das Genauste. Die schlanke, attraktive Polizistin konnte die Blicke regelrecht spüren.

Ein Trio aus der Unterstufe lehnte lässig am Zaun, der den Pausenhof von der Straße trennte. Das Herannahen der Aufsicht schien die Jungen nicht sonderlich zu stören.

»Der Huber ist das letzte Weichei«, lästerte der erste, »jumpt von der Mauer und bricht sich gleich die Knochen. Wie ein Baby!«

»Der Typ ist voll das Opfer!«, bestätigte der zweite, »von mir aus kann der Pillenfresser sein ganzes Leben im Krankenhaus bleiben. Der lässt sich am besten gar nicht mehr hier blicken. Der passt eh nicht zu uns!«

Auch der dritte im Bunde war mit seinen Freunden einer Meinung: »Soll der Bauernbursch doch mit seinen Schweinen chillen.« Seine Kumpels lachten, wodurch sich ihr Freund weiter anstacheln ließ: »Mit seinem Kartoffelsack-Stuff hat der an unserer Schule nichts zu suchen!«

»Jetzt seid mal nicht so hartherzig«, mischte sich ein älteres Mädchen, das nur ein paar Meter von der Gruppe entfernt stand, in das Gespräch ein, »habt ihr nicht gecheckt, dass sein Vater gestorben ist? Und für seinen Autounfall konnte er auch nichts!«

»Logo«, erwiderte der erste, »wir sind doch nicht blöd! Aber von mir aus hätte man den Huber gleich mit seinem Vater beerdigen können. Der ist doch eh nur Abschaum!«

»Der Max gefällt dir wohl? Willst dich von ihm ficken lassen, du bitch?«, griff sein Kamerad die Mitschülerin an. Harte Worte aus dem Mund eines Zwölfjährigen. Der Junge hatte offensichtlich zu viele Songs des Rappers Kollegah gehört. Bevor das Mädchen antworten konnte, klingelte die Glocke zum Unterricht.

9. KAPITEL

Während sich Julia auf den Weg in ihre Klasse machte, betrachtete in München Kommissaranwärter Martin die Dateien, die auf dem iPhone des Internatsschülers gespeichert waren. Das neueste Video zeigte, wie Max Huber unter dem Gegröle zahlreicher Mitschüler langsam und mit zitternden Knien, aber offenbar doch freiwillig, auf die Mauer neben der Treppe im Pausenhof stieg. Im Grunde war das Balancieren auf dieser kein großes Kunststück, denn man hätte jederzeit ohne Probleme zur linken Seite abspringen können. Nach rechts hingegen ging es immer weiter nach unten, in der Mitte mindestens zwei Meter, später mehr als drei. Erschwerend kam hinzu, dass die Wand ständig schmaler wurde. Bereitete es am Anfang nicht die geringsten Schwierigkeiten zu balancieren, konnte man am Ende nur noch einen Fuß vor den anderen setzen. Allerdings hatte Max Huber nicht den Hauch einer Chance, auf die Stufen der Treppe nach links abzuspringen. Denn dort zog die Horde grölender Schüler dicht an der Mauer nach oben. Zudem führte seine Eskorte nichts Gutes im Schilde. Das Video zeigte eindeutig, dass etliche Jugendliche versuchten, den Jungen zu erschrecken und damit aus dem Gleichgewicht zu bringen. Dennoch schaffte es Max bis zum höchsten Punkt. Zitternd stand er, nur noch auf Zehenspitzen, auf dem Gemäuer. Seine Blicke schweiften Hilfe suchend über der Menge der Zuschauer. Doch die Meute kannte kein Erbarmen: »Jetzt spring endlich, du Loser!«

»Des sin mir ja scheene Mudbroben«, fasste Martin das Gesehene zusammen, »des müssd ihr eich anschaue, Gollegen.«

Aber es kam noch schlimmer: Max Huber stand nun schon mehr als eine Minute auf der schmalen Mauer, und die Aufforderungen zum Sprung wurden immer zahlreicher und lauter. Alois Schön und Natascha Frey wunderten sich bereits, warum sie dieses Geschrei nicht gehört hatten. Plötzlich schnellte eine Hand aus dem Rudel hervor und schubste den Jungen an der Hüfte. Kein fester Stoß, aber ausreichend, Max aus der Balance zu bringen und die Mauer herabstürzen zu lassen. Es war eindeutig: Max Huber war absichtlich von der Mauer gestoßen worden. Doch so oft auch die Kriminalbeamten die Filmszene vor- und zurückspulten, der Täter blieb unerkannt.

»Da sieht man mal wieder, dass bei den Reichen die gleichen Zustände herrschen können wie auf der Rütlischule«, kommentierte Natascha das Video.

»Ein dickes Bankkonto hat noch nie vor schlechter Kinderstube geschützt«, stimmte Alois Schön zu.

Das zweite Video brachte zwar keine direkten Erkenntnisse für die Mordkommission, bestätigte aber den Eindruck des moralischen Niveaus mancher Schüler. Bereits die ersten Sequenzen zeigten ein Vorwort des iPhone-Besitzers, das nicht zynischer sein konnte: Weil eine Schülerin nicht genügend Geld gehabt hätte, um bei ihm Drogen zu kaufen, habe er ihr vorgeschlagen, sie solle sich für seine private Videothek entblößen. Und nachdem er sein Angebot erhöht habe, hätte die Kleine auch nichts gegen ein paar Streicheleinheiten von ihm einzuwenden gehabt. »Da sieht man, wie geil sie auf mich und meine Pillen ist«, hatte er mit einem schmierigen Grinsen, das einem Zuhälter alle Ehre gemacht hätte, hinzugefügt.

Dann stoppte die Aufnahme. Offenbar hatte es sich der Kerl auf seinem Bett bequem gemacht, um seine Mitschülerin in aller Ruhe anzuvisieren.

»Wenn ich den Film auf Youtube finde, bring' ich dich um«, warnte diese den Regisseur, als ihr Gesicht im Bild erschien.

»Cool down, Pussy. Der ist nur für meine private Sammlung!«, vernahmen die Kriminalbeamten eine Stimme aus dem Off. »Nun fang endlich an!«

Unsicher begann das Mädchen, ihre Bluse aufzuknöpfen. Einen Knopf nach dem anderen, bis sie im Büstenhalter da stand.

»Beug' dich nach vorne, zeig mir, was du hast!«

Ihr Oberkörper neigte sich in Richtung des Kameramanns.

»Hol deine Titten raus und halt sie in die Linse!«

Die Stripperin zog die Körbchen nach unten.

»Jetzt zieh den Rest aus. Aber schön langsam und so, dass es mich anmacht!«

Die Kleine bewegte sich hin und her, lupfte ihren Rock mal links, mal rechts in die Höhe. Mit dem Rücken zur Kamera öffnete sie ihren BH.

»Ey, Mäuschen, was soll das? Du wolltest mir doch was bieten!«

Also drehte sie sich um, warf den Büstenhalter in

Richtung Bett und wackelte mit den Brüsten, bevor sie dem Mitschüler erneut ihren Hintern entgegenstreckte. Danach dauerte es nicht mehr lange, bis sie ihren Körper von allen Kleidungsstücken befreit hatte.

»Voll geil, Baby. Du machst das echt gut! Komm her und setz' dich neben mich.« Immer größer erschien ihr Oberkörper im Display. Nachdem die Darstellerin auf der Bettkante Platz genommen hatte, betatschte der Kerl ihren Busen und ihre Brustwarzen mit einer Hand. Mit der anderen führte er das iPhone über ihren nackten Oberkörper. Ähnlich der Sicherheitskontrolle am Flughaben, allerdings so nah, dass die Aufnahme völlig unscharf wurde. Kurz darauf legte der Bursche das Smartphone auf den Nachttisch, sodass im Film bloß die Decke des Zimmers zu sehen war. Offensichtlich benötigte er nun beide Hände. Aber das Mikrofon nahm das weitere Geschehen klar und deutlich auf. Der Atem des Mädchens wurde schneller, bald war ein leises Stöhnen zu vernehmen.

»Wenn du mir einen blasen willst oder ich mit dir poppen soll, sag' s nur. Ich besorg' s dir heute umsonst! Und wenn du gut bist, gibt' s noch ein paar Pillen als Zugabe!«

Das Mädchen antwortete nicht.

»Du bist doch schon feucht!«

Doch die Kleine schrie: »Das war nicht ausgemacht!« Dem Geräusch nach haute sie dem Lustmolch auf die Finger.

Daraufhin nahm der Typ das Tütchen mit den Drogen und warf es in Richtung Tür: »Nimm dein Zeug und hau ab, du Schlampe, ich hab' genug von dir!« Was ihn nicht daran hinderte, zu filmen, wie die Schülerin nackt auf den Knien umherkriechend die Pillen einsammelte, bevor sie hastig ihre Kleider anzog und aus dem Zimmer verschwand.

»Mobbing, Drogenhandel, sexuelle Nötigung. Das ist mir eine tolle Privatschule«, kommentierte Natascha die Videos.

»Du hast vollkommen recht«, bestätigte Alois Schön ihre Einschätzung, »um den Kerl sollen sich die Kollegen vom Rauschgift kümmern. Die können von mir aus die ganze Schule durchsuchen.«

»Des werden die a don«, sorgte Martin für absolute Einigkeit.

»Was machen wir jetzt mit Max Huber? Den können wir doch unmöglich in dieses Internat zurückschicken!«

»Sehe ich auch so, Natascha«, bekräftigte Alois Schön, »wir sollten mit der Schwester reden, dass sie für Max ein neues Gymnasium sucht.«

Denn die Mutter war noch immer unauffindbar.

Als die beiden Kommissare um 14.30 Uhr in Forstenried klingelten, wurden Sie schon durch die Sprechanlage vorgewarnt: »Kommen Sie herauf. Aber bitte leise. Max schläft.«

»Er war heut' fast die ganze Nacht wach«, entschuldigte ihn seine Schwester, als sie die Tür öffnete.

Ohne ein Wort hängten die Beamten ihre Jacken in der Garderobe auf und gingen ins Wohnzimmer.

»Hat er noch Schmerzen im Bein?«, erkundigte sich Natascha, als sie auf der weißen Couch Platz genommen hatten. Offensichtlich war Weiß die Lieblingsfarbe von Cordula Huber. Denn die komplette Wohnungseinrichtung war weiß. Die Küche, die Garderobe, das Schlafsofa genauso wie die Schrankwand im Wohnzimmer. Letztere leuchtete sogar in Hochglanzweiß. Auch das Schlafzimmer war in Weiß gehalten, wie sich Alois Schön an seinen Besuch mit Martin vor zwei Wochen erinnerte. Einziger Kontrast zu den Möbeln waren der Fernseher, die Stereoanlage sowie die Kissen. Alles in Schwarz. Übermäßig viel Geld hatte die Wohnungsbesitzerin nicht in ihr Apartment investiert. Wenngleich der Huber-Bauer kein armer Mensch war, wie die Recherchen der Mordkommission ergeben hatten: so gut wie keine Schulden, Festgelder, Solaranlagen auf Stallungen und Privathaus und natürlich genügend Grundvermögen.

Über dem TV-Gerät standen mehrere Fotos, die Cordula mit ihrem Bruder zeigten. Die Schwester mit dem Baby auf dem Arm, beim gemeinsamen Spielen mit einem Ferkel oder beim Baden. Aufnahmen von den Eltern gab es jedoch nicht.

»Nein, alles bestens. Er klagte über Bauchweh.«

»Hat er sich den Magen verdorben? Vielleicht etwas Falsches gegessen?«

»Ausgeschlossen! Seit er aus dem Krankenhaus ist, habe ich ganz groß aufgekocht für uns zwei. Alles frisch und ausschließlich Speisen, von denen ich wusste, dass er sie gerne isst. Ich wollte ihn verwöhnen, wo es nur geht.« Cordula senkte erst ihre Lider und dann ihre Stimme: »Dennoch hat er so gut wie nichts angerührt.« Sie klang desillusioniert, fast schon verzweifelt.

»Bauchschmerzen können bei Kindern auch psychisch bedingt sein. Offenbar leidet Ihr Bruder mehr unter dem Tod seines Vaters, als man ihm ansieht. Womöglich sollten Sie doch einen Arzt konsultieren«, schlug Alois Schön vor.

»Lassen wir ihn erst einmal in Ruhe schlafen.«

»Hat Max erwähnt, wann er ins Internat zurück möchte?«, kam Alois Schön zum Hauptgrund ihres Besuches.

»Nein. Weder positiv noch negativ.«

Auf diese Aussage hin entschloss sich der Leiter der Mordkommission zu einer Behauptung wider besseres Wissen: »Freut er sich denn nicht auf seine Mitschüler? Immerhin scheint es ihm auf der Privatschule gut gefallen zu haben. Sonst wäre er gewiss öfter nach Hause gefahren.«

»Kann schon sein.«

»Erzählt Ihr Bruder nicht, was er in Starnberg erlebt?«

»Mir zumindest nicht.«

Natascha zog die Stirn in Falten: »Hat er versucht, Freunde am Gymnasium anzurufen? Oder haben sich Klassenkameraden bei ihm gemeldet?«

»Ist mir ebenfalls nichts bekannt.«

»Ich dachte, Sie hätten ein gutes Verhältnis zu Max.«

»Das habe ich auch, aber vom Internat spricht er nicht so gern.«

Alois Schön entschloss sich, seine Karten auf den Tisch zu legen: »Frau Huber, wir haben Grund zu der Annahme, dass es Ihrem Bruder in der Schule am Starnberger See überhaupt nicht gefällt! Wir haben sogar Belege dafür, dass Max Opfer intensiven Mobbings wurde.« Bewusst machte der Leiter der Mordkommission nach diesem Satz eine lange Pause. Er wollte Cordula durch sein Schweigen zwingen, zu seiner Behauptung Stellung zu beziehen.

»Wenn Sie es beweisen können, wird es wohl stimmen.« Die junge Frau hielt es nicht einmal für nötig, die beiden Kommissare anzusehen. Die ganze Zeit hatte sie aufmerksam zugehört, aber dabei ununterbrochen den Blick auf den Teppich im Wohnzimmer gerichtet. Im Grunde war es auch egal, ob Cordula etwas von dem Mobbing wusste oder nicht. Es war eine Tatsache, und nun galt es, dem Spuk ein Ende zu bereiten und die Folgen für Max so weit wie möglich zu lindern: »Wir möchten Ihnen deshalb vorschlagen, dass Sie Max bis zu den Sommerferien krankschreiben lassen und in dieser Zeit eine neue Schule für Ihren Bruder suchen, damit er nach den Ferien in einer besseren Umgebung neu anfangen kann.«

Cordula Huber bewegte ihren Kopf – ähnlich einem Wackeldackel – mehrfach leicht rauf und runter. Bis sie dann doch eine Frage in die Weite des Wohnzimmers entließ: »Wie sieht es dann mit seinem Zeugnis aus?«

»Das sollten wir hinkriegen. Ich werde mich dafür einsetzen, dass Max durch sein Fehlen keinen Nachteil hat.« In diesem Fall war es Alois Schön ein persönliches Bedürfnis, zu helfen. Immerhin war sein Sohn Frederik im gleichen Alter wie Max Huber. Abgesehen davon empfand er es generell als Zumutung, dass ein Elfjähriger von seinen Lehrern so im Stich gelassen werden konnte.

»Wie wollen Sie das machen?«

»Vertrauen Sie mir! Kümmern Sie sich nur darum, für Max ein gutes Gymnasium zu finden.«

»In Ordnung, vom Lehrstoff her wird er ja nicht mehr so viel versäumen«, willigte die Schwester in den Plan ein.

»Wie wahrscheinlich ist es für Sie, Frau Huber, dass Ihre Mutter Ihren Vater ermordet hat und anschließend geflohen ist?«, ergriff Natascha das Wort.

Die Tochter überlegte lange: »Weiß nicht.«

»Ihr Vater soll die ein oder andere Freundin gehabt haben.«

»Keine Ahnung. Schließlich wohne ich seit fast einem Jahr nicht mehr auf dem Hof.« Cordula Huber wirkte gelangweilt und gleichgültig. »Dass es mit der Ehe meiner Eltern nicht mehr zum Besten stand, sagte ich Ihnen ja schon. Sonst hätte meine Mutter keinen Scheidungsanwalt gebraucht.« Immer noch vermied sie es, die Kommissare anzuschauen.

Auf einmal stand Max mit Krücken in der Wohnzimmertür. Die Haare zerzaust und nur mit einem T-Shirt und Boxershorts bekleidet.

Natascha sprach ihn freundlich an: »Grüß dich, Max. Haben wir dich geweckt? Wie geht es dir?«

Der Junge antwortete nicht.

»Natascha Frey und ihr Chef, Hauptkommissar Schön, hatten noch ein paar Fragen.«

Max nickte schlaftrunken.

»Außerdem haben wir uns überlegt, ob du nicht einfach die Sommerferien verlängerst und im September auf eine neue Schule gehst«, fügte Cordula daraufhin hinzu, »oder willst du lieber auf dem Internat am Starnberger See bleiben?«

Der Junge schüttelte den Kopf. Dann sagte er: »Ich hab' Durst.«

»Trink ein Glas Wasser.«

»Du wolltest doch Cola kaufen!« Es schien, als habe ein Blitz Maximilians Lebensgeister geweckt. Mit einem Mal war er hellwach.

»Die Cola ist noch im Auto.«

»Dann hol sie rauf!«

»Siehst du nicht, dass ich Besuch habe? Cola gibt's später.«

»Das ist mir egal. Ich will Cola. Und zwar sofort!« Wütend schleuderte das Kerlchen eine Krücke ins Wohnzimmer. Die Gehhilfe landete etwa einen halben Meter vor dem Sessel, auf dem Alois Schön saß. Der Leiter der Mordkommission hob sie auf und lehnte sie an die Couch. Max sollte ruhig ein paar Schritte laufen, wenn er sie wieder haben wollte: »Gehen Sie nur, Frau Huber. Wir sind ja fertig.«

Anschließend verließen die Kommissare die Wohnung. Diskussionen mit der Schwester über das Verhalten ihres Bruders hielt Alois Schön für Zeitverschwendung. Mit Natascha war er sich hingegen einig, dass die Stimmungsschwankungen des Elfjährigen nicht normal waren.

In der Hansastraße wartete Julia bereits auf ihren Chef.

»Heute hat das Unterrichten wirklich Spaß gemacht. Selbst der Klassenrowdy war friedlich, nachdem er sein Handy zurück hatte.« Dann informierte sie das Team über die Unterhaltung der Sechstklässler auf dem Pausenhof.

»Wir wissen, dass Max Huber gemobbt wurde«,

berichtete Schön seiner jungen Mitarbeiterin von den Videos auf dem iPhone. »Und mit Drogen wird an dieser Schule ebenfalls gehandelt.« Deswegen werde das Rauschgiftdezernat das Gymnasium am nächsten Tag gleich in der Früh gründlich durchsuchen. Unterricht werde danach sicherlich nicht mehr möglich sein. Also könne Julia die Mordkommission bei der Suche nach Maria Huber unterstützen. Alois Schön lobte Julias gute Arbeit und die durch sie ermöglichten Ergebnisse. Anschließend beorderte er den Internatsleiter für 8.30 Uhr in die Hansastraße.

Als Alois Schön am Abend nach Hause kam, blinkte die Lampe an seinem Anrufbeantworter. Seine Noch-Frau hatte ihm eine wütende Nachricht hinterlassen. Was er sich da für ein Flittchen aufgerissen habe, das vor Frederik mit ihren Bettgeschichten prahle? Ob das jetzt die Midlife-Crisis wäre, weil er schon mit ihr zusammenziehen wolle, obwohl er noch nicht einmal die Scheidung eingereicht hätte? Auf jeden Fall solle er diese impertinente Person von ihrem Sohn fernhalten. Ansonsten würde sie dafür sorgen, dass Frederik ihn nicht mehr besuchen dürfe.

Alois Schön stockte der Atem. Ihm war bewusst gewesen, dass seine Frau nicht euphorisch reagieren würde, wenn sie von seiner neuen Liebe erfuhr. Aber mit einer derart heftigen Reaktion hatte er nicht gerechnet. Er schluckte. Es dauerte einen Moment, bis er wieder klar denken konnte. Konnte die Mutter seinen Umgang mit Frederik so leicht verhindern? Gewiss wäre es das Beste, sich mit einem Scheidungsanwalt zu beraten. Der könnte ihm auch sagen, ob er die Scheidung einreichen sollte. Schließlich war schon bald das Trennungsjahr um. Er ging zum Kühlschrank und holte sich eine Flasche Bier. Danach schaltete er den Fernseher an. Doch soviel er auch durch die verschiedenen Kanäle zappte, das Programm bot ihm nicht den Hauch von Entspannung und Zerstreuung. Die ganze Nacht wälzte er sich in seinem Bett hin und her. So schlecht wie heute hatte er schon lange nicht mehr geschlafen.

10. KAPITEL

»Guten Morgen, ich möchte Sie darüber informieren, dass Sie im nächsten Schuljahr mindestens zwei Schüler verlieren werden«, begrüßte Alois Schön den Schuldirektor ohne jede Lust auf Small Talk.

»Wieso? Und weshalb können Sie mich deswegen nicht einfach anrufen?«

»Setzen Sie sich, ich möchte Ihnen etwas zeigen.« Alois Schön stellte den Laptop, auf den Martin die beiden Videos vom Handy überspielt hatte, auf den Tisch und drückte auf Play.

Fassungslos starrte der Internatsleiter auf den Bildschirm: »Mein Gott, das gibt es doch nicht! Drogenhandel an unserer Schule? Doch nicht bei uns! Davon hätte ich doch etwas mitbekommen müssen!«

»Allerdings. Genauso wie den Umstand, dass ein Schüler massiven Repressalien durch seine Klassenkameraden ausgesetzt ist!« Mit ernstem Blick sah Alois Schön den Schulleiter an. »Es wurde entschieden, dass Max Huber bis zu den Sommerferien krankgeschrieben wird und im nächsten Jahr ein anderes Gymnasium besucht. Wobei wir davon ausgehen, dass Sie ihm mit seinem Zeugnis keine Steine in den Weg legen und seine schulischen Leistungen sehr wohlwollend bewerten werden. Schließlich ist der Max nicht dumm, und bei einem normalen Verhalten seiner Mitschüler hätte er bestimmt bessere Ergebnisse erzielt.«

»Das kriegen wir hin. Wir wollen dem Jungen ja nicht seine Zukunft verbauen.«

»Es freut mich, dass wir uns diesbezüglich einig sind.« Alois Schön zeigte sich sichtlich zufrieden. Trotzdem wollte er sich noch erkundigen, warum die Internatsleitung nicht von sich aus den Autounfall von Max erwähnt hatte. Immerhin wusste sie von der notwendigen Einnahme der Medikamente.

»Ich dachte, Sie wären darüber bereits im Bilde«, antwortete der Schulleiter, als plötzlich sein Handy klingelte. Den lauten Wortfetzen nach war am anderen Ende der Leitung eine völlig aufgelöste Sekretärin, die ihrem Chef von der Durchsuchung des Internats berichtete.

»Wollen Sie mich und unsere Schule fertigmachen?«, schrie dieser dann auch Alois Schön an, obwohl er das Telefonat noch gar nicht beendet hatte.

»Die Kollegen vom Rauschgift tun nur das, was sie tun müssen. Die Schüler, deren Räume durchsucht werden, dürfen natürlich bei der Kontrolle dabei sein. Und wenn wir etwas finden, werden wir sofort die Eltern verständigen.«

Zum Leidwesen der Schule hatte auch die örtliche Presse Wind von der Razzia im Internat bekommen. Die Schlagzeilen, die daraufhin in den Zeitungen in und um Starnberg zu lesen waren, sorgten für einen rapiden Anstieg der Kündigungen. Wie viele Schüler sich davon in Entzugsmaßnahmen begaben, wurde nicht bekannt. Da jedoch die Zahl der Schulabgänger die Neuanmeldungen um ein Vielfaches übertraf, durfte nach den Sommerferien eine neue Schulleitung ihr Glück beim Wiederaufbau des Renommees der Privatschule versuchen.

Julias Tätigkeit als Lehrerin blieb jedoch auf die absolvierten zwei Tage beschränkt. Denn weder ein Schüler noch einer der Lehrer zählten im Mordfall Huber zu den Verdächtigen.

Eigentlich hätte Alois Schön an diesem Tag sehr zufrieden sein können. Er hatte den Kollegen vom Rauschgift einen guten Tipp gegeben und sich erfolgreich für das Wohl von Max Huber eingesetzt. Aber es wurmte ihn, dass sie noch immer kein Lebenszeichen von seiner Mutter hatten. Deshalb trommelte er sein Team zusammen: »Habt ihr schon etwas über den Verbleib von Maria Huber?«

»Absolut nichts«, musste Natascha gestehen, »sie hat weder Kreditkarten benutzt noch Geld von ihrem Konto abgehoben. Die Bank hat versprochen, sich bei uns zu melden, sobald sie etwas mitkriegen.«

»Gespräche auf dem Handy?«

»Fehlanzeige«, bestätigte Martin, »Flughäfen, Zoll und Bahnhöfe sin ebenfalls informierd. Die Fraa ist spurlos verschwunden.«

»Das kann doch nicht sein!«

»Vielleicht finden wir sie, wenn wir mittels Aktenzeichen XY nach ihr fahnden«, hatte Julia eine Idee.

Zu dieser allerletzten Lösung konnte sich Alois Schön allerdings an diesem Morgen noch nicht durchringen.

Und am Nachmittag musste er es dann auch nicht mehr. Denn das Team in der Hansastraße erhielt die Nachricht, dass man die vermisste Maria Huber gefunden habe. Mit aufgeschlitzter Kehle und durchgeschnittenen Pulsadern unter einem Baum im Truderinger Wald im stillgelegten Kieswerk Waldperlach, dem ersten Kieswerk Münchens überhaupt.

Alois Schön fuhr mit Natascha sofort zum Fundort der Leiche.

»Woher wisst ihr, dass sie Maria Huber ist?«

»Sie hatte ihren Ausweis im Portemonnaie.« Ansonsten hatten die Polizisten vor Ort nichts angerührt. Selbst das Messer, das Corpus Delicti, lag noch auf dem Boden unter einzelnen größeren Ästen, mit denen die Leiche mehr schlecht als recht zugedeckt worden war. An seiner scharfen Klinge klebte vertrocknetes Blut, ebenso an den Kleidern der Toten. Das Erdreich um sie herum war ebenfalls mit roten Flecken übersät.

»Des muass ja sauba gschbritzt hom«, hatte der Kollege trocken hinzugefügt, »aber sonst a scheena Ort zum Sterben.«

Alois Schön nickte reflexartig. Rasch erkannte er, dass es für ihn und Natascha hier momentan nichts zu tun gab. Es war offensichtlich, dass der Zeitpunkt der Tat ein paar Tage zurücklag. Das ausgetretene Blut hatte sich aufgrund der sommerlichen Temperaturen bereits in rostbraune Kleckse verwandelt, und die Leiche wies bereits erhebliche Merkmale der Verwesung auf. Natürlich mühte sich die Spurensicherung um weitere Ergebnisse im Umfeld der Toten. Doch weder im Schatten des Baumes noch im Umkreis von einigen Hundert Metern fanden sich Anhaltspunkte, die mit dem Tod von Maria Huber in Verbindung gebracht werden konnten. Genauso wenig konnten Reifenspuren, die für ein Fremdverschulden gesprochen hätten, auf dem harten Boden sichergestellt werden. Es blieb also nur die Hoffnung, dass die Experten in der Gerichtsmedizin Hinweise finden würden, die auf Mord oder Selbstmord hindeuteten.

Als er am Abend nach Hause kam, wurde Alois Schön von seiner gut gelaunten Freundin empfangen. Dies löste in ihm zwiespältige Gefühle aus. In Gedanken hatte er sich schon auf einen ruhigen Fußball-Donnerstag mit zwei bis drei Flaschen Bier zur Abkühlung seines Gemüts gefreut. Nun war Beate da. Das hat man davon, wenn man seiner Herzensdame nach ein paar Monaten des Zusammenseins den Zweitschlüssel für die Wohnung überlässt. Mit einem Mal steht sie unaufgefordert auf der Matte und fängt auch noch das Kochen an. Eigentlich liebte es Alois Schön, verwöhnt und bekocht zu werden. Aber heute passte es ihm nicht, obwohl er Hunger hatte und es ihm vorzüglich schmeckte. Piccata Milanese, sogar mit Kalbsschnitzel wie im Originalrezept. Abgesehen davon, dass die zuvorkommende Behandlung von Beate sicherlich einen Grund oder besser gesagt einen Haken hatte. Immerhin hatte Alois Schön den Anstand, die Kochkünste seiner Freundin zu loben und gemeinsam mit ihr den Tisch abzuräumen.

Doch kaum waren Tagesschau und Wetterbericht beendet, erschien Beate mit einem Stapel Hochglanzprospekten: »Schau mal, Schatzi. Was hältst du von diesen Häusern im italienischen Stil?«

»Momentan gar nichts.«

»Hattest du Stress im Büro?«

»Nicht mehr als sonst auch.«

»Warum bist du dann so schlecht drauf?«

Alois Schön antwortete nicht. Er konzentrierte sich lieber auf die Berichterstattung im Fernsehen.

»Du wirkst so verkrampft. Soll ich dich massieren?« Ohne die Antwort abzuwarten, lief Beate hinter das Sofa und begann, den Nacken ihres Freundes mit ihren schlanken Fingern zu bearbeiten.

»Ich bin nicht verspannt, aber du darfst trotzdem weitermachen.« Das Geknete seiner Hals- und Schultermuskeln verursachte ein wohliges Kribbeln in Schöns Körper. Massage und Fußball zur gleichen Zeit. Viel mehr konnte sich ein Mann doch gar nicht wünschen.

»Schaust du dir die Prospekte später an?«

»Nein, heute Abend auf keinen Fall mehr!«

»In Ordnung«, gab die Freundin nach, packte die Unterlagen zurück in ihre Tasche und setzte sich wieder neben ihn: »Kann ich dich irgendwie aufmuntern?« Zur Bekräftigung ihrer Absicht begann sie, seinen Hals mit zärtlichen Küsschen zu bedecken. Doch als sie einen weiteren Knopf an seinem Hemd öffnete, um auf seiner Brust fortzufahren, gebot ihr Alois Schön Einhalt:

»Entschuldige, Liebling. Es reicht mir heute völlig, wenn du mich in Ruhe Fußball schauen lässt.«

Als die Nationalhymnen verklungen waren, richtete sich Beate auf: »Das sind ja alles Fußballerinnen!«

»Richtig, mein Schatz, heute ist Frauen-WM: Deutschland – Nigeria!«

Beate überlegte kurz, was sie darauf erwidern sollte, zog es jedoch vor, zu schweigen. Stattdessen kuschelte sich an ihren Freund heran und streichelte seinen leichten Bauchansatz: »Erzählst du mir in der Pause, was dich beschäftigt?« Erwartungsvoll sah sie ihn an.

Daraufhin legte der missmutige Alois seinen linken Arm um die Geliebte: »Von mir aus.« Er wollte honorieren, dass sie sich seinen Wünschen angepasst hatte. Also erzählte er in der Halbzeit von den Beschimpfungen seiner Noch-Frau auf seinem Anrufbeantworter. Dass diese Beate beleidigt habe und damit drohe, dass er Frederik nicht mehr sehen dürfe: »Der Junge freut sich doch so, wenn er mich besucht! Müssen es immer die Kinder ausbaden, wenn sich die Eltern nicht mehr verstehen?«

»Zur Not würde ich natürlich zurückstecken und euch an diesen Wochenenden alleine lassen. Allerdings nur äußerst ungern!«, umarmte Beate den Vater, um ihm einen dicken Schmatzer auf die Backe zu geben. »Aber ich kann dich beruhigen. Da hat dein Junge ein gewichtiges Wörtchen mitzureden. Wenn Frederik dich besuchen will, wird er dich besuchen. Selbst wenn er bei dir dauerhaft wohnen will, wird ihn kein Richter in Deutschland zwingen, bei der Mutter zu bleiben. Zumindest nicht, wenn der Papa so nett ist, wie du es bist.« Diesmal küsste sie ihren Geliebten auf den Mund. Anschließend erzählte sie von einem Fall, bei dem die Richter erlaubt hatten, dass die Mutter mit ihrer neunjährigen Tochter in die USA zog. Der Vater hatte dagegen durch zwei Instanzen geklagt und verloren. Weil das Mädchen klar und deutlich geäußert hatte, dass sie mit der Mama nach Amerika wollte.

Diese Ausführungen beruhigten Alois Schön: »Deine Freundin scheint ja eine gute Anwältin zu sein. Eventuell sollte ich sie einmal aufsuchen.«

Nach dem Fußballspiel gingen sie gemeinsam ins Bett. Beate hatte keine Lust mehr, nach Hause zu fahren. Zu mehr als zu zwei Gutenacht-Küssen konnte sie jedoch ihren Freund nicht animieren. Alois Schön war heute einfach nicht in Stimmung.

11. KAPITEL

Am nächsten Morgen fuhr er von seiner Wohnung direkt in die Gerichtsmedizin in der Nußbaumstraße: »Wie weit bist du, Doc?«

»Reif für die Insel. Aber so wie ich dich kenne, geht es dir nicht um mein Wohlbefinden, sondern um Auskünfte über deine Tote aus Waldperlach.«

»Korrekt.«

»Sie hat enorm viel Blut verloren. Da wollte jemand auf Nummer sicher gehen. Hat Kehle und Pulsadern aufgeschnitten – und zwar richtig, nämlich längs.«

»Wer denn? Sie selbst oder jemand anderes?«

»Schwierig zu sagen ... du kannst dich gewiss mit Ästen zudecken, bevor du dich umbringst ...«

»Ist es denn überhaupt möglich, sich erst die Kehle durchzuschneiden und anschließend noch den Puls? Oder von mir aus auch umgekehrt?«

»Ich denke schon ... mit einem scharfen Messer und allerletzter Kraft ...«

»Das Messer neben der Toten war extrem scharf!«

»Stimmt«, warf der Doc einen Blick auf die Tatwaffe, »damit könnte es gehen.«

»Aber tut das nicht höllisch weh? Schreit man da nicht die ganze Umgebung zusammen?«

»Gut möglich. Allerdings habe ich es noch nicht ausprobiert, und meine Klienten erzählen mir ebenfalls recht wenig.«

»Vermutlich sind sie sauer auf dich, weil du so blöde Witze über sie machst!«

Der Doc grinste: »Möglicherweise hat sie geschrien, und es hat nur keiner gehört.«

Alois Schön nickte: »Hast du schon den Todeszeitpunkt?«

»Zwei Wochen lag sie bestimmt schon da, unter Umständen sogar ein paar Tage länger.«

»Kannst du das nicht genauer eingrenzen?«

»Leider nein. Ich weiß, es würde dir sehr helfen, wenn wir herausfänden, wer zuerst gestorben ist, die Frau oder ihr Mann im Schweinestall. Sorry, aber dazu lag sie zu lange im Kieswerk, die Verwesung ist bereits recht weit fortgeschritten.«

»Warum hat man sie eigentlich nicht eher gefunden?«

»Keine Ahnung, da ist halt nicht so viel los.«

»Trainieren nicht die Fußballer des SV Waldtrudering ganz in der Nähe?«

»Kann sein. Aber schöpfst du beim Training Verdacht, wenn eine ältere Frau am Kieswerk spazieren geht? Oder fällt dir das auf, wenn du deinen Sohn zum Fußballspielen bringst?«

»Das spräche also für Selbstmord: Maria Huber sucht sich zu Fuß einen Platz zum Sterben, deckt sich mit etwas Reisig zu und schneidet sich Kehle und Pulsadern durch.«

»Sehe ich nicht so«, wandte der Doc ein, »es macht keinen Unterschied, ob du eine oder zwei Personen beim Spaziergang beobachtest. Und selbst ein Auto würde bei niemandem Argwohn verursachen.«

»Wo du recht hast, hast du recht. Aber hätte sie nicht trotzdem laut schreien müssen?«

»Wenn sie sich umbringen wollte, könnte es sein, dass sie es bewusst vermieden hat. Und wenn ihr der Mörder zuerst die Kehle durchgeschnitten hat, dürfte lautes Schreien ebenfalls schwierig sein.«

»Oder sie ist betäubt worden.«

»Keine Ahnung, Chloroform oder Äther sind nach so langer Zeit nicht mehr nachweisbar. In ein paar Tagen kann ich dir sagen, ob sie Drogen oder Medikamente genommen hat. Die Untersuchungen laufen derzeit noch.«

»Ist das ein Krampf. Heute konntest du mir ja überhaupt nicht helfen. Nix für ungut, Doc.«

»Tut mir leid, beim nächsten Mal wieder.«

»Meine Damen, mein Herr«, versammelte der Leiter der Mordkommission im Büro seine Mannschaft, »wir müssen uns über den Tod von Maria Huber unterhalten. Ich brauche eure Meinung dazu.« Es kam selten vor, dass Alois Schön so offen kundtat, dass er bei seinen Ermittlungen in einer Sackgasse steckte. Aber heute war das der Fall. Er kam einfach nicht weiter: »Ich war mir absolut sicher, dass wir Maria Huber nur finden müssen, um den Mord an ihrem Ehemann aufzuklären. Nun ist unsere Hauptverdächtige tot, und der Doc kann uns nicht einmal sagen, ob sie sich umgebracht hat oder ermordet wurde.«

»Haben wir Fingerabdrücke am Messer?«, erkundigte sich Natascha.

»Nur die von Maria Huber. Aber das besagt überhaupt nichts.«

»Ich kann durchaus nachvollziehen, dass Maria Huber ihren dauernd fremdgehenden Gatten ermordete«, begann Julia die Diskussion, »aber mich wegen diesem Lüstling selbst umbringen? Den Gefallen würde ich ihm niemals tun!«

»Richtig, eine Frau denkt immer zuerst an ihre Kinder. Schließlich würde sie so dem Max auch noch die Mutter wegnehmen«, bestätigte Natascha.

»Wenn Sie auf der Flucht oder im Gefängnis ist, nützt sie ihm allerdings genauso wenig.« Alois Schön hielt dieses Argument für nicht so stichhaltig.

»Mit einem guten Anwalt ist sie nach einigen Jahren wieder draußen. Dann kann sie zumindest ihre Enkel aufwachsen sehen.«

»Ich würd a lieber fliehe, als sterbe.«

»Genau. Und wenn ich mich umbringen würde, würde ich einen Abschiedsbrief hinterlassen, damit alle Welt weiß, was für ein Saukerl mein Opfer war!«

»Guter Gedanke«, wurde Julia vom Chef gelobt, »aber die Spusi hat keinen gefunden.«

»Es basst a nid, dass sie zuerschd den Mo erschiesd, sich a Messa bsorgd und dann erscht ins Gieswergg fährd, um sich die Gehle aufzuschlitze. Des mochd ka Mensch! Warum had sie sich ned an Ord und Stelle erschosse und die gleiche Pisdole benudzd?«

»Ihr seid euch also einig, dass Maria Huber ermordet wurde«, fasste Alois Schön die Gedanken seiner Mitarbeiter zusammen. Die weiblichen Teammitglieder nickten, während sich Martin sogar zu einem »zu hunnerd Brozend« hinreißen ließ.

»Waren es ein oder zwei Mörder?«

»Einer«, legte sich Natascha als Erste fest, »Maria Huber hat den Mörder überrascht, und dieser hat eine Mitwisserin beseitigt.«

»Dann wäre sie ebenfalls erschossen worden«, zweifelte Schön an dieser Theorie. Niemand widersprach.

»Also sind wir wieder bei unseren Hauptverdächtigen. Hat denn jemand eine Idee, warum Martina Scharf oder Sebastian Gruber die Ehefrau umbringen sollten?«

Julia servierte die naheliegendste Möglichkeit von allen: »Die Wahrscheinlichkeit, dass der Schweinestall wegkommt, ist höher, wenn beide Eheleute tot sind.«

»Doppelmord aus rein wirtschaftlichen Erwägungen?«

»Es gibt Menschen, die drehen durch, wenn sie vor dem Ruin stehen.«

»Wenn Martina Scharf von Maria Huber mit dem Video erpresst wurde, hätte sie gleichfalls einen Grund, beide umzubringen«, beantwortete Natascha den zweiten Teil der Frage ihres Chefs.

»Das hieße, die Lehrerin hätte uns angelogen. Und zwar mehrfach!«

»Das fällt bei Mord nicht mehr ins Gewicht«, erklärte die Kommissarin: »Auf jeden Fall würde sie zwei Fliegen mit einer Klappe schlagen: Sie entledigt sich ihrer Erpresserin und bestraft zugleich den Verursacher ihres Problems.«

»Ihr seid also der Meinung, wir sollten uns noch einmal eingehend mit Martina Scharf und Sebastian Gruber befassen.«

Alle nickten.

»In Ordnung, aber erst nach der Beerdigung am Montag. Möglicherweise gewinnen wir dort neue Erkenntnisse. Immerhin hat sich die Situation entscheidend geändert!«

»Vielleicht erfahren wir etwas, das darauf hindeutet, dass es doch zwei Mörder gibt«, stimmte Natascha zu.

»Also ermitteln wir weiterhin in beide Richtungen«, beendete Alois Schön die Besprechung. Alle freuten sich, an diesem Freitag ein paar Überstunden abbauen und früher als gewohnt ins Wochenende starten zu können.

Insbesondere Alois Schön, der noch Wichtiges zu erledigen hatte. Nachdem er das Dezernat verlassen hatte, steuerte er den nächsten Blumenladen an, kaufte fünf langstielige Rosen und fuhr in die Wohnung seiner Freundin. Kaum hatte er den Schlüssel im Schloss umgedreht und die Tür eine Handbreit geöffnet, vernahm er aus der Küche Musik und hackende Geräusche. Wider seine Erwartung war Beate schon zu Hause. Also ging er drei Schritte in den Hausflur zurück, entfernte leise das Papier von den Blumen und zog seine Schuhe aus. Auf Zehenspitzen schlich er zur Küchentür, die einen Spaltweit offen stand. Die Köchin hatte ihn noch nicht bemerkt. Ihm gelang es, die Tür geräuschlos so weit zu öffnen, dass er sich seiner Angebeteten bequem auf Blumenlänge nähern konnte. Mit dem Kopf einer Rose berührte er vorsichtig ihre Wange.

Beate erschrak, gottlob nur leicht, und drehte sich um: »Wo kommst du denn her?«

»Ich wollte mich bei dir für mein gestriges Verhalten entschuldigen.«

»Und deswegen musst du mich so erschrecken, dass ich mir fast den Finger abgeschnitten hätte? Dann hättest du mich gleich in die Klinik fahren können!« Erst jetzt warf sie einen Blick auf die Rosen: »Mei sind die schön!«

»Find' ich auch. Schöne Rosen für die schönste Frau der Welt!« Alois Schön legte den Strauß zur Seite, um seinen Liebling zu umarmen und zu küssen.

»Wenn du mir hilfst, kannst du mitessen. Ich mache mir gerade Spaghetti mit Salat. Wir verdoppeln einfach die Menge, und dann reicht es für uns beide!«

»Italienisches Essen als Einstimmung auf deine italienischen Villen«, drückte der Rosenkavalier nun auch mit Worten aus, dass er um weitere Wiedergutmachung bemüht war. Seine Freundin dankte es ihm mit einem Lächeln und beauftragte ihn mit dem Waschen des Salats.

Nach dem Espresso machten sie sich an das Studium der Immobilienunterlagen. Alois Schön war positiv überrascht: große Zimmer, solide Bauweise und italienischer Stil. »Wenn die so schön sind, wie im Prospekt versprochen, sind diese Häuser in der Tat eine Überlegung wert«, stimmte er einer Besichtigung des Musterhauses am Samstag zu.

»Das ist mit Abstand das Beste, was ich mir bisher angeschaut habe.« Beate schien in Gedanken bereits die Vorhänge auszusuchen.

»Ihre Villen stehen aber ganz schön eng aufeinander«, wandte sich Alois Schön dennoch an den Angestellten des Bauträgers.

»Größere Gärten als bei uns werden Sie bei Neubauten nicht finden«, versuchte dieser den Einwand zu entkräften, »nicht bei den Grundstückspreisen und in der Lage. Schließlich finden Sie hier alles, was man zum täglichen Leben braucht: Ärzte, Kindergärten, Supermärkte, Tankstellen und Banken. In einer halben Stunde sind Sie mit der S8 am Marienplatz und in zehn Minuten am Flughafen!«

»Und wenn die 3. Startbahn kommt, wird es hier laut!«

Weil Beate schon ganz entsetzt schaute, schlug Alois Schön nun einen versöhnlichen Ton an: »So schön Ihre Häuser auch sind. Von hier aus ist es für mich ein weiter Weg zu Arbeit. Ich muss über den ganzen Mittleren Ring bis in den Münchner Westen. Das muss ich mir erst noch überlegen. Wir melden uns dann wieder.«

Den Sonntag verbrachten sie wie viele Münchner beim Baden an der Isar. Steakfreund Alois hatte vorgeschlagen, einen Einmal-Grill von der Tankstelle zu besorgen. Aber Beate hatte dankend abgelehnt. Bei dieser Hitze könne sie nichts Warmes essen. Stattdessen schnippelte sie in Windeseile einen frischen Salat, bestehend aus Tomaten, Gurken, Lollo rosso und Käsestücken. Ferner legte sie eine Flasche Sekt aus dem Kühlschrank in den Picknickkorb. Die meisten Pluspunkte sammelte sie jedoch, als ihr Freund neben den Sektgläsern eine Flasche Bier entdeckte, die er sofort zum Kühlen ins Wasser legte.

Es grenzte fast an ein Wunder, dass die Beerdigung von Maria Huber schon am Montagnachmittag stattfinden konnte. Doch die Gerichtsmedizin hatte äußerst schnell gearbeitet und bereits alle Untersuchungen veranlasst. Zufällig hatten sowohl das Beerdigungsinstitut als auch der Pfarrer noch kurzfristig Kapazitäten frei. Wenngleich die Beisetzung nicht so gut besucht war wie die ihres Mannes hatten sich zahlreiche Personen auf dem

Friedhof versammelt. Es fiel jedoch auf, dass die Geliebten von Anton Huber allesamt fehlten.

Alois Schön hatte sich mit dem Bürgermeister auf dem Friedhof verabredet. Er benötigte einen Informanten, der ihm umfassend erläutern konnte, wer warum an dieser Beerdigung teilnahm. Dazu hatten sich die beiden Herren in der Kirche in die letzte Reihe gesetzt und anschließend am Rande der Trauergemeinde aufgehalten. Natascha, Julia und Martin mischten sich einzeln unters Volk. Alle erkannten, dass die Stimmung im Ort in bemerkenswerter Weise zugunsten der Toten umgeschlagen war: Hatte man Maria Huber noch in der letzten Woche als eiskalte Mörderin ausgemacht, war sie jetzt nur noch die mehrfach betrogene Ehefrau, der man kaum zumuten könne, im selben Grab wie ihr Mann beerdigt zu werden. Die Friedhofsverwaltung hatte das jedoch pragmatischer gesehen. Schließlich bot das Hubersche Familiengrab genügend Platz für beide.

Noch mehr bedauert als die Verstorbene wurden nur die Kinder, die in so kurzer Zeit beide Eltern verloren hatten und nun ganz auf sich alleine gestellt waren. Julia, die im Ort noch keinen Prominentenstatus wie Alois Schön oder Natascha Frey genoss, war es gelungen, am Grab einen Platz mit freier Sicht auf das Geschwisterpaar zu ergattern. Cordula Huber ließ die Trauerzeremonie ohne jede Regung über sich ergehen. Maximilian war dagegen wesentlich stärker vom Tod seiner Mutter berührt. Während er die Wegstrecke in der Kirche auf seinen Krücken zurückgelegt hatte, schienen ihn am offenen Grab seine Kräfte zu verlassen, und er musste sich wieder in den

Rollstuhl setzen. Mal blickte er entgeistert ins Leere, um sich kurz darauf eine Träne von der Backe zu wischen. Dann wieder glaubte Julia, ein Lächeln auf dem Gesicht des Jungen erkannt zu haben. Trotzdem konnte Maximilian nur mit der Hilfe seiner Schwester aus dem Rollstuhl aufstehen, um die drei Rosen, die er für seine Mutter gekauft hatte, ins Grab zu werfen.

»Gibt's hier jemanden, der nicht hierher gehört?«, raunte Alois Schön seinem Informanten zu. Der Bürgermeister begutachtete noch einmal die Trauergemeinde, bevor er antwortete: »Nein, die sind alle von hier!«

»Vermissen Sie denn wen?«

»Na. Höchstens die Eheleute Scharf, aber womöglich hat er einen wichtigen Termin, und seine Frau wollt' allein nicht kommen.«

Alois Schön nickte, während der Musikverein einen abschließenden Trauermarsch zum Besten gab. Als sie den Friedhof verließen, setzte er die Befragung fort: »Was passiert jetzt mit dem Schweinestall?«

»Da müssen S' die Tochter fragen. Die Gemeinde kann nicht verhindern, dass sie den Hof weiterführt.«

»Sie könnten den Kindern das Grundstück abkaufen.«

»Das muss der Gemeinderat entscheiden.«

»Vielleicht gibt es noch andere Interessenten, einen lokalen Bauträger oder Sebastian Gruber?«

»Ich glaube nicht, dass der Gruber Wast das im Kreuz hat«, antwortete der Bürgermeister mit einem Grinsen, das bei Alois Schön ein Stirnrunzeln auslöste. Offensichtlich war die finanzielle Situation des Hotelbesitzers unter den Würdenträgern des Ortes wohlbekannt.

Was ihn aber nicht von der Liste der Verdächtigen strich.

Und deswegen nutzte Alois Schön die räumliche Nähe, um dem Gasthofbesitzer erneut einige Fragen zu stellen.

»Wir haben Sie auf der Beerdigung Ihrer Nachbarin vermisst, Herr Gruber!«, begrüßte er den Wirt an der Rezeption seines Hotels.

Dieser reagierte nicht, sondern sortierte weiter Rechnungen in verschiedene Schnellhefter.

»Könnten Sie mir bitte ein paar Minuten Ihrer kostbaren Zeit schenken?«

Der Hotelier schaute kurz auf. Nachdem er die letzten drei Blätter gelocht und abgeheftet hatte, forderte er Alois Schön auf: »Kemman S' mit!«

»Wie war denn Ihr Verhältnis zu Maria Huber?«, wollte dieser wissen, als sie in dem kleinen Büro die Tür geschlossen hatten. Auf der Fensterbank lagen mehrere Ordner, einer davon geöffnet. Es schien, als ob der Hotelbesitzer etwas gesucht hatte. Er schloss die Mappe und stellte sie zurück ins Regal. Allerdings so, dass Alois Schön die Aufschrift nicht lesen konnte.

»Mei Verhältnis zur Huberin?«, blickte er aus dem Fenster, »es gab koans! Sie hod mi net griaßt und i sie a net!« Erst jetzt wandte sich Sebastian Gruber wieder seinem Gesprächspartner zu. Zwar sei Maria Huber nicht für den Streit mit ihrem Mann verantwortlich, aber man habe sich trotzdem ignoriert. Daher habe er auch nicht die geringste Veranlassung gesehen, auf ihre Beerdigung zu gehen.

»Möglicherweise können Sie ja doch etwas zur Aufklärung der Mordfälle beitragen!« Alois Schön schaute den Gastwirt erwartungsvoll an: »Was war denn Frau Huber für ein Typ? Oder haben Sie sonst etwas mitbekommen, einen Streit zwischen den Eheleuten vielleicht?«

»Na!«

Der Leiter der Mordkommission machte bewusst eine längere Pause, um seinen Gesprächspartner zu einem weiteren Statement zu zwingen.

»Ist mir doch egal, wenn sich die beiden gegenseitig die Köpfe einschlagen. Genauso ist mir wurscht, mit wem der Herr Nachbar ois rumvögelt. Solange es nid mei Fraa ist.«

»Haben Sie keine Angst, dass die Kinder den Betrieb fortführen wollen?«

»Wer soll sich denn um die Viecher kümmern? Die Cordula vielleicht? Moanas, die is a Minga aufi, weil ihr das Landleben so gut gfoid? Und der Max is ja no vui z kloa!« Anschließend berichtete Sebastian Gruber, dass auf Anweisung des Bauernverbandes die Schweine sofort nach Schlachtreife abgeholt würden und folglich am Ende der Woche das letzte seiner Bestimmung zugeführt werde. »Dann is endlich a Ruah!«, schloss er mit sichtlicher Erleichterung seinen Vortrag. Man konnte ihm ansehen, wie sehr er sich auf den Moment freute, wenn der Viehtransporter zum allerletzten Mal den Hof verlassen würde.

»Die Kinder könnten jemanden einstellen.«

»De wärn schee bleed. So vui Geld kannst mit Landwirtschaft heutzutage nimmer verdienen, wanns den ganzen Grund verkafa dan!«

»Würden Sie auch ein Angebot abgeben?«

»Womit denn? Sie kenna doch mei Zahlen! Oder kennen Sie a Bank, die mir darauf an Kredit gibt?«

Alois Schön nickte. Es entstand eine kleine Pause, weil der Hotelwirt ein Thema angesprochen hatte, das ihm scheinbar unterbewusst leichte Bauchschmerzen verursachte: die bevorstehenden Verhandlungen mit einer Bank zwecks Finanzierung des gemeinsamen Traumhauses von ihm und seiner Beate.

»Da gibt's genügend, die mitbieten wollen und mehr Pulver hom als i: der Bürgermeister, der Bauträger Mißlinger und a poor Privatleit.«

Mit einem Mal wurde Alois Schön klar, warum der Gemeindevorsteher vor einer halben Stunde so geheimnisvoll gelächelt hatte.

»Außerdem passt's mir, so wie es grood is!«

»Stimmt, eine Baustelle gegenüber ist auch nicht das Optimale für Ihr Hotel.«

»So is. Un für a nackerte Wiesn vor meiner Wirtschaft is zu teier! A wenn i das Geld hät.«

Alois Schön erkannte, dass ihm gerade ein starkes Motiv eines Hauptverdächtigen wie eine Seifenblase zu zerplatzen drohte. Denn die ökonomischen Vorteile, die der Gastronom aus der Tat hätte ziehen können, waren äußerst gering.

Aber Sebastian Gruber hatte schließlich noch weitere Gründe, seinen Jugendfreund umzubringen: »Haben Sie sich mit Ihrer Frau wieder versöhnt?«

»Ja!«

»Können Sie bitte etwas konkreter werden?«

»Jo mei. Mei Wei is zurück, der Huber is tot. Sie sagt, da war nix. I hobs ihr geglaabt. Soll i etza mit ihr streiten? Des bringt doch goa nix.«

»Da gebe ich Ihnen Recht, Herr Gruber. Dennoch

brauchen wir die Aussage Ihrer Frau. Ist sie zu sprechen?«

»Na, die is unterwegs und kimmt erst heut Abend hoam!«

»Dann richten Sie ihr bitte aus, sie möge morgen früh zu uns in die Hansastraße kommen. Um neun Uhr. Pünktlich!«

12. KAPITEL

Die direkte Nachbarin der Familie Huber hatte sich gerade umgezogen, als Alois Schön klingelte. Das schwarze Kleid, das sie auf der Beerdigung und dem Leichenschmaus getragen hatte, musste der Arbeitskleidung weichen. Der Kommissar wurde in die Küche gebeten und ihm ein Platz auf der Eckbank zugewiesen.

»Die armen Kinder. Der Max, der duad mir wirkli leid.«

»Is scho recht. Aber was können Sie uns über Maria Huber berichten?«

»I hob nia geglaabt, dass die Maria den Anton umgebracht hod.«

»Das hat auch niemand behauptet.«

»Die wär doch goar ned fähig, ihren Mann umzubringa. So ruhig, wie die war.«

Alois Schön machte sich eifrig Notizen: »Können Sie uns etwas zur Ehe der Hubers sagen?«

Die Bäuerin zog die Stirn kraus: »Glaabens, dass i meinen Nachbarn hinterherspionier?«

»Natürlich nicht! Aber wir brauchen so viele Informationen wie möglich, um die beiden Fälle zu lösen.«

»Wie solls gewesen sei? Normal halt. Der Anton hat sich um den Hof gekümmert, sei Fraa hat ihm geholfen und die Kinder versorgt.«

»Gab es niemals Streit?«

»Na, ned, dass i wüsst! Warum auch? Die Maria war a ganz a Liabe. Vor allem um den Max hat sie sich sehr fürsorglich gekümmert. Fast schon zu vui, wenn Sie mich fragen.«

»Schon immer oder erst seit dem Autounfall?«

»Die Maria war schon immer a Gluckn. Aber seit dem Unfall hod sie den Max no mehra umsorgt.«

»Fällt Ihnen sonst noch etwas ein?«

»Na. Die letzten Wochen war sie auf Reha. Da war der Anton ganz schön im Stress. Mehra kann i Eahna wirkli ned song.«

Ein angenehmer Wind wehte und die Sonne schien, als Alois Schön das Nachbaranwesen verließ. Daher beschloss er, das Auto stehen zu lassen und seine Ermittlungen zu Fuß fortzusetzen. Der erste Weg führte ihn zur örtlichen Polizeiwache. Die Kollegen bestätigten ebenfalls, dass sich Maria Huber stets vorbildlich um ihre Kinder, insbesondere um ihren Sohn, gekümmert habe. Abgesehen von dem Verkehrsunfall gebe es über die Familie Huber aus polizeilicher Sicht nichts Negatives zu berichten.

Das Telefonat mit Kindergärtnerin Sabine war ebenfalls sehr kurz. Denn diese hatte Frau Huber niemals zu Gesicht bekommen.

Anschließend machte er sich auf den Weg zur Metzgerei. Er hatte Glück. Susi stand hinter der Theke und bediente, gut gelaunt wie immer, ihre Kunden.

»Was darf's denn sein, Herr Kommissar?«

»500 Gramm gemischtes Hackfleisch, zwei Rindersteaks und eine Leberkässemmel zum hier essen.«

»Gerne«, lächelte Susi. Mit einem scharfen Messer schnitt sie zwei große Stücke Fleischkäse ab und steckte sie in eine Semmel: »Mit Senf?«

»Danke nein«, nahm Alois Schön den Imbiss in Empfang, während die Verkäuferin das Hackfleisch abwog und zwei gut abgehangene Steaks in die Tüte packte. »Außerdem hätte ich noch ein paar Fragen an Sie.«

»Dann sollten wir nach hinten gehen«, blieb Susi ruhig und kassierte zuerst ab. Den Verkaufsraum immer im Blick begann sie zu erzählen: »Warum der Toni die Maria geheiratet hat, ist mir ein Rätsel. Die war doch viel zu brav für ihn!« Selbstbewusst lächelte sie den Leiter der Mordkommission an. »Mit mir hatte er bestimmt viel mehr Spaß als mit seiner Frau. Das war doch ein Hascherl! Die stand sogar Händchen haltend mit dem Jungen vor unserer Wursttheke! Und immer hat sie ihn betüdelt, als ob er noch ein Kleinkind wär.«

Eine Viertelstunde früher als vereinbart stand die Gattin des Gasthofbesitzers am nächsten Morgen vor den Türen der Mordkommission. Der Pförtner hatte ihre Ankunft bereits avisiert.

»Martin, hol' bitte Frau Gruber vom Aufzug ab und geh schon mal mit ihr in den Vernehmungsraum. Ich komme gleich nach!«

Zwei Minuten später konnte die Befragung beginnen: »Frau Gruber, wir vernehmen Sie heute Morgen als Zeugin und nicht als Beschuldigte. Dennoch möchten wir Sie darauf aufmerksam machen, dass Sie nichts sagen müssen, was Sie oder Ihren Mann belastet. Wenn Sie jedoch etwas zu Protokoll geben, muss es der Wahrheit entsprechen.«

»Ich habe nichts zu verbergen. Und Sebastian ebenfalls nicht!« Im Gegensatz zu ihrem Gatten sprach Sonja Gruber hochdeutsch. Nur an der Einfärbung der Worte erkannte man ihren bayerischen Ursprung.

»Motive hätten Sie aber genügend, vor allem Ihr Mann!« Alois Schön musterte die attraktive Schwarzhaarige von oben bis unten. Diese hatte den Stuhl gut einen halben Meter vom Tisch weggerückt, um ihre langen Beine ausstrecken zu können. Ihre Arme hatte die Zeugin vor ihrer Brust verschränkt. Trotzdem wirkte sie locker und entspannt. Der Leiter der Mordkommission konnte sich durchaus vorstellen, dass Sebastian Gruber und Anton Huber wegen dieser Frau aneinandergeraten waren. Insbesondere in jungen Jahren, als die Burschen noch aufbrausender und das Objekt der Begierde noch liebreizender gewesen war.

»Was heißt hier ›vor allem‹? Verdächtigen Sie uns jetzt doch?«

»Sofern wir der Meinung sind, Sie als Beschuldigte vernehmen zu müssen, werden wir Ihnen das mitteilen. Momentan sind Sie nur eine Zeugin, die uns hoffentlich einige Informationen zur Aufklärung des Mordes an Ihren Nachbarn liefern kann.«

»Ich tue mein Bestes. Was möchten S' denn wissen?«

»Wann Sie Ihre Nachbarn das letzte Mal gesehen haben, beispielsweise.«

»Da muss ich überlegen, einen Moment bitte. Bei Maria Huber ist das schon einige Zeit her. Gesprochen habe ich sie bestimmt etliche Monate nicht mehr, gesehen ein paar Wochen. Kurz bevor sie der Anton auf Reha gefahren hat.«

»Und Herrn Huber?«

»Das wissen Sie doch, Herr Kommissar. Das habe ich Ihrer Kollegin bereits am Telefon erzählt. Am Freitag, bevor er gestorben ist. Da hat er mich wieder einmal angemacht und zum x-ten Mal aufgefordert, ich solle zu ihm zurückkehren.«

Kommissaranwärter Martin protokollierte eifrig mit.

»Und ab Samstag haben Sie mit Ihrem Mann wegen dieses Vorfalls gestritten.«

»Das ist richtig, Herr Kommissar.«

»Kam das öfter vor?«

»Ab und zu. Immer wenn Sebastian von dem Werben etwas mitbekommen hat. Aber so wütend wie beim letzten Mal war er noch nie. Sonst wäre ich nicht zu meiner Mutter gefahren!«

»Wie oft sind Sie denn von Ihrer Jugendliebe bedrängt worden?«

»Mal mehr, mal weniger. Je nachdem, ob sich der Anton anderweitig vergnügt hatte oder nicht.«

»Und Sie haben sich an dieser ständigen Anmache überhaupt nicht gestört?«

Sonja Gruber antwortete nicht. Sie saß weiterhin entspannt auf ihrem Stuhl, nur ihre Beine hatte sie inzwischen übereinander gekreuzt.

»Allein die Tatsache, dass Sie wieder Gefahr laufen, mit Ihrem Mann zu streiten, muss doch unheimlich nerven!«

Endlich bequemte sich die Dame zu antworten: »Deswegen habe ich ja dem Sebastian alles erzählt! Aber im Nachhinein war es wohl ein Fehler, so grantig, wie er dann war.«

»Sind Sie sich bewusst, dass Sie Ihren Mann mit dieser Aussage belasten?«

»Hören S' doch auf, Herr Kommissar. Bellende Hunde beißen bekanntlich nicht.«

»Und Sie selbst machen sich damit auch verdächtig!«

»Wieso?«

»Weil Sie sich nach dem heftigen Ehestreit entschlossen haben könnten, dem ganzen Elend, das Herr Huber Ihnen und Ihrer Familie angetan hat, ein Ende zu bereiten!«

»Welches Elend?«

»Ihre schlechte finanzielle Lage und das ständige Umgarnen Ihrer Person, das durchaus geeignet war, Ihre Ehe zu ruinieren!«

»Und deswegen sollte ich den Anton umbringen?« Sonja Gruber lachte über das ganze Gesicht, aus vollem Herzen, aber dennoch verächtlich: »Glauben Sie mir, Herr Kommissar. Das ist kein Mann dieser Welt wert!«

»Dem kann ich aufgrund meiner beruflichen Erfahrung nicht zustimmen. Liebe und Eifersucht sind häufige Gründe für einen Mord!«

»Wollen S' mich jetzt verhaften?«

Diesmal schwieg Alois Schön. Eine so selbstbewusste Zeugin bekam er nicht alle Tage zu Gesicht.

»Schauen S' her, lieber Herr Kommissar.« Die Dame auf der anderen Seite des Tisches beugte sich kumpelhaft zu Alois Schön herüber, indem sie ihre Unterarme, die Finger vollständig gefaltet, komplett auf die Tischplatte legte und ihm tief in die Augen sah. »Wenn es mir nur um das Finanzielle gehen würde, hätte ich den Sebastian niemals heiraten dürfen. Der Anton hatte schon immer mehr Geld. Und wenn wir uns wegen dem Schweinestall hätten rächen wollen, hätten wir das bereits vor Jahren tun müssen.«

»Vielleicht haben Sie erst gemerkt, wie sehr Sie Ihren Jugendfreund lieben, als Sie längst verheiratet waren!«

Sonja Gruber grinste über das ganze Gesicht: »Die Maria war für mich noch nie eine Konkurrenz! Und für andere Frauen im Ort bekanntlich ebenso wenig.«

»Also wussten Sie von den Affären Ihres Nachbarn!«

»Natürlich nicht offiziell, aber ich kannte den Anton.« Die Zeugin setzte sich entspannt auf ihrem Stuhl zurück: »Ich weiß, wann der Anton nur flirtet und wann er mehr will. Das erkenn' ich an seiner Art, wie er einer Frau in die Augen schaut oder wie er mit ihr tanzt. Und wenn er mit einer Dame rumknutscht, wie mit der Scharf vor einem Jahr hinterm Bierzelt, dann weiß ich ganz genau, wie die beiden den restlichen Abend miteinander verbringen werden. Wenn eine Frau so weit geht, ist sie auch zu mehr bereit! Und der Anton ließ sich eine solche Gelegenheit bestimmt nicht entgehen.« Sonja Gruber nahm ihr Wasserglas, prostete Alois Schön wortlos zu und leerte es bis zur Hälfte.

Alois Schön erwiderte die Geste, trank aber nur einen Schluck. »Wie gut kannten Sie Maria Huber?«

»Wir hatten kaum Kontakt.«

»Woher wissen Sie dann, dass Sie Ihnen nicht das Wasser reichen konnte? Stille Wasser sind bekanntlich tief.«

»Die Huberin?«, lachte Sonja Gruber laut auf, »die Schisserin? Nee, Herr Kommissar. Die sollte sich um die Kinder kümmern, ihn auf dem Hof unterstützen und ansonsten den Mund halten. Für den Spaß waren beim Anton andere zuständig.«

Alois Schön war erstaunt, wie offen Sonja Gruber über diese Themen sprach. Was freilich in seinem Sinne war. »Halten Sie es für möglich, dass sich bei Maria Huber so viel Wut aufgestaut hat, dass Sie doch den Mut fasste, dem Treiben ihres Mannes ein Ende zu setzen?«

»Kann ich mir ehrlich gesagt nicht vorstellen.«

»Wissen Sie denn, ob Frau Huber mit Waffen umgehen konnte?«

»Ich weiß, dass die ganze Familie Mitglied in unserem Schützenverein ist. Doch beim Schießen habe ich die Maria nie gesehen. Und unseren Gasthof haben die Hubers aus den bekannten Gründen niemals betreten.«

»Also wäre sie womöglich in der Lage gewesen, ihren Mann zu erschießen.«

»Kann schon sein. Aber vermutlich hat ihr der Mumm dafür gefehlt.« Sonja Gruber rückte wieder ein wenig näher an den Vernehmungstisch heran, sprach allerdings etwas leiser, sodass ihre Worte ernsthafter klangen: »Ich habe mich mehrfach gefragt, warum sie nicht zum Scheidungsanwalt geht. Gründe hätte sie genügend gehabt. Wenn sich mein Sebastian so aufführen würde wie der Anton, hätte ich ihn längst vor die Tür gesetzt. Aber selbst dazu war sie zu feige!« Sonja Gruber war anzumerken, dass sie diese Sätze vollkommen ernst meinte. Sie war nun mal eine resolute Frau.

»Ist denn Ihre Ehekrise inzwischen beendet?«

»Danke, es passt schon. Sebastian grantelt zwar noch ein bisschen, doch das bin ich von ihm gewohnt. Im Grunde seines Herzens hat er sich gefreut, dass ich wieder bei ihm zu Hause bin. Er kann's halt nicht so zeigen, typisch Stier!«

Alois Schön freute sich, wie glatt diese Befragung verlief. Direkte Antworten auf seine konkreten Fragen. Kein Zaudern, kein Drucksen, keine Show. Sonja Gruber sagte klipp und klar, was Sache war. Offen und ehrlich. Daher beschloss er, die Zeugin zu verabschieden und das Wirtsehepaar von der Liste der Verdächtigen zu streichen.

Die Augen hinter einer schwarzen Sonnenbrille verborgen erschien Martina Scharf zum vereinbarten Termin in der Hansastraße.

»Vielen Dank, dass Sie sich abermals Zeit für uns genommen haben, Frau Scharf.« Auch ihr Rechtsbeistand wurde von Alois Schön mit einem freundlichen Kopfnicken begrüßt. »Wie geht es Ihnen und Ihrer Familie?«

»Walter hat sich in den letzten Tagen sehr um mich gekümmert!« Mit verschränkten Armen saß Martina Scharf auf ihrem Stuhl. Sie sprach ausgesprochen leise und vermied es, ihr Gegenüber anzusehen.

»Können Sie das bitte etwas genauer ausführen?« Alois Schön lächelte die Lehrerin freundlich an. Es war ein absolut ehrliches Lächeln, denn er wünschte ihr, dass ihre Ehe so schnell wie möglich gesunden würde: »Dann hat sich also das Verhältnis zu Ihrem Mann nach Ihrer Beichte gebessert?«

Martina Scharf entschloss sich, ihre Sonnenbrille abzunehmen. Das ganze Gesicht, speziell ihre Augen, waren stärker geschminkt als sonst. »Allein die Tatsache, dass Walter zu Hause ist, hilft mir viel. Wenn er Zeit hat, räumt er die Spülmaschine aus oder bringt den Müll raus. Genauso fragt er mich, ob er mir einen Tee oder Saft ans Bett bringen soll.«

Alois Schön war entsetzt. Was hatten denn die beschriebenen Aktivitäten mit Kümmern zu tun? Das waren doch alles Selbstverständlichkeiten!

»Hat er noch irgendetwas hinsichtlich Ihres Geständnisses oder bezüglich des Videos gesagt?«

»Nein. Und ich werde dieses Thema von mir aus gewiss nicht ansprechen.«

Der Leiter der Mordkommission suchte den Blickkontakt mit seiner Kollegin. Auch Natascha schien überrascht zu sein. Darum hakte Alois Schön abermals ein: »Hat Ihr Mann das Thema wirklich schon abgeschlossen?«

Martina Scharf reagierte nicht. Aus trüben Augen starrte sie auf die Tischplatte.

»Will er keinen Neuanfang?«

Unsicher zuckte die Zeugin mit den Schultern.

»Warum schlagen Sie ihm nicht den Besuch einer Eheberatung vor? Damit Ihrem Mann wieder bewusst wird, was er an Ihnen hat!« Ein Ratschlag, der einem Außenstehenden wie ihm eigentlich nicht zustand. Doch Alois Schön hatte erkannt, dass diese unglückliche Frau jedes Kompliment aufsaugte wie ein Schwamm. Deshalb fügte er noch hinzu: »Ich bin fest davon überzeugt, dass er eine so attraktive und intelligente Frau wie Sie so schnell nicht wieder findet!« Dennoch konnten seine geschulten Augen nicht erkennen, was in der Dame vorging. Denn ihr zaghaftes Lächeln, vermutlich eine Reaktion auf Schöns Schmeicheleien, verwandelte sich in Bruchteilen von Sekunden in eine eisige, starre Maske.

»Das habe ich doch schon«, seufzte Martina Scharf, »mehrfach sogar. Aber Walter meinte immer nur, das würde nichts bringen.« Wie ein Häufchen Elend saß sie auf ihrem Stuhl. Sie fingerte nach ihrer Brille, setzte sie jedoch nicht auf.

»Möchten Sie eine Pause machen? Etwas trinken?« Alois Schön schob der Zeugin die Flasche mit dem Mineralwasser über den Tisch: »Ich habe nämlich noch weitere Fragen.«

»Vielen Dank. Bringen wir's hinter uns.«

Auch ihr Anwalt sah keine Notwendigkeit, die Vernehmung zu unterbrechen.

»Uns interessiert, ob Herr Huber beruflich zu Ihnen Kontakt hatte? Inwiefern er sich um die schulischen Belange seiner Kinder gekümmert hat?«

»Zu den Sprechtagen oder den Elternabenden kam immer nur seine Frau. Auch die Arbeiten von Max wurden stets von ihr unterschrieben. Aber das ist ja normal.«

»Wie oft kommt es denn vor, dass sich Väter intensiver für das Schulleben ihrer Kinder begeistern?«

»Sie meinen, dass sie regelmäßig Umgang mit uns Lehrern haben? Das sind maximal ein bis zwei pro Klasse. An den Elternabenden kommen im Schnitt fünf Väter. Allerdings nur als Begleitung oder wenn die Mütter keine Zeit haben.«

»Anton Huber zählte jedoch nicht zu diesen Bilderbuchvätern?«

»Nein, vermutlich war es auch besser so. Es durfte ja niemand wissen, was wir füreinander empfanden.« Während dieser Worte huschte ein vages Lächeln über das hagere Gesicht der Lehrerin.

»Und wie gut kannten Sie Maria Huber, Frau Scharf?«

»Ich sagte doch schon, unsere Beziehung war rein beruflich. Sie kam ab und zu in die Schule, und wenn wir uns im Ort begegneten, haben wir uns freundlich gegrüßt.«

»Können Sie Frau Huber trotzdem charakterisieren?«

»Sie war nett, zuvorkommend und hat sich liebevoll um ihren Sohn gekümmert. Eine höfliche Frau und, soweit ich das beurteilen kann, eine gute Hausfrau.«

»Hat Herr Huber das erzählt?«

»Nein.«

»Woher wissen Sie das dann so genau?«

»Die Kuchen, die sie für die Schulveranstaltungen spendierte, schmeckten immer hervorragend. Auch sonst hörte man nur Lob über die Maria.«

»Haben Sie mit Ihrem Liebhaber über seine Gemahlin gesprochen?«

Für einen Moment lächelte Martina Scharf verschmitzt: »Warum sollten wir?«

»Es hätte ja sein können, dass Herr Huber Vergleiche zwischen Ihnen und seiner Gattin angestellt hat.«

»Dass ich ihm etwas biete, was er bei ihr vermisst, ist doch selbstverständlich. Sonst hätte es keine Affäre gegeben.«

Alois Schön blieb überaus freundlich. Seine Stimme klang fast schon väterlich: »Was können Sie uns über die Kinder berichten?«

»Über die Tochter so gut wie gar nichts. Ich hatte nur den Max im Unterricht. Und selbst das ist schon eine Zeitlang her.«

»Immerhin handelt es sich hier um den Sohn Ihres Geliebten. Da werden Sie sich doch erinnern können!« Zum ersten Mal sprach der Leiter der Mordkommission forscher.

»Die Beziehung zwischen Toni und mir begann doch erst später, als der Max schon auf dem Gymnasium war. Deshalb kann ich Ihnen nicht mehr sagen, als dass er ein sehr ruhiger Schüler war und nicht so viele Freunde hatte.«

»Das ist aber nicht viel für eine Pädagogin, die so ziemlich jeden im Ort kennt!«

Woraufhin Martina Scharf nachdachte. Die rechte Hand hatte sie vor ihren Mund gelegt, die Innenseite entlang Daumen und Zeigefinger bedeckte den Bereich zwischen ihren Lippen und Nasenunterkante. Ihre Augen suchten sich einen Punkt an der Decke. »Sorry«, hauchte sie mit gedämpfter Stimme, »mehr gibt es da wirklich nicht zu sagen.«

»Ich habe den Eindruck, Sie wollen uns nicht mehr erzählen!«

»Meine Mandantin kann Ihnen nur das berichten, was sie weiß«, reagierte der Anwalt sofort. Seine Klientin schwieg.

Alois Schön hielt kurz inne. Es war offensichtlich, dass er so nicht weiter kam. Also musste er die Schlagzahl erhöhen. Er beugte sich weit nach vorne: »Laut unseren Recherchen wussten sehr viele Leute von Ihrer Beziehung zu Anton Huber!«

Jeder im Raum konnte erkennen, wie es in Martina Scharf brodelte. Wie sehr diese Behauptung ihr Gehirn beschäftigte und ihr Nervenkostüm strapazierte.

»Hat Ihr Liebhaber damit geprahlt? Vielleicht sogar Ihr Video seinen Freunden gezeigt?« Der Leiter der Mordkommission sah der Zeugin tief in die Augen: »Da könnte es doch durchaus sein, dass man Sie mit dem Film erpresst!« Er starrte sie regelrecht an, obwohl bereits seine Worte kraftvoll ihre Wirkung entfaltet hatten.

Martina Scharf wurde weiß wie die Wand. Weder die Sommerbräune noch das Rouge in ihrem Gesicht konnten die plötzlich auftretende Blässe verbergen. Ihre Pupillen verengten sich zu winzigen Punkten. Sie schnappte nach Luft.

»Haben Sie dafür Beweise?« Der Anwalt richtete sich auf und rückte näher an den Tisch heran. »Wer soll denn Ihrer Meinung nach Frau Scharf erpresst haben?«

»Beispielsweise ein Spezi von Anton Huber! Dem die Qualitäten Ihrer Mandantin so gut gefallen haben, dass er deren Dienste im Austausch für sein Schweigen einfordert.«

»Sie haben ja eine abwegige Fantasie, Herr Hauptkommissar. Abgesehen davon, dass die Freunde des Toten alle noch leben!«

Trotz dieser erstklassigen Erwiderung ihres Rechtsbeistands und obwohl es im Vernehmungsraum sehr warm war, saß Martina Scharf zitternd auf ihrem Stuhl. Die blonden Haare an ihren Unterarmen standen senkrecht zu Berge.

»Und wenn Maria Huber Ihre Klientin erpresst hat, hätte sie sogar ein eindeutiges Motiv für beide Morde!«

»Welche Gegenleistung sollte Frau Huber bitte einfordern?«

»Dass Frau Scharf ihren Gatten in Ruhe lässt oder vielleicht sogar wegzieht!«

»Das könnte sie auch erreichen, indem sie das Video sofort veröffentlicht.«

Alois Schön realisierte, dass er sich zu weit aus dem Fenster gelehnt hatte. Der Haftbefehl wegen Doppelmordes entschwand in weite Ferne. »Gut, Frau Scharf. Ich nehme also hiermit zu Protokoll, dass Sie von der Existenz des Videos nichts wussten, bevor wir es Ihnen gezeigt haben.«

»Das ist korrekt, Herr Kommissar. Das habe ich Ihnen bereits mehrfach gesagt!« Martina Scharf nickte zustimmend. Sie wirkte wieder völlig entspannt.

Alois Schön nahm die Wasserflasche und schenkte sich das Glas voll. Nachdem er es bis zur Hälfte geleert hatte, wandte er sich in versöhnlichem Tonfall an die Geliebte des Toten. Er beugte sich wiederum zu ihr hin, lächelte ein wenig und sprach bewusst nicht zu laut: »Interessiert es Sie denn gar nicht, wer Ihren früheren Liebhaber umgebracht hat?«

»Doch, doch! Natürlich!«

»Dann helfen Sie uns bitte, Frau Scharf. Wer soll es denn sonst tun, wenn nicht Sie? Schließlich kannten Sie den Ermordeten mit am besten.«

Angesichts der warmherzigen Worte, die an ihre Ohren drangen, wurde die Zeugin verlegen. Dennoch schwieg sie.

»Ist Ihnen wirklich nichts aufgefallen, was uns weiterhelfen könnte?«, fuhr Alois Schön in säuselndem Ton fort.

»Eigentlich nicht«, überlegte die Grundschullehrerin, »vielleicht eine Kleinigkeit!«

»Auch Kleinigkeiten können von großer Bedeutung sein.«

13. KAPITEL

»Also gut«, begann Martina Scharf, »der Toni hat mir einmal erzählt, dass er in der Nachttischschublade seines Sohnes einen Vibrator gefunden hat.«

Die beiden Kommissare und selbst der Rechtsanwalt spitzten die Ohren: »Wann war das?«

»Mitte/Ende Januar. Kurz, nachdem er aus dem Skiurlaub zurückkam. Toni hat mich gefragt, ob er deswegen mit Max zum Kinderpsychologen solle? Ich könne ihm da doch sicher helfen als geschulte Pädagogin.« Sie griff zum Wasserglas. »Ich vermutete, dass Max das Sexspielzeug bei seiner Mutter entdeckt hätte, und es einem Freund zeigen wollte. Daher solle er sich nicht zu viele Gedanken machen.«

Alois Schön überlegte, wie sein Sohn Frederik in dieser Situation agieren würde. Höchstwahrscheinlich so, wie es Frau Scharf beschrieben hatte. Ihre Ausführungen klangen ungemein plausibel.

»Ich habe noch angemerkt, dass er sich wohl doch etwas zu wenig um seine Frau kümmere. Allerdings störe das mich nicht im Geringsten.«

»Haben Sie später noch einmal darüber gesprochen?«

»Nein, warum sollten wir?«

»Da fallen mir viele Gründe ein. Neugier Ihrerseits beispielsweise. Immerhin sagten Sie selbst, sie seien ein neugieriger Mensch. Oder, dass Ihr Liebhaber das Bedürfnis hatte, Ihnen zu erzählen, wie sich die Geschichte weiterentwickelte.«

Martina Scharf überlegte: »Warum sollte ich ihn noch einmal darauf ansprechen? Um mich hat sich der Toni auch nach diesem Vorfall hervorragend gekümmert. Außerdem hatten wir bei unseren Treffen Besseres vor als stundenlanges Quatschen.« Nach einer kurzen Pause fügte sie noch hinzu: »Der Toni hat die Sache jedenfalls nicht mehr erwähnt. Ich kann Ihnen nicht einmal sagen, ob er mit seiner Frau darüber geredet hat.«

»Was hat uns das jetzt gebracht?«, äußerte Alois Schön seinen Unmut über die soeben beendete Vernehmung, ohne aufzuschauen. Frustriert rührte er mit dem Löffel in seinem Kaffee, der vor ihm auf seinem Schreibtisch stand.

»Immerhin wurde uns von mehreren Seiten bestätigt, dass Max Huber ein ruhiger Schüler war, der es in der Schule nicht leicht hatte«, versuchte Natascha, ihren Chef aufzumuntern.

»Dass Max Huber im Internat gemobbt wurde, haben wir bereits durch die Handyaufnahmen bewiesen«, brummte dieser vor sich hin.

»Außerdem haben wir erfahren, dass Maria Huber eine äußerst fürsorgliche Mutter war!«

»Stimmt. Aber gerade das macht es so kompliziert. Wer bringt denn eine Frau um, die sich rührend um ihre Kinder und ihre Familie sorgt?« Alois Schön zu einer besseren Laune zu verhelfen, war heute fast so schwierig wie die Lösung des Falles selbst.

»Martina Scharf, weil sie von Maria Huber mit dem Video erpresst worden ist!«

»Was wir nie und nimmer beweisen können. Wir können ja noch nicht einmal belegen, dass Maria Huber die Aufnahmen überhaupt kannte. Mit solchen Hirngespinsten blamieren wir uns nur bei der Staatsanwaltschaft. Du hast doch selbst gesehen, mit welcher Leichtigkeit ihr Anwalt all unsere Erpressungstheorien zerpflückt hat!« Alois Schön sah seine junge Kollegin kurz an, während er zum ersten Mal zwei kleine Schlucke aus der Kaffeetasse nahm. Den Löffel hatte er abgeleckt und auf seine Schreibtischunterlage gelegt.

Natascha war darüber sichtlich erleichtert. Das ständige Rühren schien sie nervös gemacht zu haben: »Was hältst du eigentlich von der Sache mit dem Vibrator, Alois?«

»Keine Ahnung.«

So wortkarg hatte die Kommissarin ihren Chef schon lange nicht mehr erlebt: »Fällt dir dazu dasselbe ein wie mir?«

Alois Schön antwortete nicht. Stattdessen führte er seine Kaffeetasse erneut zum Mund.

»Vielleicht sollten wir unserem Psychologen die Sache schildern.«

»Von mir aus.«

Natascha war schon froh, dass ihr Chef nicht widersprochen hatte. Daher setzte sie ihren Vorschlag umgehend in die Tat um.

»So wie Sie mir die Sache beschreiben, ist alles denkbar«, wollte sich der Polizeipsychologe nicht festlegen. »Es kann durchaus sein, dass der Junge das Sexspielzeug bei seiner Mutter gefunden hat und bei seinen Freunden damit angeben wollte. Und dass der Vater es nur zufällig entdeckt hat, bevor Max das Gerät an seinen ursprünglichen Platz zurücklegen konnte. So wie es die Lehrerin gesagt hat. Somit wäre alles vollkommen harmlos.«

»Und wenn nicht?«

Der Psychologe blickte die beiden Kommissare an und räusperte sich: »Dann müssen wir befürchten, dass der Knabe sexuell missbraucht wurde!«

»Und wie?«, erkundigte sich Alois Schön nach einer kleinen Pause, weil sich sein Innerstes gegen Gedankenspiele in diese Richtung wehrte.

»Kommt darauf an, wer der Täter ist! Die Möglichkeiten sind extrem vielfältig, weil die Bandbreite des Missbrauchs überaus weit gefasst ist. Von Selbstbefriedigung, unter Umständen unter Zuhilfenahme des Vibrators, vor den Augen des Kindes bis zu Praktiken, deren Details ich Ihnen lieber ersparen möchte. Und selbst wenn wir unterstellen, dass der Sohn missbraucht wurde, kommen als Täter der Vater, die Mutter oder ein Dritter infrage!«

»Eine Mutter vergreift sich doch nicht an ihrem eigenen Kind!«, echauffierte sich Natascha.

»Sollte man meinen, kommt aber leider vor. Wir kennen sogar Fälle, da haben beide Eltern gemeinsam ihre Kinder vergewaltigt. Mehrfach und über lange Zeiträume hinweg.«

»Wenn ich mir vorstelle, wie das abgelaufen sein könnte, wird mir schlecht«, zeigte Natascha Emotionen.

»Der Vater hat doch genügend Gelegenheiten gehabt, um seine Libido zu befriedigen«, merkte Alois Schön dagegen sachlich an. Anschließend erkundigte er sich: »Können wir die Fälle aufgrund der Tatsache, dass beide Eltern tot sind, eingrenzen?«

»Leider nein. Wenn sich der Vater an seinem Sohn vergangen hat, indem er ihm beispielsweise den Vibrator anal einführt, könnte die Mutter ihren Mann deswegen ermorden und anschließend aus Scham Selbstmord begehen. Freilich wäre es umgekehrt genauso möglich!«

»Bei Anton Huber können wir Selbstmord definitiv ausschließen.«

»Sorry, aber ich kann mich mit diesem Gedanken immer noch nicht anfreunden«, meldete sich Natascha zu Wort. »Wie beweisen wir eigentlich, dass der Junge missbraucht wurde?«

»Wenn überhaupt, nur durch eine körperliche Untersuchung …«

»Dachte ich's mir«, rutschte es aus der Kommissarin heraus.

»… für die wir normalerweise die Erlaubnis der Eltern benötigen. Außerdem könnte die Tat schon so lange her sein, dass wir gar nichts mehr finden. Daher möchte ich Ihnen nicht zu große Hoffnungen machen.«

Alois Schön nickte. Bevor er einem Elfjährigen eine derartige Untersuchung zumuten würde, wollte er hieb- und stichfeste Beweise für die Täterschaft vorweisen können. Schließlich musste er ausschließen, dass Max allein durch den Check traumatisiert würde. »Was spricht denn dafür, dass der Junge sexuell missbraucht wurde?«

»Das plötzliche Absinken der Schulnoten, der Wechsel ins Internat und sein Widerwille, am Wochenende nach Hause zu kommen, sind Anzeichen dafür, dass er nicht mehr viel Kontakt mit dem familiären Umfeld haben sollte oder wollte. Auch seine Verschlossenheit sowie seine Stimmungsschwankungen und Wutanfälle können ein Indiz für sexuellen Missbrauch sein. Was jedoch keinerlei Rückschlüsse auf den Täter zulässt!«

»Immerhin haben unterschiedliche Personen unabhängig voneinander das Verhalten von Maria Huber zumindest als merkwürdig beschrieben: mit einem Viertklässler Händchen haltend beim Metzger. Das ist doch nicht normal!«

»Die Grenzen zwischen übertriebener Fürsorge und sexuellem Missbrauch sind in der Tat fließend. Das macht unsere Fälle so schwierig«, bestätigte der Psychologe Alois Schön in seiner Meinung.

»Die Sache mit dem Vibrator spricht ebenfalls für die Täterschaft der Mutter. Selbstbefriedigung vor den Augen des Sohnes. Hoffen wir, dass es dabei geblieben ist!«

»Allerdings haben wir dann ein großes Problem, Alois. Dass Anton Huber seine Frau umgebracht hat, weil diese Max missbrauchte, macht ja noch einigermaßen Sinn. Aber wer hat ihn dann erschossen? Vielleicht doch Martina Scharf?«

»Selbst wenn du recht hast, müssen wir es ihr beweisen, Natascha«, seufzte Schön. »Abgesehen davon gibt es noch eine weitere Möglichkeit: Der Sexualstraftäter ist eine dritte uns unbekannte Person. Die Eltern entdecken den Missbrauch und werden zur Vertuschung der Straftat vom Täter ermordet.«

Beate saß auf dem Sofa, machte aber keine Anstalten, aufzustehen, als Alois Schön das Wohnzimmer betrat. »Schön, dich zu sehen«, beugte er sich hinunter, um seinem Liebling einen Kuss zu geben, »wollen wir gemeinsam kochen? Ich habe einen Mordshunger!«

»Ich habe schon gegessen«, streckte ihm die Freundin lediglich ihre Wange entgegen, »du musst dir deine Portion nur aufwärmen.«

»Ich kann doch auch nichts dafür, dass die Vernehmung so lange gedauert hat! Und hinterher hatten wir noch ein wichtiges Gespräch mit unserem Psychologen, weil wir dringend etwas abklären mussten.« Diese Auskunft musste Beate genügen. Alois Schön trennte strikt zwischen Privatem und Berufsleben. Dann verschwand er in der Küche, um sich sein Abendessen aus dem Kühlschrank zu holen. Nachdem er die Lasagne in die Mikrowelle geschoben hatte, öffnete er ein Bier und setzte die Flasche an. Dabei realisierte er, wie liebevoll Beate den Tisch gedeckt hatte: Damast-Tischdecke, Platzteller und nagelneue Kerzen. Das Einzige, das das romantische Bild störte, war der benutzte Teller mit dem schmutzigen Besteck auf ihrem Platz. Die Ofenglocke signalisierte, dass das italienische Nudelgericht die zum Verzehr geeignete Temperatur erreicht hatte. Alois Schön sah ein, dass die halb volle Flasche das Aussehen der Tafel komplett zerstören würde. Folglich schenkte er den Rest des Biers in ein Glas. Er trug seinen Teller in die Küche, um die heiße Lasagne darauf zu tun. Das frische Tischtuch sollte nicht beschmutzt werden.

Nach einigen Minuten gesellte sich Beate zu ihm: »Schmeckt's?«

»Wunderbar, du bist eine tolle Köchin!« Dieses Kompliment besserte die Laune der Freundin merklich. »Schade, dass du nicht früher kommen konntest. Gemeinsam hätte es noch besser geschmeckt!«

Alois Schön nickte.

»Außerdem hätten wir dann mehr Zeit gehabt, uns dieExposés anzuschauen!«

Aha. Jetzt war es raus. Der unangekündigte Besuch der Freundin hatte einen Grund. Das hätte er sich denken können. Alois Schön legte die Gabel, die er bereits bis an den Mund geführt hatte, wieder hin und leerte sein Glas mit einem Zug. Er stand auf, um zum Kühlschrank zu gehen. Weniger, weil er so durstig war, sondern vielmehr, um Zeit zu gewinnen. Denn er wusste momentan nicht, was er sagen sollte.

»Bleib sitzen! Ich hol dir eine neue Flasche. Schließlich hattest du einen anstrengenden Tag!«

Auch gut. So hatte er gleichermaßen Zeit gewonnen, um nachzudenken. In aller Ruhe schenkte er sich ein: »Du wirst bestimmt schon eine Vorauswahl getroffen haben.«

»Das, was mir gefällt, ist ziemlich teuer«, breitete Beate das Immobilienexposé auf dem Tisch aus. Ein zwölfseitiger Hochglanzprospekt gestaltet nach allen Regeln der Kunst: Fotos mit glücklichen Frauen und lachenden Kindern genauso wie eine Beschreibung des Umfeldes inklusive Stadtplan und Grundrissen für die analytischen Kunden. Die letzte Seite enthielt die Preisliste sowie ein Finanzierungsbeispiel.

»Die Lage passt, und die Grundrisse sind ebenfalls überraschend schön. Dennoch sollten wir vorher mit der Bank klären, ob wir uns das leisten können.«

»Es freut mich, dass es dir gefällt«, beeilte sich die Freundin zu sagen. Obgleich ihre Mimik verriet, dass sie mit dem zweiten Teil seiner Antwort nicht zufrieden war. Offenbar hatte sie insgeheim gehofft, dass ihr Freund irgendwo noch ein Sparbuch oder eine alte

Erbtante aus dem Hut zaubern würde. Oder, dass sein Beamtengehalt die höhere Annuität problemlos verkraftete.

Doch Alois Schön wollte sich zumindest an diesem Abend nicht festlegen.

Worauf Beate abrupt die Marschroute änderte: »Was hältst du davon, wenn wir erst einmal testen, ob wir es miteinander aushalten, Schatz? Wie du weißt habe ich ab Donnerstag zweieinhalb Wochen Urlaub. Da könnte ich probeweise bei dir einziehen! Einverstanden?«

»Von mir aus.«

Diese knappe Antwort veranlasste Beate, in ihrer eigenen Wohnung zu übernachten: »Also dann bis Donnerstag!«

Und ihr Freund machte keinerlei Anstalten, sie zurückzuholen.

Als Alois Schön am nächsten Morgen in seinem Büro in der Hansastraße eintraf, klingelte das Telefon. Am anderen Ende der Leitung meldete sich Diana Schubert, seine Stellvertreterin. Sie könne nicht kommen, weil ihr hundeelend sei. Sie habe schon mehrfach erbrochen, und es sei ihr unmöglich, zur Arbeit zu erscheinen. Sie hoffe jedoch, dass es ihr morgen wieder besser gehe.

»Hast du etwas Falsches gegessen?«

»Nein, Alois«, erwiderte die Oberkommissarin und machte eine längere Pause, »eigentlich wollte ich es dir längst schon gesagt haben. Aber nun erfährst du es auf diesem Wege: Ich bin schwanger!«

Das hat mir gerade noch gefehlt, schoss es dem Leiter der Mordkommission durch den Kopf. Dennoch schaffte er es, ein »Na dann gratulier' ich recht herzlich!« über seine Lippen zu bringen. Er wünschte gute Besserung und legte auf.

Angestrengt überlegte er, wie er auf die neue Situation reagieren sollte. Diana Schubert war in die Mordsache Huber nicht involviert, weil sie sich mit anderen ungeklärten Todesfällen beschäftigt hatte. Selbstredend konnten diese nicht unbearbeitet liegen bleiben. Ersatz durch die Personalabteilung durfte sich Alois Schön dennoch nicht erhoffen. Schließlich standen die Ferien vor der Tür, was sich auf die Personaldecke der Polizei stets negativ auswirkte. Das Einfachste wäre es, Martin mit Dianas Aufgaben zu betrauen. Somit würde der Franke Martina Scharf völlig aus dem Weg gehen. Allerdings war ein Kommissaranwärter mit den Tätigkeiten einer stellvertretenden Leiterin der Mordkommission überfordert.

»Teambesprechung in fünf Minuten bei mir im Büro«, trommelte er auf dem Weg zur Kaffeemaschine seine verbliebene Mannschaft zusammen. Er informierte über die freudigen Umstände von Diana Schubert und verteilte die Aufgaben neu: Natascha möge sich in Dianas Fälle einarbeiten. Schließlich könne man nicht wissen, wie häufig die Oberkommissarin in Zukunft unpässlich sei. Selbstverständlich bemühe er sich um eine Vertretung für seine Stellvertreterin. Allerdings mache er sich diesbezüglich keine großen Hoffnungen. Wenn Diana während der Schwangerschaft wohlauf sei, könne Natascha das Team sofort unterstützen. Anderenfalls werde er die Ermittlungen im Mordfall Huber gemeinsam mit Martin und Julia vorantreiben. Freilich werde er weiterhin darauf achten, dass der Franke nicht mit Martina Scharf in Kontakt gerate.

»Wie schade. Dabei sind sie so ein schönes Paar. Und Martin kann von der Alten bestimmt noch viel lernen!«

»Natascha!« Alois Schön schrie sie so laut an, dass die Kommissarin zusammenzuckte. Eigentlich hatte er nie etwas gegen einen lockeren Spruch einzuwenden. Die Stimmung in seiner Mannschaft war stets entspannt und leger. Aber heute ging es ihm über die Hutschnur. Ob seine schlechte Laune privat oder dienstlich verursacht war, konnte er freilich selbst nicht sagen.

14. KAPITEL

Eine zweite Tasse Kaffee, ein fünfminütiger Blick aus dem Fenster, und Alois Schön hatte seine Emotionen wieder unter Kontrolle. Einer gewohnt professionellen Befragung von Cordula Huber stand nichts mehr im Wege.

»Frau Huber, wir können uns beim besten Willen nicht vorstellen, dass Sie von den Liebesabenteuern Ihres Vaters nichts gewusst haben!«, kam er gleich zur Sache.

»Natürlich war mir bekannt, dass mein Vater beim weiblichen Geschlecht gut ankommt. Das war schon immer so. Aber zwischen Flirten und Ehebruch besteht doch noch ein großer Unterschied, oder nicht?« Cordula Huber holte kurz Luft: »Außerdem lebe ich seit dem 15. August letzten Jahres in München und komme nur selten auf den Bauernhof zurück.« Sie saß gelangweilt auf ihrem Stuhl, antwortete ruhig mit schnippischem Unterton.

»Allein in der Zeit, in der Sie noch auf dem Hof wohnten, hatte Ihr Vater mindestens drei Affären! Wollen Sie wirklich behaupten, Sie haben davon nie etwas bemerkt?«

»Nehmen Sie es bitte nicht persönlich, Herr Kommissar. Aber würden Sie Ihren Kindern erzählen, dass sie Ihren Partner betrügen?«

Alois Schön zog die Augenbrauen nach oben: »Eine

intelligente junge Frau wie Sie hätte durchaus mitbekommen können, dass ihr Vater fremdgeht.«

»Dann hätte es meine Mutter genauso gemerkt.«

»Gut, dann nehmen wir hiermit zu Protokoll, dass sie von den Affären Ihres Vaters nichts bemerkt haben, und Ihr Auszug nichts mit dem Eheleben Ihrer Eltern zu tun hatte.«

»Richtig, Herr Kommissar. Das darf sich Ihr Mitarbeiter gerne notieren. Genauso wie die Tatsache, dass ich vom schlechten Zustand ihrer Ehe erst vor ein paar Wochen durch meine Mutter erfahren habe.«

»Was war denn der Grund für Ihren Auszug?«

Cordula Huber räusperte sich. Sie nahm die Flasche mit Mineralwasser und schenkte sich ein. Nachdem sie einige kräftige Schlucke getrunken hatte, fuhr sie fort: »Ich hatte das Landleben satt und wollte in die Stadt. Ich arbeitete schon damals in München, und meine Theatergruppe war ebenfalls dort. Meinen Eltern hatte ich schon früher klipp und klar gesagt, dass ich niemals den Hof übernehmen würde. Aber erst als ich meinen damaligen Freund Yannick kennenlernte, entschloss ich mich, mir eine Wohnung in seiner Nähe zu suchen. Das hat meine Eltern verärgert. Drei Monate herrschte zwischen uns absolute Funkstille. Erst zu meinem Geburtstag im November haben sie mich das erste Mal besucht. Da haben sie dann erkannt, dass es mir gut geht, und eingesehen, dass es für alle Beteiligten das Beste ist, wenn ich in München wohne. Damit waren die Fronten geklärt, und unser Verhältnis wurde allmählich wieder besser.«

»Warum sind Sie nicht direkt mit Ihrem Freund zusammengezogen?«

»So gut kannten wir uns noch nicht. Außerdem freute ich mich auf mein Single-Dasein. Ich wollte das Alleinsein genießen! Und im Nachhinein war es auch gut so.«

»Wieso?«

»Na, weil wir heute nicht mehr zusammen sind.«

»Können Sie uns trotzdem bitte seine Adresse geben?«

Fassungslos starrte die Zeugin ihr Gegenüber an: »Wozu denn das? Der kann Ihnen eh nicht helfen!«

»Das wollen wir selbst herausfinden.«

»Was soll denn Yannick mit dem Tod meiner Eltern zu tun haben? Der kannte sie doch gar nicht!« War es Angst? Bestürzung? Zorn? Irgendetwas in der Art machte sich im Gesicht von Cordula Huber breit.

Alois Schön blieb betont gelassen: »Wie lange dauerte denn Ihre Beziehung?«

»Von Juni letzten Jahres bis in den April.«

Das war länger, als der Leiter der Mordkommission aufgrund der vorherigen Antwort erwartet hatte. Umso mehr wunderte er sich über die heftige Reaktion der jungen Dame: »Haben Sie sich im Streit getrennt? Ist er sauer auf Sie?«

»Nein. Wir haben beide eingesehen, dass wir nicht zueinanderpassen. Wir hatten nicht so viel gemeinsam.«

»Dann brauchen Sie ja seine Aussagen nicht zu fürchten.« Um zu verdeutlichen, dass er in diesem Punkt auf keinen Fall nachgeben würde, hatte Alois Schön den Kugelschreiber schon auf seinem Notizblock angesetzt. Eine Minute später stand die Adresse des Ex-Freundes schwarz auf weiß auf dem Papier.

»Wie hat denn Ihr Bruder verkraftet, dass Sie nicht mehr zu Hause wohnten?«

Cordula Huber setzte sich aufrecht hin. Ihre Augen wanderten zur Decke. Es schien, als ob sie für einen Moment in den Ecken des Raumes nach den richtigen Worten suchte. »Die Trennung vom Maxi ist mir nicht leicht gefallen«, gestand sie nach einer Weile wehmütig ein, »daher habe ich ihm gesagt, dass er mich jederzeit anrufen oder besuchen kann.«

»Hat er angerufen?«

»Kaum, viel zu selten.« Gedankenverloren schaute die Schwester an ihren Gesprächspartnern vorbei.

»Und Sie? Haben Sie versucht, Ihren Bruder zu erreichen?«

»Am Anfang recht häufig, mindestens drei Mal pro Woche. Aber meine Mutter war immer zuerst am Telefon. Und meistens hat sie mir erklärt, dass der Maxi keine Zeit habe, um mit mir zu reden. Er müsse lernen, sei nicht da und ähnliches Blabla.« Cordula Huber verschränkte die Arme vor ihrer Brust. So fest sie nur konnte. Auf ihrer Stirn bildete sich eine Falte des Zorns.

»Haben Sie eine Erklärung für das abweisende Verhalten Ihrer Mutter?«

»Sie war halt sauer, weil ich ausgezogen bin!«

»Aber nachdem Sie sich mit ihren Eltern wieder vertragen hatten, konnten sie doch gewiss nach Herzenslust mit Maximilian telefonieren.«

»Wie man's nimmt. Zwar wurde nicht mehr rumgemeckert, dass ich anrufe, und ich bekam den Maxi häufiger und schneller an den Apparat. Allerdings war auch hier stets unsere Mutter im Hintergrund. Manchmal hat sie sogar die Lautsprechertaste betätigt, um ja alles mitzubekommen. Die war schlimmer als die Stasi!« Die Schwester gestikulierte wild, bevor sich ihr Zorn innerhalb weniger Sekunden in Frust und Enttäuschung verwandelte: »Irgendwann habe ich es dann aufgegeben, zu Hause anzurufen.«

»Warum hat Sie Ihr Bruder nicht alleine besucht?«

»Weil meine Mutter auch das mit allen Mitteln verhindert hat!« Cordula Huber redete sich in Rage, begann vor Wut zu schäumen: »Egal, welchen Termin ich vorschlug, es hat ihr nie gepasst. Im Übrigen sei der Junge noch viel zu klein, um alleine S-Bahn zu fahren. Und wenn alle Ausreden nicht mehr halfen, ich beispielsweise angeboten habe, dass ich ihn auf dem Hof abhole, hat sie ihm ein Geschenk als Belohnung versprochen, damit er bei ihr bleibt!«

Alois Schön schüttelte den Kopf: »Wurden Sie von Ihrer Mutter genauso verhätschelt, Frau Huber?«

»Nein, Herr Kommissar. Zumindest nicht, soweit ich mich erinnern kann. Ich denke, ich hatte eine ganz normale Kindheit. Ich war zehn, als Maxi geboren wurde. Fortan hat sich meine Mutter mehr um das Baby gekümmert. Als Max in die Schule kam, war ich schon 16. Da war ich zu alt, um von ihr verpäppelt zu werden.«

»War die übertriebene Fürsorge Ihrer Mutter eine Folge des Verkehrsunfalls?«

Cordulas Mine verfinsterte sich. Sie griff zum Wasserglas und leerte es in einem Zug. Starr blickte sie an die Wand, während sie hörbar ausatmete: »Kann schon sein, dass sie etwas gutmachen wollte. Schließlich hatte sie ja auch eine gehörige Portion Schuld auf sich geladen!« Im Vergleich zum scharfen, patzigen Ton der letzten beiden Sätze klangen die folgenden Worte wie Engelsgeläut: »Andererseits hat sie den Maxi schon immer betüdelt. Was mich nicht wundert, er war bereits als Baby und Kleinkind ein niedliches, süßes Kerlchen!« Cordulas Mimik hellte sich erkennbar auf.

»Warum haben Sie nicht Ihren Vater um Hilfe gebeten? Der hätte doch dafür sorgen können, dass Max Sie besuchen darf!«

Cordula zuckte mit den Achseln: »Keine Ahnung. Meistens hieß es ja, Max habe keine Zeit. Er müsse lernen, habe Training oder Probe für das Krippenspiel an Weihnachten. In den Weihnachtsferien waren die drei dann in Urlaub, und kurz darauf kam Max ins Internat.«

»Waren Sie bei Maximilians Schulwechsel involviert?«

»Nein, warum hätten mich meine Eltern fragen sollen?«

»Hat man Ihnen nicht davon erzählt? Oder Sie gefragt, ob Sie ein gutes Gymnasium für Ihren Bruder kennen?«

»Nein. Ich wurde erst informiert, als die Entscheidung bereits feststand.«

»Haben Sie sich denn nicht gewundert? Sich gefragt, weshalb alles so schnell gehen musste?«

»Ein wenig schon«, erwiderte die Tochter, »aber ich war ja nicht die Erziehungsberechtigte vom Maxi. Meine Eltern werden einfach eine gute Gelegenheit genutzt haben.«

»Wurden Sie über die Gründe unterrichtet?«

»Mein Vater sagte mir, dass der Max in der Schule immer schlechter würde und deswegen auf eine Privatschule komme. Das klang plausibel.«

»Der Kontakt zu Ihrem Vater war also enger als der zu Ihrer Mutter?«

»Das war keine Kunst.«

»Manche Väter haben zu ihrer erwachsenen Tochter sogar ein besseres Verhältnis als zu ihrer Frau!«

»Wie darf ich das jetzt verstehen?«

»Entschuldigung, Frau Huber«, räusperte sich Alois Schön, »ich glaube, ich habe mich unklar ausgedrückt. Ich meinte, dass es eventuell Themen gibt, über die ein Vater lieber mit der erwachsenen Tochter als mit seiner Frau redet.«

»Denken Sie etwa, mein Vater hat sich bei mir ausgeweint, wenn er Probleme mit einem seiner Flittchen hatte? Bestimmt nicht! Das können Sie vergessen, Herr Kommissar.«

Ein schelmisches Grinsen huschte über Alois Schöns Gesicht. Er stellte sich für einen kurzen Moment bildlich vor, wie sich Anton Huber bei seiner Tochter ausweint, weil er Streit mit Martina Scharf gehabt hatte. Ein Bild für die Götter.

»Ich dachte mehr an Erziehungsfragen, bei denen Ihre Eltern uneins waren. Dass Ihr Vater Sie um Ihre Meinung gebeten hat.«

»Eher weniger. Mein Vater hat seine Probleme stets selbst gelöst. Dazu brauchte er mich nicht.«

»Hat er Ihnen nicht einmal die Sache mit dem Vibrator erzählt?«

»Bitte was? Ich verstehe nicht.«

»Dass er bei Max in der Schublade im Januar einen Vibrator gefunden hat und nicht wisse, ob er mit dem Jungen zum Psychologen müsse?«

Cordula Huber lachte laut auf: »Mein Vater rannte doch nicht zum Seelenklempner! Der doch nicht!«

»Er wollte mit Ihrem Bruder dahin.«

»Kann ich mir trotzdem nicht vorstellen, Herr Kommissar. Für meinen Vater gehörten alle Psychologen selbst auf die Couch. Weil sie seiner Meinung nach selber ein Rad abhaben!«

»Das heißt, Sie hatten von diesem Vorfall keine Ahnung.«

»Nicht die Bohne.« Abermals kreuzte Cordula Huber die Arme vor ihrer Brust, ihre Füße streckte sie weit von sich.

»Würden Sie jetzt bitte noch die Beziehung zu Ihrer Mutter schildern?«

Die Zeugin schwieg. Als ob sie die Frage gar nicht gehört hatte. Ihre Augen wanderten im gesamten Raum umher. Lieber fixierte sie die Steckdosen in der Wand als ihren Gesprächspartner am Tisch.

»Haben Sie Ihre Mutter überhaupt nicht vermisst, als Sie auszogen?«

Endlich bequemte sich die Tochter, zu antworten. Ihr abschätziger, verächtlicher Blick ließ jedoch nicht die geringsten Zweifel daran, dass ihr die Frage missfiel: »Nein. Schließlich war sie es, die Maxis Unfall verursacht hat. Genauso war es meine Mutter, die verhindert hat, dass der Max mich besucht!« Nach kurzem Luftholen beschwerte sie sich erneut: »Maxi und ich konnten ja nicht einmal ungestört telefonieren!«

»Aber mit der Zeit hat sich Ihr Kontakt doch wieder gebessert, oder?«

»Sie meinen, weil sich die Alte überreden ließ, mich zu meinem Geburtstag in München zu besuchen?« Aus der Stimme der jungen Frau klangen Hohn und Spott.

»Immerhin haben Sie sie aus der Rehaklinik abgeholt!«

Cordulas Mund verwandelte sich in eine zynische Fratze: »Da hat sie mich in einer äußerst schwachen Stunde erwischt. Sie kennen doch das alte Pfadfindermotto: jeden Tag eine gute Tat.«

»Wie geht es Max?« Alois Schön machte sich keine Hoffnungen mehr, weitere Informationen über das Verhältnis zwischen Mutter und Tochter zu erhalten.

»Danke, von Tag zu Tag besser.« Die Gesichtszüge der Schwester entspannten sich.

»Verkraftet er den Tod Ihrer Eltern, oder brauchen Sie Hilfe?«

Auch ihre Stimme klang wieder viel freundlicher: »Danke, es passt schon. Ich unternehme viel mit ihm, um ihn abzulenken. Ich verzichte sogar auf die Proben meiner Theatergruppe. Obwohl man mir die Hauptrolle in der nächsten Aufführung angeboten hat!«

»Das ist toll, dass Sie für Ihren Bruder so große Opfer bringen.«

»Maxi liegt mir halt sehr am Herzen.«

»Trotzdem ist es keine Selbstverständlichkeit. Ich finde es großartig, dass Sie ihm so helfen, mit der aktuellen Situation zurechtzukommen.«

Cordula Huber genoss dieses Lob sichtlich. Erneut huschte ein Lächeln über ihr Gesicht: »Gestern hat Maxi seit Langem wieder gelacht. Das war mir Belohnung genug!«

Diese Aussage hatte eine Pause verdient. Nach Meinung von Alois Schön sollte sie ihre Wirkung voll entfalten. Demzufolge dauerte es einen Moment, bis er sich erkundigte: »Haben Sie bereits eine neue Schule für ihn gefunden?«

»Wir überlegen noch.«

»Ist das Jugendamt schon zu einer Entscheidung gelangt?«

»Nein, die prüfen immer noch. Ich weiß auch nicht, was da so ewig dauert. Max ist doch bei mir viel besser aufgehoben als im Heim!« Mit einem Mal machte sich in der Stimme der Schwester eine gehörige Portion Wut bemerkbar: »Ich handle weder mit Drogen noch gehe ich anschaffen! Wann kapieren diese Beamtenärsche endlich, dass es Maxi bei mir am besten hat?«

Alois Schön lächelte, um die Zeugin zu beruhigen. »Möchten Sie noch etwas trinken?«, schob er ihr die Wasserflasche über den Tisch.

»Danke, ich habe keinen Durst mehr! Abgesehen davon würde ich es begrüßen, wenn wir hier bald fertig sind. Maxi ist schon lange genug allein!«

»Sie haben recht, wir haben's ja auch. Sollten neue Fragen auftauchen, werden wir uns bei Ihnen melden.«

»Immer gerne«, verließ Cordula Huber schnellen Schrittes die Räume der Mordkommission in der Hansastraße.

Martin hatte die ganze Zeit über kaum vernehmbar am Tisch gesessen und die Befragung protokolliert. Zurück im Büro brannte er, seine Meinung zu äußern: »Die wor mir zu gladd und zu gühl. Irgendwos passd da ned.«

»Was meinst du, Martin? Ich finde schon, dass sie Emotionen gezeigt hat.«

»I was a ned genaa, Chef. Sie had sich hald dauernd widersproche. Oder war zuminnest ned gonsequend.« Der Kommissaranwärter holte tief Luft: »Die Fraa sehnd sich nach ihrem Bruder, lässd sich aber von ihrer Mudder schnell abwimmeln. Ersd sogd sie, sie kennd die Freindinnen ihres Vaders nid, dann bezeichned sie sie als Fliddschen! Un die Begründung, weshalb sie ihre Mudder aus der Reha abgehold had, hat mir a nid gefalle.«

Alois Schön nickte: »Gut beobachtet!« Diese Punkte waren ihm ebenfalls aufgefallen.

Yannick wollte zum Joggen, als die Kriminalbeamten klingelten.

Sein hagerer Körper steckte in einem hautengen Body, die Laufschuhe standen auf der Treppe zum Anziehen bereit. Nachdem Alois Schön seinen Ausweis gezeigt hatte, zog der junge Mann das Stirnband vom Kopf und legte es auf den Schrank in der Garderobe: »Kommen Sie bitte ins Wohnzimmer!«

Die Kommissare nahmen auf der Couch Platz: »Wir interessieren uns für Ihre Beziehung zu Cordula Huber.«

»Das ist schon lange her.«

»Aber Sie erinnern sich noch an die Dame?«

»Na klar. Was wollen Sie denn wissen?« Yannick sah nicht so aus, als ob er ständig die Freundin wechselte.

»Waren Sie der Grund dafür, dass Fräulein Huber von zu Hause ausgezogen ist?«

»Schön wär's!«

Martin sah seinen Chef ratlos an.

»Vielleicht ein bisschen. Allerdings nicht so, wie Sie glauben!«

»Was denken Sie denn, was wir glauben?«

»Na, dass Cordula ausgezogen ist, damit sie mit mir ungestört poppen kann. Aber da sind Sie auf dem Holzweg!«

»Mal abgesehen vom gewählten Vokabular. Wäre ein solcher Gedanke so abwegig? Immerhin hat uns Cordula Huber bestätigt, dass sie sich eine Wohnung in Ihrer Nähe gesucht hat.«

»Hat Sie das?« Der Ex-Freund schmunzelte. Freilich handelte es sich mehr um ein zynisches Grinsen als um ein Lächeln aufgrund positiver Erlebnisse. Genauso wenig gebärdete es sich als ein schweinisches Feixen, das auf Erinnerungen an erotische Abenteuer hindeutete. »Natürlich konnten wir mehr miteinander unternehmen, weil wir näher beisammen wohnten, aber wir haben vor allem viel geredet. Außerdem habe ich ihr beim Auswendiglernen ihrer Theaterrollen geholfen. Sie ist echt toll für eine Laienschauspielerin!«

»Wollen Sie etwa behaupten, dass Ihre Beziehung zehn Monate lang rein platonisch war?«

Yannick schwieg.

»Frau Huber sagte, sie hätten sich im besten Einvernehmen getrennt!«

»So kann man es auch sehen«, erwiderte der Ex-Freund leise.

»Wie würden Sie denn Ihre Trennung beschreiben?«

»Ich habe Schluss gemacht, weil ich das Rühr-mich-nicht-an-Spiel leid wurde.« Aus Frust wurde Zorn, der jedoch seine Gier nach Bestätigung nicht verbergen konnte: »Selbst wenn Sie kein Casanova sind, möchten Sie, dass Ihre Freundin Sie wenigstens ab und zu ranlässt. Cordula wurde es ja schon zu viel, wenn ich sie mit Zunge küssen wollte!«

Alois Schön bemühte sich, sachlich und neutral zu wirken, obwohl er Mitleid mit Yannick hatte: »Haben Sie eine Erklärung für das Verhalten Ihrer Ex-Freundin?«

»Sie hat gesagt, es hätte nichts mit mir zu tun. Sie würde mich sehr mögen, aber für Sex sei es noch zu früh. Vermutlich hängt es mit der ewigen Streiterei ihrer Eltern zusammen.«

»Ist sie deswegen zu Hause ausgezogen?«

»Ich denke schon«, beruhigte sich der Junge, »womöglich war ich es, der die Entscheidung beschleunigt hat, doch der Hauptgrund war ein anderer.«

»Hatte es mit den Eltern zu tun?«

Yannick nickte.

»Kannten Sie Maria und Anton Huber persönlich?«

»Nein. Auf diesen Kontakt habe ich keinen Wert gelegt. Und Cordula wollte sie mir ebenso wenig vorstellen. Vor allem ihre Mutter war ein rotes Tuch für sie.«

»Sind Sie ihnen auch nie zufällig begegnet? Anlässlich Cordulas Geburtstag vielleicht?«

»Nein. Cordula bat mich, ich solle sie erst besuchen, wenn ihre Familie weg ist. Ich habe das akzeptiert, in der Hoffnung, im Gegenzug über Nacht bleiben zu können.«

»Und? Haben Sie bei ihr übernachtet?«

»Wo denken Sie hin? Die Lady meinte, sie lege keinen Wert auf Geburtstagsüberraschungen dieser Art. Abgesehen davon würden wir uns ja noch nicht einmal sechs Monate kennen.«

Alois Schön machte bewusst eine Pause, bevor er das Thema wechselte. Er tat so, als überlege er: »Hmh. Kennen Sie Max, den Bruder?«

»Nur aus Erzählungen.«

»Können Sie bitte konkreter werden?«

»Es gibt da nicht so viel zu berichten«, entrüstete sich Yannick. »Sie hat mir gesagt, wie alt er ist und dass er aufs Gymnasium geht. Später hat sie mir dann erzählt, dass sie ihm eine Niere gespendet hat. Ansonsten erwähnte sie zumeist, dass er ihr leidtue, weil er jetzt alleine bei ihren Eltern wohnen müsse.«

»Sonst noch was?«

Yannick überlegte. In seinem Gesicht machte sich ein Grinsen breit: »Einmal hat Max seine Schwester ohne Wissen der Eltern besucht. Allerdings war ich da nicht eingeladen, was mir schon ein wenig gestunken hat. Immerhin hat mir Cordula erzählt, dass das Bürschchen versucht hat, ihr an den Busen zu fassen. Ich habe daraufhin geantwortet, dass ihr Bruder ganz schön frühreif sei und dies vielleicht auch eine Folge des Sexualunterrichts in der Schule gewesen sei. Aber Cordula konnte über meinen Kommentar überhaupt nicht lachen und meinte sofort, ich solle jetzt bloß nicht auf dumme Gedanken kommen.«

»Wie ging die Diskussion weiter?«

»Erst einmal gar nicht, wir sind joggen gegangen. Weil ich jedoch ziemlich angepisst war und mich abreagieren musste, bin ich ihr davon gerannt. Als sich Cordula in der Wohnung darüber beschwerte, habe ich ihr dann die Meinung gesagt: dass ihr Bruder mir jetzt etwas voraushätte, und ich ihr ebenfalls gerne an die Wäsche gehen würde. Daraufhin hat sie mich aus ihrem Apartment geschmissen.«

»Haben Sie sich versöhnt?«

»Nein. Ich habe drei Tage lang gewartet, ob sie sich bei mir für ihr Verhalten entschuldigt oder es mir wenigstens erklärt. Nicht einmal eine SMS ›Wie geht es dir?‹

hat sie mir geschrieben. Deshalb habe ich die Beziehung per E-Mail beendet.«

»Können Sie sich erklären, warum Cordula die Geschichte und Ihren Streit uns gegenüber mit keinem Wort erwähnt hat?«

»Nicht direkt. Vermutlich ist ihr das Ganze immer noch peinlich. Wundern tät' s mich jedenfalls nicht.«

Kurz darauf verabschiedeten sich die Kriminalbeamten, und Yannick konnte seine Laufschuhe anziehen, um seine Runde zu drehen.

Zu Hause hatte Alois Schön bereits Schuhe und Strümpfe ausgezogen sowie das lange Hemd achtlos auf das Sofa geworfen, als Beate plötzlich hinter ihm stand. Erst jetzt fiel ihm ein, dass sie vereinbart hatten, die nächsten zwei Wochen probeweise zusammenzuwohnen. Das hatte er in der Hektik des Alltags glatt vergessen. Und seine Freundin auf dem Balkon hatte er ebenfalls nicht bemerkt.

Aber Beate schien das nicht zu stören. Sie fiel ihm um den Hals und gab ihm einen dicken Schmatz auf die Backe: »Benimm dich, als wärst du alleine zu Hause, Alois. Du musst dich nicht verstellen. Wir wollen uns doch so kennenlernen, wie wir wirklich sind. Als ob wir schon ewig verheiratet wären.« Gottlob grinste sie bei diesen Worten.

»Gut, dann ziehe ich mir jetzt eine kurze Hose an!«, beschloss der Hausherr und ging ins Schlafzimmer.

»Tu dir keinen Zwang an«, rief ihm Beate hinterher.

Als Alois Schön jedoch die Tür zu seinem Kleiderschrank öffnete, kippte seine Kinnlade nach unten, und sein Mund öffnete sich weit. Wo noch gestern seine Mäntel und Jacken, seine gesamte Winterkleidung, hingen, machten sich nun 7/8-Hosen, Blusen, Röcke und Kleider breit. Seine warmen Pullover und seine Skiunterwäsche waren ebenfalls verschwunden. Oder hatten sie sich von alleine in Slips und Büstenhalter verwandelt?

»Du kannst den Mund wieder zumachen. Ich habe alles fein säuberlich in den Keller geräumt«, lächelte ihm seine neue Mitbewohnerin von der Tür aus zu.

»Welche Überraschung erwartet mich sonst noch?«

»Nichts außer einem vorzüglichen Abendessen und einer gut gelaunten Köchin. Ich muss nur noch die Steaks in die Pfanne hauen, der Salat und das Tiramisu sind schon fertig!« Beate hatte nicht zu viel versprochen. Sie war allerbester Stimmung, hatte mit dem Essen gewartet und ihre ganze Kochkunst aufgeboten, um ihren geliebten Freund zu verwöhnen. Und diesmal gänzlich ohne Hintergedanken. Entgegen seinen Befürchtungen warteten nach dem Abendmahl keine Immobilienprospekte und keine Häuserexposés auf Alois Schön, sondern nur seine liebesbedürftige Freundin mit einer Flasche Champagner. Sie verbrachten eine wundervolle Nacht.

15. KAPITEL

»Wir müssen den Jungen verhören«, verkündete Alois Schön, als er am nächsten Morgen im Büro erschien, »bestimmt kann er uns bei der Klärung des Falls helfen.«

Natascha nickte. Sie war heute wieder Teil des Teams, weil Diana Schubert genesen war. Während sich ihr Chef mit dem Jugendamt in Verbindung setzte, um einen Beistand für den Elfjährigen zu besorgen, rief sie bei Cordula Huber an. Sie hatte Glück. Max war selbst am Apparat.

»Hallo, Max, hier ist Natascha Frey, die Polizistin, die dich im Krankenhaus besucht hat. Kennst du mich noch?«

»Na klar. Sie waren ja auch schon bei uns zu Hause!«

»Max, wir möchten mit dir über deine Eltern sprechen. Ist das okay für dich?«

Der Junge zögerte: »Was wollen Sie denn wissen?«

»Alles!«, lachte Natascha ins Telefon in der Hoffnung, so die Skepsis des kleinen Kerls zu überwinden. »Wir wollen deine Antworten sogar mit dem Mikrofon aufnehmen. Wie im Fernsehen. Deshalb möchten wir uns gerne im Kommissariat mit dir unterhalten. Einverstanden?«

»Von mir aus. Soll meine Schwester auch mit?«

»Nein, wir möchten lieber mit dir alleine reden. Ist das in Ordnung für dich?«

Erneut herrschte für eine ganze Weile Stille am anderen Ende der Leitung. Bis der Knirps endlich antwortete: »Na gut.«

»Wann dürfen wir dich denn abholen? Und magst du lieber im Polizeiauto mitfahren oder im Dienstwagen eines Kommissars? Der ist allerdings ein stinknormaler Audi.«

»Dann mit dem Polizeiauto. Oder fahren Sie einen R8?«

Natascha schmunzelte angesichts dieser Frage, musste jedoch verneinen.

Eine Stunde später wurde der Schüler von zwei Polizisten im Dezernat abgeliefert.

»Möchtest du etwas trinken? Wasser, Limo oder Cola?«

»Bitte eine Cola.«

Natascha zeigte Max das Mikrofon im Vernehmungsraum, erläuterte ihm den Ablauf und stellte den Mitarbeiter des Jugendamtes vor.

»Werde ich nicht gefilmt?«

»Nein, das machen wir nur sehr selten.«

»Sie sagten doch, Sie machen es wie im Fernsehen!«

»Im ›Tatort‹ oder bei ›Ein Fall für Zwei‹ werden die Vernehmungen auch nicht gefilmt, sondern nur mit dem Mikrofon aufgenommen. In England oder Amerika läuft dagegen immer die Videokamera mit. Deshalb sieht man das nur in den amerikanischen Serien.«

»Schon klar.« Mit verschränkten Armen saß Max auf seinem Stuhl, seine Jacke hatte er über die Lehne gehängt.

Natascha öffnete eine Flasche Cola und schenkte ihm ein: »Schaust du viele Krimiserien?«

»Ab und zu.«

»Dann weißt du ja, was jetzt kommt. Die Belehrung: Wenn du etwas sagst, dann muss es die Wahrheit sein. Du musst aber nichts sagen, was dir oder deiner Schwester schaden könnte. Hast du das verstanden?«

»Ich bin doch nicht blöd!«

Eine Belehrung als Beschuldigter war nicht notwendig, da Kinder in diesem Alter strafunmündig sind.

»Hast du eine Idee, wer deinen Vater oder deine Mutter getötet haben könnte?«

Maximilian schüttelte den Kopf. Danach fragte er unsicher: »Meinen Sie etwa meine Schwester?«

»Wir wissen es nicht. Hältst du das denn für möglich?«

»Cordula wohnt doch in München!«

»Deine Mutter ist in München gestorben.«

Der Junge überlegte: »Warum sollte sie das tun?«

»Ich weiß es nicht. Fällt dir ein Grund dafür ein, Max?«

»Nee.«

»Oder glaubst du, dass es zwei Täter waren?«

»Keine Ahnung.«

Alois Schön protokollierte aufmerksam mit. Es war für ihn ungewohnt, dass er bei einer Vernehmung daneben saß.

Natascha entschied, den Elfjährigen nicht weiter mit Spekulationen über den Mörder seiner Eltern zu behelligen: »Sag mal, Max, hast du schon eine Freundin?«

Der Junge wurde verlegen, seine Wangen röteten sich. Er schüttelte den Kopf: »Nö. Mädchen sind blöd!«

»Wie kommst du denn darauf? Es gibt doch bestimmt Mädchen in deiner Klasse, die dich toll finden!«

Max lächelte: »Die Nicole ist ganz nett.« Unruhig rutschte er auf seinem Stuhl hin und her. Auf seiner Stirn bildeten sich kleine Schweißperlen.

»Erwischt!«, lachte Natascha, »ich wusste doch, dass so ein hübscher Kerl, wie du es bist, Verehrerinnen hat!«

Mit hochrotem Kopf saß der Junge auf seinem Stuhl und starrte auf sein Glas Cola. Gleichwohl dauerte es eine ganze Weile, bis er seinen Arm ausstreckte, um daran zu nippen. Mehrfach machte er den Mund auf. Jedoch entwichen seiner Kehle vor lauter Scheu nur stotternde, krächzende Töne. Bis er schließlich patzig-aggressiv, aber deutlich vernehmbar antwortete: »Trotzdem ist sie nicht meine Freundin. Die hat ja noch gar keinen Busen!«

»Der wächst schon noch. Das hast du doch sicherlich in Sexualkunde gelernt, oder?«

»Logo. In Sexualkunde war ich mit Abstand der Beste!« Die Verlegenheit des Elfjährigen war von einer Sekunde auf die andere verflogen. Auch seine Gesichtsfarbe hellte sich merklich auf.

»Super. Dann kennst du dich ja voll gut aus!«

»Klaro. Die Mama hat …« Maximilian brach mitten im Satz ab. Seine Augen suchten nach einer Stelle, wo sie weder die Kriminalbeamten noch den Mitarbeiter des Jugendamtes anschauen mussten.

»Was hat die Mama? Dir alles erklärt?«

Der Junge antwortete nicht. Stattdessen stand er auf und zog seine Jacke an.

»Ist dir kalt?«

Dabei stellte er fest, dass sich sein Gameboy in der rechten Jackentasche befand. Ohne die Erwachsenen im Raum zu beachten, stellte er das Gerät an und begann zu spielen.

Ratlos sah Natascha ihren Chef an. Aber Alois Schön machte keine Anstalten, die Initiative an sich zu reißen. Daher erkundigte sie sich: »Was spielst du denn da?«

»Super Mario.«

»Bist du gut?«

»Es geht.« Flink betätigten die Finger des Schülers die Tasten: »Yeah. Endlich hab' ich den Level geknackt!«

Natascha nahm das zum Anlass, die Hand des Jungen zu ergreifen. »Toll. Dann können wir ja weitermachen.«

Maximilian antwortete nicht, legte jedoch den Gameboy zur Seite.

»Sag' mal, Max. Hat die Mama gesagt, du darfst nicht darüber reden, was sie dir in Sexualkunde alles beigebracht hat?«

Der kleine Kerl nickte.

»Warum denn das?«

»Die Mama sagte, man spricht nicht über Sex. Und Männer schon gar nicht!«

»Das ist doch Quatsch! Mein Freund und ich reden ständig über Sex!«

»Ehrlich?«

»Wenn ich's dir sage. Ebenso hat mir deine Schwester anvertraut, dass du ihr an den Busen fassen wolltest!«

Maximilian steckte Zeige- und Mittelfinder der rechten Hand in den Mund und knabberte an den Fingernägeln: »Hat Cordula das wirklich erzählt?«

»Ja, allerdings fand sie das nicht so gut.«

»Ich wollte doch nur feststellen, ob der genauso weich ist wie der von der Mama. Die durfte ich immer am Busen streicheln!«

Natascha zwang sich zu einem sanftmütigen Lächeln: »Hast du Cordula erzählt, dass die Mama das erlaubt?«

Maximilian schüttelte den Kopf: »Die Cordula hat mir doch sofort auf die Finger gehauen!«

»Na klar. Versteh' ich. Da hattest du keine Lust mehr, deiner Schwester zu erklären, warum deine Mama dir das erlaubt.«

»So habe ich gelernt, dass die Brustwarzen aufstehen und die Scheide feucht wird, wenn die Frau erregt ist.« Erleichtert und stolz berichtete der Elfjährige, was ihm die Mutter alles beigebracht hatte.

»Und wie fandest du das?«

»Schön. Mamas Busen war ganz weich, wenn sie den BH ausgezogen hat.«

»Hat dich deine Mama auch geküsst?«

»Klaro. Sie meinte, ich müsse unbedingt lernen, wie man ein Mädchen richtig küsst. Mit Zunge und so.«

»Hat dir das gefallen?«

»Eigentlich schon.« Maximilian sah Natascha fragend an. Der fiel es immer schwerer, ruhig zu bleiben. Gleichwohl war es notwendig, dass der kleine Kerl fortfuhr: »Mama hat mich immer gelobt, wenn sie einen Orgasmus hatte. Ich sei ein ganz toller Liebhaber, nach dem sich alle Frauen sehnen würden.«

Die Kommissarin hatte Mühe, sich zu beherrschen: »Wie habt ihr denn das gemacht?«

»Na mit dem Vibrator!«

»Ich verstehe nicht.«

»Die Mama hat mir gesagt, ich soll ihn vorsichtig in ihre Vagina einführen und ihn hin und her bewegen, bis sie anfängt zu stöhnen. Das war ganz einfach.«

Mit dieser Aussage stand der Tatbestand des sexuellen Missbrauchs durch die Mutter endgültig fest. Gleichwohl war von Interesse, wie weit Maria Huber gegangen war: »Hat deine Mutter auch deinen Penis angefasst?«

»Nur einmal. Sie sagte, sie müsse testen, ob er schon hart wird und ob ich schon Samen produzieren kann.«

»Wusste dein Papa davon?«

»Nee. Die Mama sagte, das wäre unser Geheimnis. Es müsse niemand wissen, dass ich ihr Freund sei.«

»Also hast du dichtgehalten.«

»Klaro. Weil die Mama meinte, ich könnte sonst überhaupt nicht mehr mit ihr kuscheln.«

»Und jetzt wo deine Eltern tot sind? Hast du Cordula inzwischen erzählt, dass du mit der Mama geschmust hast?«

Der Kleine schüttelte den Kopf.

»Gut. Von uns wird sie es auch nicht erfahren.«

Als er erkannte, wie erleichtert der Knirps diese Nachricht aufnahm, nickte Hauptkommissar Schön ebenfalls.

»Sag mal, Max. Hat dir deine Mutti eigentlich erklärt, warum du ihr Freund sein solltest? Sie hatte doch deinen Papa.«

»Der musste ja immer arbeiten.«

»Hattest du keine Angst, dass dein Vater sauer ist, wenn er erfährt, dass du mit der Mama schmust?«

»Wir haben nur gekuschelt, wenn niemand da war.«

»Und seit wann?«

»Seitdem wir Sexualkunde in der Schule haben, natürlich. Das war nach dem Halbjahreszeugnis in der Fünften.«

»Bis du aufs Internat kamst?«

Maximilian nickte. Er ergriff sein Glas Cola und nahm einen kräftigen Schluck.

»Hast du Cordula vermisst, als sie ausgezogen ist?«

»Ein bisschen. Aber ich hatte ja die Mama.«

»Hast du sie in München besucht?«

»Nur einmal«, seufzte der Kleine, »an ihrem Geburtstag zusammen mit Mama und Papa.«

»Haben deine Eltern mitbekommen, dass du den Busen deiner Schwester angefasst hast?«

»Nein. Das war später!«

»Ich verstehe nicht. Ich denke, du hast Cordula nur einmal besucht! Verheimlichst du mir etwas?« Obwohl sie die letzten Worte völlig ernst meinte, entschloss sich Natascha, schelmisch zu grinsen. Kumpelhaftes Verhalten würde sie bei einem Elfjährigen eher zum Ziel bringen als Strenge. Schließlich war es von großer Bedeutung, zu erfahren, wie eng der Kontakt zwischen den Geschwistern noch war.

»Der letzte Besuch zählt nicht. Das war heimlich.«

»Ach so. Und warum?«

»Cordula hat mich aus dem Internat abgeholt. Aber meinen Eltern haben wir nichts davon erzählt.«

»Wann war das genau? Mehr am Anfang oder erst vor Kurzem?«

»Vor den Osterferien.« Diese Information stimmte mit Yannicks Angaben überein.

»Weshalb hast du eigentlich die Schule gewechselt?«, fuhr Natascha mit der Befragung fort.

»Der Papa meinte, ich würde auf dem Internat wieder besser werden.«

»Und? Bist du besser geworden?«

»Ein bisschen.«

»Wieso nur ein bisschen? Hat es dir in Starnberg nicht gefallen?«

Max schwieg.

»Hast du deine Mama vermisst?«

»Etwas.«

»Hast du das Schmusen mit der Mama vermisst?«

»Weiß nicht.«

»Oder hat es dir nicht gefallen, weil dich deine Mitschüler gehänselt haben?«

Der Schüler nickte, ohne ein Wort zu sagen. Er trank den letzten Rest seiner Cola.

»Dann bist du also froh, dass du nicht mehr zurück musst?«

Der kleine Kerl bejahte wiederum stumm.

»Habt ihr denn schon ein neues Gymnasium für dich gefunden?«

»Noch nicht.«

Maximilian hörte aufmerksam zu, als ihm Natascha das Protokoll vorlas. Der Vertreter des Jugendamtes stimmte den Aufzeichnungen ebenfalls zu. Er verabschiedete sich von den Beamten der Mordkommission und brachte den Jungen zurück nach Forstenried.

»Die haben mich sogar gefragt, ob du Mama und Papa umgebracht hast!«, berichtete Max seiner Schwester.

»Hast du mich etwa verpfiffen?«

Der Bruder stutzte, musste dann aber auch lachen.

»Was haben sie sonst noch gefragt?«

»Warum ich nach Starnberg bin und ob wir schon eine neue Schule für mich gefunden haben.« Das

Geheimnis, dessen Bewahrung ihm seine Mutter aufgetragen hatte, behielt er jedoch für sich. Ebenso hütete Max sich zuzugeben, dass er seinen geheimen Besuch bei seiner Schwester ausgeplaudert hatte. Und das Thema mit dem Busen wollte er schon gar nicht aufwärmen.

»Puh, auf die Aussage hin brauche ich erst einmal einen Kaffee«, kehrte Natascha nach der Vernehmung des Jungen ins Büro zurück, »eigentlich einen Schnaps, doch dann kriege ich Ärger mit dir, Alois!«

»Stimmt. Das war ganz schön heftig. Obwohl du es toll gemacht hast. Bring' mir bitte einen mit.«

Kurz darauf bat Alois Schön sein Team zum gemeinsamen Gespräch: »Wir können es als Fakt ansehen, dass Maria Huber ihren Sohn missbraucht hat. Gleichfalls sollten wir davon ausgehen, dass der Vater Wind davon bekommen hat und deshalb darauf drängte, dass Max aufs Internat geht. Damit wollte er verhindern, dass der Sohn weiterhin unter dem Einfluss seiner Mutter steht.«

»Warum hat Anton Huber seine Frau nicht angezeigt?«, erkundigte sich Julia.

»Da fallen mir mehrere Gründe ein. Weil er ein schlechtes Gewissen hatte oder wegen des Geredes der Leute in der Ortschaft beispielsweise.«

»Vielleichd wollde er sei Fraa a selbsd besdrafe. Abber gründli.«

»Natürlich könnte Anton Huber seine Frau umgebracht haben. Aber wer hat dann ihn getötet?«

»Dann habe mir es doch mit zwei Dädern zu dun.«

Nur Julia weigerte sich, den Kollegen zu folgen: »Eine

Anzeige ist doch ein viel eleganterer Weg, sich seiner Frau zu entledigen, als sie umzubringen. So schnell und so kostengünstig wird er sich niemals von ihr scheiden lassen können. Danach kann er nach außen den treu sorgenden Vater spielen und sich trotzdem weiter mit seinen Gspusis verlustieren. Zudem läuft er nicht Gefahr, selbst als Mörder einzusitzen.«

»Wenn er sich um seinen Sohn kümmern muss, hat er nicht mehr so viel Zeit für seine Gespielinnen!«, gab Natascha zu bedenken.

»Wieso? Er schickt Maximilian auf ein Internat und treibt es doller als je zuvor!«

Alois Schön realisierte, dass die Diskussion in seinem Team immer hitziger wurde. »Wer käme denn alternativ als Täter infrage?«

»Martina Scharf!«, schrien drei Stimmen, zwei weibliche und eine männliche, unisono.

»Aber warum sollte sie Maria Huber umbringen? Vor allem wenn ihre Beziehung zu Herrn Huber inzwischen beendet war?«

»Vielleichd hod se ja geloge, oder des Büble hod ihr leid gedan!«

»Spinnsd du jedzd dodal?«, äffte Natascha ihren fränkischen Kollegen nach, »glaubst du wirklich, eine Mutter lässt ihre eigenen Kinder im Stich und geht ins Gefängnis, weil ihr ein Nachbarskind leidtut?«

Als Zeichen ihrer Zustimmung klopfte Julia mit den Fingerknöcheln auf den Schreibtisch, auf dem sie saß. »Wenn überhaupt, hat Martina Scharf ihren Ex-Lover wegen des Videos ermordet.«

»Okay. Ich beug' mich der weiblichen Mehrheid. Aber vielleichd ham doch die Wirdsleid ihre Finger im

Spiel, die hädden nur an Vordeil, wenn beide Hubers dod sin.«

Die Kolleginnen nickten.

»Dann hätten wir aber gescheit etwas übersehen«, merkte Alois Schön an, »ich habe das Ehepaar Gruber von der Liste meiner Verdächtigen gestrichen.«

»Warum, Chef?«, erkundigte sich Natascha, »die Hotelbesitzer profitieren doch am meisten vom Tod der Eheleute.«

»Auf den ersten Blick schon.« Schöns Antlitz glich dem eines Oberlehrers, und seine Stimme verriet ebenso eine gewisse Genugtuung, eine Form von Überheblichkeit getreu dem Motto: ›Mädchen, pass gut auf. Von einem erfahrenen Hauptkommissar wie mir kann eine junge, ehrgeizige Kommissarin wie du noch Einiges lernen. ‹

»Allerdings hätte er wegen seiner Finanzen nie den Hof ersteigern können. Außerdem hätte Sebastian Gruber dann bereits wesentlich früher mindestens genauso viele Gründe gehabt, das Ehepaar Huber umzubringen. Und seine Frau Gemahlin ebenfalls. Ferner hätte Sonja Gruber in der Vergangenheit mehrfach die Möglichkeit gehabt, die Beziehung mit ihrer Jugendliebe aufzufrischen.«

»Vielleichd hod se es ja doch gedon, und Sebastian Gruber hat daraufhin die Hubers umbrocht!«

»Du hast aber eine kranke Fantasie«, ereiferte sich Natascha sofort wieder, »glaubst du wirklich, die Ehefrau kommt zu einem zurück, wenn man den Liebhaber umbringt?« Verächtlich sah sie den Franken an: »Bin ich froh, dass du nicht mein Freund bist!«

Der Kommissaranwärter wusste gar nicht, wie er reagieren sollte. Daher zog er es vor, zu schweigen.

»Wir sollten die Schwester nicht vergessen«, wollte Alois Schön die Gemüter seiner Mitarbeiter abkühlen. »Es spricht vieles dafür, dass Cordula Huber über den sexuellen Missbrauch an ihrem Bruder informiert war. Beispielsweise halte ich es nicht für ausgeschlossen, dass Anton Huber seiner Tochter die Sache mit dem Vibrator anvertraut hat.«

»Und dann der Griff an den Busen. Sie muss doch nur zwei und zwei zusammenzählen!«, stimmte Julia zu. »Was sie vermutlich auch getan hat, wenn man ihr Verhalten gegenüber ihrem Freund Yannick betrachtet.«

»Dann häd das Mädle aber sauba geloge. I heb ja scho gesogt, dass i di ned ganz koscher find.«

»Darüber hinaus hatte sie auch die Gelegenheit, ihre Mutter umzubringen. Immerhin hat sie sie aus der Reha abgeholt«, führte Natascha zusätzliche Indizien ins Feld. »Aber wie beweisen wir, dass sie die Mörderin ist? Die Aussage des kleinen Bruders und des abgewiesenen Ex-Freundes sind nicht so viel wert. Und warum sollte sie ihren Vater umbringen? Zu dem hatte sie doch ein viel besseres Verhältnis!«

»Also hamma doch zwei Mörder. Ich däd mir die Scharf noch mal vorknöpfe.«

»Du lässt von der Dame die Finger«, erwiderte Natascha so bissig, dass der Franke erschrak, »sonst gehst du noch als jugendlicher Liebhaber einer ältlichen Mörderin in die Geschichte ein!«

»Nichtsdestotrotz hat er recht!«, sprach Alois Schön ein Machtwort. »Ich denke ebenfalls, dass uns diese beiden Damen am ehesten weiterbringen. Allerdings wird es ohne Tatwaffe und ohne konkrete Belege schwierig, den Mord zu beweisen.«

16. KAPITEL

Zu Hause wartete Beate im luftigen Sommerkleid: »Wie geht's dir, Schatzi?«, begrüßte sie ihren Liebling mit einem Glas in der Hand, »magst du auch einen Aperol Sprizz vor dem Essen oder lieber ein Bier?«

»Ein kühles Weißbier wär' nicht schlecht. Vorher ziehe ich mir aber schnell noch eine kurze Hose an.« Alois Schön küsste seine Freundin hastig zur Begrüßung, bevor er im Schlafzimmer verschwand. Eigentlich wäre er jetzt viel lieber alleine, denn es fiel ihm an diesem Abend schwer, sich zu konzentrieren oder gar auf andere Leute einzugehen. Die Ereignisse seines Arbeitstages schwirrten nach wie vor in seinem Kopf herum.

Als er ins Wohnzimmer zurückkam, hielt ihm seine Geliebte ein Weißbierglas entgegen. Die obere Hälfte war nur mit Schaum gefüllt.

»Das mit dem Einschenken musst du noch üben«, grinste Alois Schön seine Freundin an, beschloss jedoch, sich allein für den guten Willen mit einem weiteren Bussi erkenntlich zu zeigen: »Was hast du gekocht?« Äußerlich machte er alles richtig, doch innerlich kam er sich vor wie ein Roboter. Ferngesteuert und ohne Seele. Wobei er bedauerlicherweise nicht wusste, wie er diesen Trancezustand ändern könnte. Offenbar musste er einfach nur durch und das Erlebte irgendwie verarbeiten. »Nichts Warmes, eine Art Salat Nicoise. Gemischter Salat mit

Tomaten, Käse, Ei und Thunfisch. Du wirst schon satt werden!«

»Essen wir auf dem Balkon?«

»Wenn es dir dort nicht zu heiß ist.«

»Nicht unter dem Sonnenschirm.«

Zum Nachtisch gab es Eis.

Nachdem Beate das Geschirr abgeräumt hatte, setzte sie sich auf den Schoß ihres Geliebten. Dabei sah dieser, dass sein Liebling nicht einmal einen Büstenhalter trug. Es wäre ein Leichtes für Alois Schön gewesen, die Spaghettiträger des Sommerkleides zur Seite zu schieben und die blanke Brust seiner Herzensdame zu liebkosen. Doch schon der flüchtige Anblick der Brustwarzen seiner Freundin projizierte in seinem Kopf Bilder, wie Maria Huber ihrem Sohn erlaubte, ihre Brüste zu streicheln: »Sorry, Schatz, ich bin heute nicht in Stimmung.«

Doch die liebesbedürftige Freundin legte einfach seine Hand auf ihren Busen. Deshalb entschloss sich Alois Schön, die Geschichte von Max Huber in kurzen Worten zu erzählen.

»Das ist ja furchtbar«, zeigte Beate Verständnis.

An diesem Abend beließen sie es dabei, sich zu streicheln, zu kraulen und wechselseitig ihren Kopf an die Brust des anderen zu legen. Still saß das Pärchen auf dem Balkon und betrachtete den Sonnenuntergang und die Sterne. Die Immobilienexposés blieben im Schrank, und auch der Fernseher wurde nicht angeschaltet.

»Morgen zusammen«, begrüßte der Leiter der Mordkommission seine Mannschaft in der Hansastraße, »wie geht es euch?« Denn wenn sogar er als erfahrener Kriminalbeamter die Ermittlungsergebnisse in diesem Fall erst verarbeiten musste, konnte es den jungen Kollegen und Kolleginnen nicht anders ergehen.

»Basst scho«, meldete sich Martin als Erster zu Wort.

»Gestern Abend war das erste Mal, dass ich es bedauert habe, solo zu sein«, bekannte Natascha, »mir hätte eine Schulter zum Anlehnen bestimmt gut getan.«

»Ich habe auch schon besser geschlafen«, fügte Julia hinzu.

Alois Schön wartete bewusst einen Moment, bevor er sein Team informierte: »Ach übrigens, ich muss heute um 14.30 Uhr weg. Ich habe zwei wichtige private Termine.« Anschließend ging er zum Tagesgeschäft über: »Wer sind nun unsere Hauptverdächtigen? Habt ihr euch darüber noch einmal Gedanken gemacht?«

»Martina Scharf und Cordula Huber«, legte sich Julia sofort fest.

»Seh i a so.«

»Was ist mit dem Ehepaar Gruber oder Walter Scharf?«

»Bei den Grubers hast du uns überzeugt«, versicherte Natascha, »und den alten Scharf hattest du doch längst von deiner Liste gestrichen, oder nicht?«

»In der Tat, dennoch wollte ich eure Meinung dazu hören. Also konzentrieren wir uns auf die beiden Ladys. Hat jemand eine Idee, wie wir ihnen die Morde nachweisen?«

»Was is mid DNA-Schburen im Schweineschdall?«

»Gibt's natürlich, bringen aber nichts. Cordula Huber wird erklären, die stammen noch aus der Zeit, als sie dort wohnte. Und Martina Scharf wird zur Not behaupten, sie hätte sich mit ihrem Geliebten im Heu vergnügt. Wir werden ihr kaum das Gegenteil beweisen können.«

»Wir können das Alter des Strohs bestimmen«, hatte Natascha einen konstruktiven Vorschlag, »wenn es beispielsweise erst sechs Wochen alt ist, kann die DNS an ihm auch nicht älter sein!«

»Das wurde längst überprüft. Ein Schuss in den Ofen!«

»Also braachen mir die Dadwaff.«

Natascha nickte.

»Die ist immer noch nicht aufgetaucht«, seufzte Alois Schön.

»Wurden die Abdrücke auf dem Camcorder bereits jemandem zugeordnet?«, meldete sich Julia.

»Wir wissen nur, dass sie weder von Anton Huber noch von seiner Frau stammen. Das hat die KTU zweifelsfrei festgestellt.«

»Sind sie von der Lehrerin?«, erkundigte sich Natascha.

»Keine Ahnung. Wir haben von ihr noch keine Abdrücke.«

»Aber du hast sie doch festgenommen!«

»Korrekt. Dennoch hielt ich es damals nicht für nötig, den Richter um Genehmigung zu bitten. Schließlich wollte ich der Dame nur etwas Druck machen.« Inzwischen hatte sich jedoch die Situation geändert. Gemeinsam entschlossen sich die Teammitglieder, Martina Scharf und Cordula Huber vorzuladen, ihre Fingerabdrücke zu nehmen und als Beschuldigte zu verhören. Die Erlaubnis dazu wurde sofort erteilt, sodass bereits eine halbe Stunde später zwei Streifenwagen losgeschickt werden konnten.

Doch die Kriminalbeamten hatten kein Glück. Von einer Nachbarin der Familie Scharf erfuhren die Polizisten vor Ort, dass die Kinder der Grundschullehrerin übers Wochenende allein bei den Großeltern und ihr Mann in den USA auf Geschäftsreise seien. Daher wundere sie sich nicht, dass die Mutter ebenfalls abwesend sei.

»Eine bessere Chance zur Flucht bekommt sie so schnell nicht wieder!«, kommentierte Natascha den Bericht der Streifenpolizisten.

»Dumm is sie ned!«, kam Martin aufgrund seiner Insiderkenntnisse zum gleichen Ergebnis.

»Vermutlich ist sie abgebrühter, als wir dachten«, überlegte Julia laut.

»Sie wird halt eine gute Schauspielerin sein«, frotzelte Natascha, »genauso wie sie Martin etwas vorgemacht hat!« Dieser zog die Stirn in Falten und wollte bereits zum Gegenangriff blasen.

Doch Alois Schön kam ihm erneut zuvor: »Wir schreiben sie zur Fahndung aus!«

Damit war die Diskussion beendet. Und seine Blicke in Richtung der beiden Streithähne ließen keinen Zweifel daran aufkommen, dass er sich jedes weitere Wort und jeden zusätzlichen Kommentar verbot.

In Forstenried mussten die Beamten dagegen Schlimmeres befürchten. Zwar waren im Apartment von Cordula Huber die Rollläden runtergelassen, jedoch konnten die Polizisten vom Balkon aus durch die Schlitze erkennen, dass auf dem Herd ein Kochtopf stand und dass im Bad Wäsche auf dem Boden lag. Nach kurzer Rücksprache mit dem Morddezernat gingen die Kollegen zum Hausmeister, um die Wohnung zu öffnen. Gefahr im Verzug. Schließlich konnte niemand ausschließen, dass Cordula Huber sich und ihrem Bruder etwas angetan hatte. Gottlob erfüllten sich diese Bedenken nicht. Die Wohnung war bis auf diese beiden Kleinigkeiten ordentlich aufgeräumt. Keinerlei Spuren eines Selbstmords oder einer Straftat. Das flüchtige Durchsuchen der Schränke lieferte hingegen Hinweise darauf, dass es sich um eine geplante Abwesenheit handelte. Sogar der Hausmeister, den man als Zeugen in die Wohnung gebeten hatte, bestätigte, dass Schuhschränke und Kommoden lediglich halb gefüllt waren. »Da ist ja selbst mein Kleiderschrank voller«, berichtete er mit ernster Miene, »und so viele unbenutzte Bügel hat doch kein Mensch! Die sind bestimmt ausgeflogen.« Er nahm seine Rolle äußerst wichtig. Aber klären, ob Cordula und Max Huber in Urlaub gefahren waren oder sich auf der Flucht befanden, konnte er leider nicht.

Die Beschreibung der gesuchten Personen sowie die Weitergabe der Kfz-Kennzeichen war rasch erledigt. Die Suche nach einem Foto gestaltete sich dagegen schwieriger.

Denn die Kriminalbeamten wollten nicht auf ein aktuelles Abbild der Flüchtigen verzichten. Erst als Julia auf die Idee kam, bei Cordulas Ex-Freund Yannick beziehungsweise im ehemaligen Internat anzurufen, wurden sie fündig. Von der Lehrerin vergrößerten sie den Ausschnitt eines Fotos von der Einschulung ihrer ersten Klasse im vergangenen Jahr.

Alois Schön gab die Daten der drei Geflüchteten nicht nur in das deutsche Fahndungssystem INPOL, sondern ebenso in das europäische SIS ein. Anschließend beantragte er die richterliche Anordnung zur Ortung der Handys sowie zur Abfrage der Kreditkartenbewegungen. Alle Genehmigungen wurden aufgrund der Dringlichkeit augenblicklich erteilt. Es stellte sich jedoch heraus, dass Cordula Huber nur eine EC-Karte besaß.

Jetzt konnte man nur noch hoffen, dass die europaweite Fahndung sowie die Benachrichtigung aller deutschen Flughäfen zum Erfolg führen würden.

Und dass man so schnell wie möglich den Ehemann von Martina Scharf erreicht. Die befragte Nachbarin hatte zu Protokoll gegeben, dass die Familie am Gardasee eine Ferienwohnung für die gesamte Saison gemietet hatte. Bedauerlicherweise war ihr der Name des Ortes entfallen. Zwar war es ein Leichtes, die Handynummer und den Aufenthaltsort des Gatten in den Vereinigten Staaten zu ermitteln. Allerdings hatte die Mordkommission damit noch nicht die Informationen, die sie benötigte. Aufgrund der Dringlichkeit entschloss sich Alois Schön, Walter Scharf sofort anzurufen. Auch wenn es in Los Angeles Nacht war und der Handybesitzer höchstwahrscheinlich schlief. Das konnte sogar ein Vorteil sein, weil ein Schlaftrunkener sich seine Worte nicht so gründlich überlegt. Doch leider meldete sich bloß die Mailbox. Trotzdem teilte Alois Schön dieser sein Anliegen mit. Selbst auf die Gefahr hin, dass es nun genau umgekehrt wie ursprünglich erhofft war: Nämlich, dass Walter Scharf nach dem Abhören der Nachricht unendlich viel Zeit hatte, sich Gedanken zu machen, wann er zurückrufen und was er antworten sollte. Im schlimmsten Fall könnte er überhaupt nicht anrufen und beteuern, er hätte die Mitteilung niemals bekommen. Aber Alois Schön glaubte an das Gute im Menschen. Schließlich stellte die Frage nach der Adresse einer gemieteten

Ferienwohnung und nach dem möglichen Aufenthaltsort der Ehefrau für einen Unschuldigen keine Zumutung dar. Würde Walter Scharf nicht antworten, wäre es sogar ein Zeichen dafür, dass er und seine Frau möglicherweise etwas zu verbergen hatten.

Darüber hinaus wurden die Domizile der Verdächtigen nach der Tatwaffe durchsucht. Überaus diskret, fast geräuschlos und ohne Aufsehen zu erregen, aber dennoch gewissenhaft. Obwohl man erst einige Stunden vorher die Wohnung der Tochter der Ermordeten betreten hatte, genehmigte der Richter deren gründliche Durchsuchung sofort. Ebenso die des Anwesens der Familie Scharf. Die Beamten vor Ort machten einen erstklassigen Job. Jede Schublade, jeder Winkel, jeder Toilettenspülkasten im Haus wurden untersucht. Einzig und allein auf das Umgraben des Gartens in der Reihenhaussiedlung hatten die Kollegen vorerst verzichtet. Und hinterher wurde wieder alles ordentlich aufgeräumt. Doch die Pistole blieb verschwunden.

Beate wartete schon vor der Bank, als ihr Liebling fünf Minuten vor dem Termin eintraf. Der Kreditsachbearbeiter begrüßte die beiden freundlich und servierte ihnen Kaffee.

»Wir möchten erst einmal abklären, ob wir uns unseren Traum überhaupt leisten können«, stellte Alois Schön zu Beginn des Gesprächs klar. Schließlich wollte er sich noch über alternative Offerten informieren.

»Aufgrund der aktuell niedrigen Zinsen, des Vorhandenseins von zwei Einkommen und Ihres hohen Eigenkapitaleinsatzes steht der Finanzierung Ihres Traumhauses nichts im Wege. Ich empfehle Ihnen eine zehnjährige Zinsbindung sowie den Abschluss eines Bausparvertrages. Mit dem können Sie beispielsweise Ihre Küche finanzieren.«

Beates Augen leuchteten angesichts der positiven Aussage des Bankers. Dagegen verfinsterte sich die Miene ihres Freundes. »Junger Mann«, erhob Alois Schön die Stimme, »wir reden hier über einen Kredit zur Finanzierung einer Immobilie für mich und meine Partnerin und nicht für den Palast Ihrer Bank!«

»Ich verstehe nicht.«

»Ich erwarte von Ihnen ein Angebot, das uns nutzt, und nicht einen Vorschlag, der sich an Ihren Provisionen orientiert!«

Alois Schön schaute den Yuppie entschlossen, fast grimmig an. Dieser aufgeblasene Heini sollte durchaus den Eindruck bekommen, dass er kurz davor war, aufzustehen und zu gehen.

»Ich kann Ihnen erstklassige Konditionen offerieren! Mit einem festen Zinssatz für zehn Jahre. Und ein Bausparvertrag ist doch eine gute Sache. Damit sichern Sie sich langfristig niedrige Zinsen unterhalb von 2%!«

»Wo stehen denn Ihrer Meinung nach die Zinsen in zehn Jahren?«

»Das hängt von der Inflation ab.«

»Vermutlich höher als heute, oder nicht?«

»Wir sind alle keine Hellseher.«

»Also gut. Offensichtlich gehören Sie zu den sogenannten Experten, die sich niemals festlegen wollen. Deshalb sage ich Ihnen einfach mal, was ich mir vorstelle. Eine Zinsbindung von 15, vielleicht sogar 20 Jahren.«

»20 Jahre bietet unser Haus nicht an.«

»Macht nichts, ich besorge mir die 20-Jahres-Konditionen im Internet. Dann erstellen Sie mir bitte ein Angebot mit 15-jähriger Zinsfestschreibung und 2% Tilgung für die gesamte Summe inklusive Küche. Und vergessen Sie die Förderdarlehen der KfW nicht!«

Der Bankmitarbeiter bearbeitete daraufhin die Tasten seines Laptops und druckte kurz darauf die gewünschte Finanzierung aus: »Ihre monatliche Belastung erhöht sich bei dieser Variante um mehr als 300 Euro!«

»Das sehe ich. Vor allem wegen der schnelleren Entschuldung! Würden Sie uns denn diesen Kredit geben?«

»Das müsste sich machen lassen. Schließlich sparen Sie zwei Mieten ein.«

»Haben Sie die Tatsache, dass ich für meinen Sohn Unterhalt bezahlen muss, berücksichtigt?«

»Ja. Das hatte Ihre Lebensgefährtin in der Selbstauskunft bereits angegeben. Natürlich benötigen wir noch für alle Ihre Einnahmen und Ausgaben Belege. Aber grundsätzlich passt es.«

»Gut zu wissen. Dann schlage ich vor, dass wir wieder zu Ihnen kommen, wenn wir den Notarvertrag in Händen halten. Ein schönes Wochenende.«

Auf der Straße trennten sich die Wege des Paares. Denn obwohl ihm die Dame von Beate empfohlen worden war, wollte Alois Schön den nächsten Termin alleine wahrnehmen. Die Anwältin erläuterte ihm, dass er sich mit dem Scheidungsantrag Zeit lassen könne, da das Trennungsjahr noch nicht um sei. Vor Ablauf dieser Frist würden sich die Gerichte nur um Notfälle kümmern. Fälle, bei denen Leib und Leben oder das Wohl der Kinder in Gefahr seien. Außerdem würde sich durch den Scheidungsantrag für ihn nicht viel ändern. Weder die Unterhaltszahlungen für Frederik noch der Versorgungsausgleich wären davon betroffen. Besonders erfreut war Alois Schön über die Aussage, dass man ihm den Umgang mit seinem Sohn nicht verbieten könne, wenn er mit einer neuen Partnerin zusammenlebe.

»Das hat Ihnen Beate ja bereits erklärt«, schloss die Juristin ihren Vortrag. »Rufen Sie mich einfach an, wenn ich die Scheidung für Sie einreichen soll.«

Während sich die Laune von Alois Schön aufgrund des positiven Verlaufs seiner privaten Termine und wegen des nahenden Wochenendes merklich besserte, bangte die Mitarbeiterin einer Versicherung im beschaulichen Coburg um ihr Leben. Sie kam aus der Mittagspause zurück, als sie am Eingangsdrehkreuz von einem Paketzusteller angesprochen worden war. Er habe ein Päckchen für den Vorstandsvorsitzenden persönlich und benötige ihre Hilfe bei der Zustellung.

»Geben Sie es beim Pförtner ab. Der wird alles Weitere veranlassen«, hatte sie ihm geraten, »ohne Ausweis kommen Sie bei uns nicht rein!«

»Dann besorgen Sie mir bitte einen Besucherausweis«, deutete der Mann auf die ausgebeulte Tasche seiner Uniform. »Und vor allem bleiben Sie ruhig.« Seine Stimme klang beängstigend sanft. »Sie wollen doch nicht, dass es hier ein Blutbad gibt, oder?« Als die Angestellte realisierte, dass es in seinem Paket tickte, zog sie es vor, zu gehorchen. Sie verschaffte ihm die Zugangsberechtigung und fuhr mit dem besonderen Gast in die Chefetage. Vom Aufzug gingen sie in die verwaiste Vorstandskantine.

17. KAPITEL

»Wie heißen Sie?«

»Berger, Alexandra Berger.«

»Bedienen Sie sich, Frau Berger«, zeigte der Geiselnehmer auf die für die Manager vorbereiteten Häppchen, nachdem er die Tür abgeschlossen hatte. »Hier werden heute weniger Leute essen, als ursprünglich geplant. Also ist genug für alle da.« Furchterregend sah der Typ eigentlich nicht aus. Aber sein tickendes Päckchen und das ausgebeulte Jackett machten der Sachbearbeiterin Angst. Obwohl sie gerade eine Kleinigkeit gegessen hatte, nahm sie sich ein Lachsbrötchen, eine Brezen und ein Glas Apfelsaftschorle. Sie wollte den Geiselnehmer nicht verärgern. Langsam, den Kidnapper stets im Blick, biss sie von ihrer Semmel ab. Nachdem sie den dritten Bissen hinuntergewürgt hatte, deutete dieser auf das Telefon in der Ecke: »Sorgen Sie dafür, dass uns Ihr Chef Gesellschaft leistet.«

Zitternd griff Alexandra Berger nach dem Hörer und wählte die Durchwahl des Sekretariats: »Der Vorstandsvorsitzende soll sofort in die Kantine kommen«, hauchte sie verängstigt in die Muschel.

»Das geht nicht. Der ist noch im Meeting.«

»Das muss gehen! Man hat mich als Geisel genommen. Der Mann ist bewaffnet und hat eine Bombe!«

Auf das Zeichen des Gangsters hin legte sie auf.

»Das haben Sie sehr gut gemacht. Wenn wir weiterhin so toll zusammenarbeiten, werden Sie diese Sache völlig heil überstehen, Alexandra. Schließlich können Sie nichts dafür, dass in Ihrem Vorstand nur Arschlöcher sitzen!«

»Tun Sie mir bitte nichts!«

»Sofern Sie mir gehorchen.«

Zwei Minuten später wurde es laut. Der Lärm Hunderter Absätze, die die Treppe herunterliefen, drang bis zu ihren Ohren im obersten Stockwerk.

»Gehen Sie ans Fenster und berichten Sie mir!« Seine Pistole hielt der Kidnapper inzwischen offen in der Hand.

»Die Polizei ist schon da«, verkündete daraufhin die Geisel, obwohl sich das flackernde Blaulicht der Polizeiwagen in den Scheiben spiegelte. Und kurze Zeit später: »Das SEK kommt.«

Dann läutete das Telefon.

»Heben Sie ab! Fragen Sie, wo Ihr Chef bleibt. Ich habe mit ihm zu reden!«

»Der Einsatzleiter der Polizei sagt, der gesamte Vorstand habe das Gebäude wie alle Mitarbeiter verlassen.«

»Dann soll der Kerl wieder reinkommen. Wenn er in fünf Minuten nicht hier ist, kann er für Sie einen Kranz bestellen!« Zur Bekräftigung seiner Forderung zielte der Kidnapper auf den Kopf von Frau Berger. Diese ließ vor Schreck den Hörer fallen.

Verunsichert blickte die Versicherungsangestellte zu dem Mann, der über ihr Leben und ihren Tod bestimmte, damit er ihr erlaube, das Gerät aufzuheben. Langsam ging sie in die Hocke, ihren Gebieter immer im Blick, um das Telefonat fortzuführen. Der Koordinator des

Einsatzes verlangte den Entführer. Er wollte die Geisel gegen einen Polizeibeamten austauschen. Mit zitternden Händen reichte diese den Apparat weiter.

»No way. Die Dame gefällt mir!«, brüllte der Verbrecher ins Telefon, bevor er den Hörer aufknallte.

Doch der Leiter des Sonderkommandos ließ sich davon nicht abschrecken und versuchte es aufs Neue.

»Wenn Sie sie unbedingt wollen, können Sie sie haben. Aber nur gegen zwei Vorstände. Schließlich ist sie doppelt so schnuckelig wie ihre Chefs.« Der Kidnapper machte eine lange Pause, doch sein Gesprächspartner gab keinen Mucks von sich. Also fuhr der Gangster fort: »Zumindest jetzt noch. Allerdings läuft in zwei Minuten die Frist ab. Wenn die Herren bis dahin nicht an meine Tür klopfen, kann ich für ihr Aussehen nicht mehr garantieren!« Ohne eine weitere Silbe zu vergeuden, beendete er das Telefonat.

»Setzen Sie sich zu mir in die Ecke!«

Die Versicherungsangestellte tat wie befohlen. Verzweifelt biss sie auf die Knöchel ihrer Finger. Immer näher rückte der Gangster zu ihr heran. Die Mündung seiner Pistole war nur noch wenige Zentimeter von ihrer Schläfe entfernt. Unablässig bohrten sich ihre Schneidezähne in ihre Haut. Bis die Pein zu groß wurde und sie ihre Hand ihrem Gebiss entriss. Alexandra Berger schrie vor Schmerz. Aus ihrem Mittelfinger quoll Blut. Dann ein Schuss. Die Gekidnappte sackte in sich zusammen und fiel zur Seite.

Wiederum läutete das Telefon.

»Habt ihr die Burschen beisammen?«

»Nein. Wir benötigen erst ein Lebenszeichen der Frau!«

»Sie ist wohlauf.«

»Das soll sie uns selber sagen. Holen Sie sie bitte ans Telefon.«

»Auf keinen Fall!«, schrie der Geiselnehmer, »mein Wort muss euch reichen!«

»Seien Sie doch vernünftig«, mahnte die Stimme am anderen Ende der Leitung, »wir finden eine Lösung.«

»Nur, wenn ihr mir die Scheißvorstände bringt!«

In ihrer Todesangst kauerte sich Alexandra Berger so klein zusammen, wie sie nur konnte. Ihre schlanken Arme umklammerten ihre langen Beine, ihre Nase steckte zwischen ihren Knien.

»Holen Sie sie bitte an den Apparat«, forderte der Einsatzleiter erneut.

»Sagen Sie mal? Sind Sie eigentlich völlig bescheuert? Wann kapieren Sie endlich: Hier stelle ich die Forderungen, und Sie spielen nach meinen Regeln!« Der Gangster sprach mit jedem Wort lauter. Er überlegte kurz, bevor er spöttisch hinzufügte: »Was hättet ihr denn gern von ihr? Einen Finger? Die Zunge? Oder wollt ihr BH und Schlüpfer?« Dann legte er auf.

»Gehen Sie zum Fenster!«

Die junge Frau stand zitternd auf. Sie hatte Mühe, sich auf den Beinen zu halten.

»Kann Sie jemand sehen?«

»Ich denke, die Scharfschützen auf dem Dach des Bahnhofs können mich durch ihr Zielfernrohr erkennen.«

Diese Information veranlasste den Geiselnehmer, drei Tische umzuwerfen und als erste Deckungslinie vor dem großen Topf mit den Grünpflanzen aufzubauen. Er selbst duckte sich dicht zwischen Mauer und Kübel.

»Jetzt ziehen Sie Bluse, BH und Slip aus und werfen die Sachen aus dem Fenster!« Um seiner Forderung Nachdruck zu verleihen, zielte er mit der Pistole auf sein Opfer.

Alexandra Berger parierte. Sie wäre fast umgefallen, weil sich vor lauter Nervosität ihre Unterhose in den dünnen Absätzen ihrer Sandalen verfing. Während ihre Kleidungsstücke langsam, vom Winde aufgebläht, zu Boden wehten, wurde sie in die Ecke hinter die Tische zurückdirigiert.

Sie setzte sich auf die andere Seite der Kübelpflanze und versuchte, ihre blanke Brust mit den Händen zu verdecken. Bis ihr Verstand beschloss, dass ihr Körper die Geschehnisse der nächsten Minuten über sich ergehen lassen sollte. Folglich wäre es besser, wenn sie dem Verbrecher ihren nackten Oberkörper präsentierte. Obwohl die Klimaanlage für eine angenehme Temperatur in der Kantine sorgte, klapperten ihre Zähne. Sie bibberte. Während sie darauf wartete, das Unvermeidbare erdulden zu müssen, zog der Kidnapper die Jacke seiner Uniform aus. Gemächlich knöpfte er sein Hemd auf, bevor er auf allen Vieren zu seiner Geisel kroch. Alexandra Berger schloss ihre Augen und rutschte langsam die Wand herunter, bis sie in ihrer vollen Größe regungslos auf dem Boden lag. »Tun Sie mir bitte nicht weh!«, flüsterte sie in regelmäßigen Abständen.

Der Geiselnehmer hatte unterdessen sein Shirt ausgezogen und an der Seite der Angestellten abgelegt. Die Pistole hielt er noch immer in seiner Hand. Alexandra

Berger konnte dies alles nicht sehen. Sie hatte Angst, die Augen zu öffnen. Umso mehr konnte sie den Atem des Gangsters spüren.

Er beugte sich über sie: »Sie haben einen schönen Busen, Alexandra!«

Die junge Frau schrie. Kurz, aber so laut, dass es die Einsatzkräfte auf dem Flur hören mussten.

»Das ist doch kein Grund, laut loszubrüllen!«

Alexandra Berger nickte. Liegend und mit verschlossenen Augen. Ihre Finger verkrampften zu einer Faust. Ansonsten lagen ihre Hände weiterhin neben ihrem entblößten, schutzlosen Körper. Denn trotz allem musste sie unbedingt vermeiden, dass ihre Arme Teile ihrer Nacktheit bedeckten. Der Vergewaltiger sollte wissen, dass sie sich nicht wehren würde. Er konnte mit ihr machen, was er wollte. Sie war bereit, es zu ertragen, in der Hoffnung, es würde nicht so schlimm werden, und der Täter werde schnell die Lust verlieren.

Der Verbrecher begann, mit dem Lauf der Pistole den Körper der jungen Frau zu berühren. Ganz sanft, so zärtlich, wie es mit einer Waffe nur möglich war. Angefangen hinter ihrem linken Ohr, über ihren Hals, die Brustwarzen bis zum Bauchnabel. Dort hielt er inne. Er legte den Mittelfinger an den Abzug und drückte die Mündung auf das Piercing der Geisel. Weiter ging die Fahrt über die Knopfleiste am Rock, nach rechts über ihr Becken bis zum Ende des Rocksaums knapp oberhalb des Knies. Als die Pistole in ihrem Rock verschwunden war und Alexandra Berger das kühle Metall an ihrem Oberschenkel spürte, lagen ihre Nerven blank. Alle Vorsätze waren vergessen. Sie schrie ein zweites Mal. Kurz, aber lauter als je zuvor.

»Halten Sie den Mund!«

Abermals biss die junge Frau die Zähne aufeinander. So fest sie nur konnte. Es war ihr egal, dass ihre Kiefer schmerzten. Hauptsache, sie würde nie wieder schreien. Denn sonst würde sie der Gangster erschießen. Die höfliche Art, mit der der Kidnapper sie bisher behandelt hatte, würde daran garantiert nichts ändern. Im Gegenteil. Sein freundlicher Tonfall verstärkte ihre Angst. Der Typ war bestimmt ein eiskalter Killer. Tränen des Schmerzes und der Verzweiflung liefen über ihr Gesicht.

»Ziehen Sie mein Hemd an. Sie erkälten sich noch«, forderte der Geiselnehmer plötzlich sein Opfer auf. Anschließend kroch er auf seine Seite zurück.

Es dauerte einige Minuten, bis Alexandra Berger realisiert hatte, dass der Spuk zu Ende war. Sie nahm einen Ärmel und wischte sich das Gemisch aus Tränen und Schminke von der Backe.

»Sie müssen das Hemd nicht einsauen. Da vorne liegen Servietten.«

»Sie wollen mich wohl hinterrücks erschießen«, zog die junge Frau das viel zu große Herrenhemd an. Sie krempelte die Ärmel um und knöpfte es bis oben hin zu.

»Ich will Ihnen nichts tun, Alexandra«, wiederholte der Täter, »Sie können doch auch nichts dafür, abgesehen davon, dass Sie in diesem Scheißladen arbeiten. Im Grunde waren Sie nur zur falschen Zeit am falschen Ort. Es hätte jeden treffen können.«

»Warum machen Sie mir dann so viel Angst, dass ich fast sterbe?«

»Entschuldigung, aber ein bisschen Show muss sein. Ohne Druck reagieren die da draußen nicht.«

»Wenn Sie mich dazu aufgefordert hätten, hätte ich auch so geschrien!«

»Dann wäre es nicht so realistisch gewesen.«

Erneut meldete sich das Telefon. »Wir möchten Frau Berger sprechen.«

»No chance«, schrie der Entführer in den Apparat und legte sofort auf.

»Sie lebt noch«, teilte er dem Einsatzleiter beim nächsten Mal in ruhigem Ton mit. »Ihr könnt sie haben, allerdings nur im Austausch gegen zwei Vorstände!«

»Das ist indiskutabel!«

»Also werde ich mich noch ein bisschen mit der Dame amüsieren«, beendete der Kidnapper das Gespräch.

»Scheint, dass sich Ihre Chefs doch nicht so für ihre Mitarbeiter einsetzen, wie sie immer behaupten.«

Die Angestellte antwortete nicht.

»Alles Feiglinge, die nur darauf aus sind, ihren eigenen Arsch zu retten. Die Beiträge kassieren und rechtschaffene Leute schikanieren. Das können sie! Aber selbst haben sie keine Eier in der Hose!«

»Warum wollen Sie eigentlich mich und die Versicherung in die Luft sprengen? Was hat man Ihnen getan?«

»Die Drecksäcke verweigern mir mein Geld! Anstatt mir den Schaden zu ersetzen, zögern sie die Zahlung ständig weiter hinaus. Andauernd kommen sie mit neuen Forderungen, unverschämten Unterstellungen und anderen Frechheiten.

Reine Schikane. Diese Arschlöcher sitzen auf der dicken Kohle, und mich treibt es in den Ruin. Was meinen Sie, wie viele Mahnbescheide ich schon erhalten habe? Wenn das so weitergeht, muss ich Insolvenz anmelden!«

Die Versicherungsangestellte nickte verständnisvoll.

»Möchten Sie etwas trinken?«, erkundigte sich der Geiselnehmer freundlich. Denn inzwischen war es heiß in der Kantine. Das Sondereinsatzkommando hatte die Klimaanlage abgestellt.

»Warum geben Sie nicht auf? Sie haben doch eh keine Chance!«

»Ich habe noch die Bombe.« Der Kidnapper deutete auf das tickende Paket neben sich.

Alexandra Berger erschrak. Das hatte sie völlig vergessen: »Lassen Sie mich vorher gehen? Ich habe Ihnen doch gar nichts getan!«

»Ich überlege es mir.«

»Ich werde auch jedem sagen, dass Sie mich gut behandelt haben!«

»Habe ich das nicht?«

»Sie haben mich ganz schön erschreckt!«

Der Geiselnehmer zog die Stirn in Falten: »Haben Sie mir etwa zugetraut, dass ich Sie vergewaltige?«

»Eigentlich nicht. Aber hundert Prozent sicher war ich mir trotzdem nicht. Sonst hätte ich nicht geschrien.«

»Ich bin doch kein Frauenschänder!«

»Stimmt, so sehen Sie nicht aus.«

Auf einmal ging alles ganz schnell. Zwei vermummte Gestalten seilten sich vom Dach ab, warfen zwei Blendgranaten durch die Fensterscheibe und sprangen hinterher. Im selben Moment wurde die Tür gesprengt. Zwei weitere Blitzgranaten flogen in Richtung Täter. Wenige Sekunden später wurde dessen Kopf auf den Boden gedrückt. Die Geisel wurde aus dem Raum geführt, kurz darauf folgte das Einsatzkommando mit dem Kidnapper.

Um das tickende Paket kümmerten sich die Spezialisten der Abteilung Sprengstoff. Man entschied sich für die kontrollierte Sprengung in einer nahe gelegenen Kiesgrube. Als das Bündel explodierte, wurde ein Kinderwecker in seine Teile zerlegt. Die Micky Maus auf dem Zifferblatt war damit das einzige Opfer dieser Geiselnahme.

18. KAPITEL

Die Sonne brannte. Selbst für italienische Verhältnisse war es brütend heiß. Auf den Dächern der parkenden Autos und auf dem schwarzen Asphalt konnte man Spiegeleier braten. Nur Wahnsinnige oder gedopte Profi-Sportler fuhren bei diesen Temperaturen mit dem Fahrrad. Normale Menschen suchten ein schattiges Fleckchen, alternativ das kühle Nass eines Schwimmbads oder eines Sees. Martina Scharf war so eine Verrückte. Zentimeter für Zentimeter, Kurve um Kurve kämpfte sie sich die steile Bergstraße nach oben. Wurde die Steigung zu groß, schaltete sie in einen kleineren Gang. Ab und zu ging sie aus dem Sattel, um fester in die Pedale treten zu können. Eine einzige Quälerei. Doch die Lehrerin war Torturen gewohnt. Ihre Ehe war eine permanente Folter, und mittlerweile hatte ihr auch die Beziehung mit Toni Huber gewaltige seelische Schmerzen bereitet. Dass er sie ohne ihr Wissen beim Sex gefilmt hatte, hatte sie zutiefst gedemütigt. Im Vergleich zu dieser Hölle waren die Strapazen des heutigen Radausfluges die reinste Erholung. Deshalb machte sie es ja. Sie wollte sich richtig auspowern. Bis zur totalen Erschöpfung.

Sie dachte an ihre Kinder. Die waren in guter Obhut und amüsierten sich. Ihr Mann war weit weg. Viele Tausend Kilometer. Würde er sie vermissen? Vermutlich nicht.

Toni Huber war noch weiter entfernt. Beobachtete er sie? Wo befand er sich? Oben? Oder unten, weil er ihre tiefen Gefühle schamlos ausgenutzt hatte? Hätte er als Engel seine irdische Fleischeslust im Griff? Oder durfte er als Höllenbewohner dieser mehr frönen als je zuvor? Würden sie sich wieder treffen, wenn sie das Zeitliche gesegnet hätte?

Immer weiter fuhr sie den Berg hinauf. Ihre Beine wurden schwer, die Waden schmerzten. Das Ziel, eine kleine Bergkapelle, erschien in ihrem Blickfeld. Endlich war sie am Gipfel angelangt. Martina Scharf lehnte ihr Rennrad gegen das Wartehäuschen der Bushaltestelle, die nur drei Mal am Tag angefahren wurde. Ein Bus für erschöpfte Wanderer, die für den Rückmarsch zu schwach sind. Für Leute, die lieber talwärts statt bergauf laufen. Die letzten Meter zur Kapelle legte sie zu Fuß zurück. Sie ging hinein, um zu beten. Schon lange hatte sie keine Kirche mehr von innen gesehen. Aber heute war ihr danach. Sie setzte sich in die erste Reihe und kniete nieder. Mit traurigem Blick sah sie die Gottesmutter an. Sie schloss die Augen und bat um Vergebung. Für sich und für das, was sie getan hatte. Für ihren Lebenswandel und für ihren ehemaligen Liebhaber. In der Hoffnung, dass sie sich beide im Himmel begegneten.

Als Martina Scharf die Kapelle verließ, traf sie es wie ein Schlag. Die Hitze vereinnahmte ihren gesamten Körper, der durch den Aufenthalt in dem kleinen Gotteshaus angenehm abgekühlt worden war. Ihr wurde schwindlig, ihre Migräne machte sich erneut bemerkbar. Kein Grund zur Panik, denn Kopfschmerzen gehörten zu Martina

Scharfs Alltag wie der Schulunterricht. Nachdem sie etwas getrunken hätte, würde es ihr besser gehen. Den Rest würde der Fahrtwind auf der Abfahrt erledigen. Doch spielte das überhaupt noch eine Rolle?

Sie leerte den Inhalt ihrer Trinkflasche und schob das Rad auf die Straße. Ihre Schuhe rasteten mit einem Klick in die Pedale ein. Langsam setzte sie sich in Bewegung. Sie rollte mehr, als dass sie fuhr. Nach der ersten Kurve wurde es schneller. Der Gegenwind kühlte Nase und Stirn. Ihre Unpässlichkeit war vergessen. Es bereitete der Lehrerin Spaß, mit hoher Geschwindigkeit den Berg herunterzurasen. Obwohl sie wusste, dass jede Unebenheit der Fahrbahn, jede Maus, die sie überfahren würde, unweigerlich einen verheerenden Sturz zur Folge hätte, drosselte sie ihr Tempo nur selten.

Plötzlich vernahm sie ein Geräusch. Ein Auto? Ein Johlen, das rasend schnell näherkam. Ein Lachen von zwei, nein drei, vielleicht sogar vier Personen. Der Fahrer beschleunigte erneut.

Martina Scharf bremste, so fest sie konnte. Intuitiv versuchte sie auszuweichen, wurde aber dennoch von der Stoßstange erfasst. Sie überschlug sich mit ihrem Rad und schlitterte über den Asphalt. Mit voller Wucht prallte sie gegen die Mauer, die die Straße in der Serpentine begrenzte. Fassungslos rannten die jungen Burschen zu der Frau, die regungslos dalag. Mit dem Handy verständigten sie den Hubschrauber, der die Radfahrerin unverzüglich in die nächste Klinik flog. Dort wurde die Lehrerin in ein künstliches Koma versetzt.

Cordula Huber war zu dieser Zeit ebenfalls längst im Ausland. Bereits am Donnerstagabend hatte sie gemeinsam mit ihrem Bruder die Schweizer Grenze passiert. Obwohl er noch am Vormittag von der Polizei verhört worden war, hatte Maximilian der Idee, zu verreisen, sofort zugestimmt. Einfach ab und weg, das fand er cool. Der Junge wäre überall hin mitgefahren. Dass Cordula darüber hinaus zwei Tickets für das größte Hip-Hop-Festival Europas gekauft hatte, war endkrass. Auf Bushido und Snoop Dog stand er.

»Wenn dich einer fragt, dann bist du 14«, wurde er schon im Auto instruiert, »nicht, dass sie uns wieder nach Hause schicken.«

»Null problemo. ich bin halt klein gewachsen.«

»Genau. Und für den Fall, dass jemand deinen Ausweis sehen will, liegt der im Auto deiner Schwester, die gerade zum Einkaufen gefahren ist.«

»Ich könnte ihn auch zu Hause vergessen haben!«

»Und wie bist du über die Grenze gekommen, Schlaukopf? Oder willst du dich als Schweizer ausgeben? Dann solltest du an deinem Schwyzerdütsch noch arbeiten.«

Wie Tausende anderer Festivalbesucher kamen sie kurz vor Einbruch der Dunkelheit in Frauenfeld an. Im Licht der Autoscheinwerfer bauten sie ihr Zelt auf. Nachdem sie den letzten Proviant aufgegessen hatten, legten sie sich schlafen. Cordula beschwerte sich nicht, als sich Maximilian an sie ran kuschelte. Ihren Busen ließ er jedoch in Ruhe. Arm in Arm schliefen die Geschwister auf ihren Isomatten ein.

Am nächsten Morgen weckte sie der Lärm im Nachbarzelt.

Neuankömmlinge wurden von ihren vorausgereisten Freunden lautstark begrüßt. Schlaftrunken trat Maximilian vors Zelt. Er rieb sich die Augen, reckte und streckte sich. Erst danach realisierte er, dass es bereits elf Uhr war. »Steh auf, du Schlafmütze«, zog er seiner Schwester die Decke weg, »wegen dir verschlafen wir noch alle Gigs!«

Zusammen gingen sie zu den Duschkabinen und anschließend einkaufen.

»Ganz schön voll hier«, stellte Maximilian fest. Immer mehr junge Menschen strömten auf das Gelände.

»Kriegst du Platzangst, Bruderherz? Meiner Meinung nach ist erst knapp die Hälfte da!«

»Im Ernst?«

»Laut Internet kommen mindestens 50.000. Eher mehr!«

Zum Beweis zückte Cordula ihr Handy und wählte die Festivalseite an. Interessiert las Maximilian, dass in den nächsten drei Tagen 52 Bands auftreten sollten. Neben Snoop Dog, Ice Cube und Bushido auch Deichkind und Public Enemy sowie viele Gruppen, von denen er noch nie gehört hatte: »Da kommen ja fast so viele Leute, wie in die Allianz-Arena passen!«

»Korrekt, Kleiner. Aber meinst du, ich gehe mit dir auf ein Dorfkonzert? Ich mach' keine halben Sachen! Entweder richtig oder gar nicht. Schließlich sollst du was in deiner neuen Schule zu erzählen haben.«

»Danke, Cordula. Das wird voll krass!« Maximilian fühlte sich pudelwohl in Frauenfeld. So viel Spaß hatte er schon lange nicht mehr gehabt. Alle waren freundlich und voll gut drauf.

»Sag mal, Cordula, hast du den Typen gesehen, der dauernd zu uns rüber schaut?«

»Meinst du den großen Blonden vom Nachbarzelt?«

»Ja. Ich denke, der steht auf dich!«

Wenige Minuten später kam der Blondschopf zu ihnen herüber. Die drei unterhielten sich angeregt und beschlossen, zusammen zum ersten Liveact zu gehen. Cordula tolerierte es, dass der Nachbar beim gemeinsamen Hüpfen seinen Arm um sie legte. Schließlich war er ein süßer Kerl. Genauso nahm sie sein Angebot, eine Zeitlang auf seinen Schultern zu sitzen, um einen besseren Blick auf die Bühne zu haben, gerne an. Auch Maximilian durfte diese gute Sicht eine Weile genießen.

»Wenn ihr rumknutschen wollt, lasst euch von mir nicht stören.«

Der Blonde war für einen Moment verschwunden, um Getränkenachschub zu besorgen.

»Wie kommst du denn darauf?«

»Ich seh' doch, dass er dir gefällt.«

Cordula lächelte. Der Bursche war in der Tat nicht übel. Intelligent, eloquent und gut aussehend. Seine Handynummer hatte sie schon. Ebenso waren sie bereits Freunde bei Facebook. Aber deswegen musste man ja nicht in aller Öffentlichkeit rummachen.

»Sagt es mir, wenn ihr ungestört sein wollt! Ich geh' dann spazieren oder verdünnisiere mich mit meinem Gameboy.«

»Bitte nicht, Maxi! Bleib' bitte hier!«

»Null problemo, Cordula. Dann pass ich halt auf dich auf!« Maximilian nahm seine Schwester in die Arme und drückte sie fest an sich.

Als Alois Schön am Montagmorgen im Büro erschien, lag die Nachricht vom Unfall der Lehrerin auf seinem

Schreibtisch. Pflichtgemäß hatte die italienische Polizei diesen aufgenommen und erkannt, dass die Verletzte von den Münchner Kollegen gesucht wurde. Doch Martina Scharf war weder transport- noch vernehmungsfähig. Sie lag nach wie vor bewusstlos im Krankenhaus.

»Wie schwer ist Frau Scharf verletzt?«, fragte er den Carabinieri am Telefon.

Der sprach sehr gut Deutsch: »Ein paar Rippen sind gebrochen und auch die Nase. An manchen Stellen ist die Haut völlig abgeschürft, möglicherweise muss man transplantieren. Ob darüber hinaus innere Organe verletzt wurden, kann ich Ihnen nicht sagen.«

»Das klingt ja heftig!«

»Das können Sie laut sagen. Zwei Wochen wird sie sicherlich bei uns im Hospital bleiben müssen.«

»Konnten Sie mit ihr reden?«

»Nein. Kein Wort.«

»Können Sie der Signora wenigstens ihre Fingerabdrücke abnehmen?«

»Naturalmente, Commissario. Ihre Hände wurden nicht eingegipst. Allerdings benötigen wir dafür eine richterliche Anordnung von Ihnen.«

»Kriegen Sie, Signore«, versprach Alois Schön, bevor er fortfuhr: »Halten Sie es für möglich, dass sie sich umbringen wollte?«

»Ausgeschlossen ist das nicht! Wer mit dieser Geschwindigkeit und ohne Helm den Berg runter fährt, ist schon ein wenig lebensmüde. Und wenn sie über die Mauer geflogen wäre, wäre sie garantiert tot. Da ging es steil nach unten.«

»Mille grazie«, beendete Alois Schön das Telefonat.

Die Genehmigung des Richters war reine Formsache. Die gewünschten Abdrücke erhielten die Münchner noch am selben Abend. Ferner sorgte das Gericht dafür, dass die italienische Polizei die Ferienwohnung der Familie Scharf durchsuchte. Ehemann Walter hatte die Adresse am Sonntag telefonisch mitgeteilt. Doch leider ohne Erfolg. Die Polizisten fanden weder einen Abschiedsbrief noch eine Pistole. Genauso wenig stammten die Fingerabdrücke auf dem Camcorder mit den aus Italien übersandten überein. Ein weiterer Beleg für den Umstand, dass die Lehrerin die von ihr gemachten Aufnahmen nicht gekannt hatte.

»Da wären's nur noch zwei«, kommentierte Natascha das Ergebnis.

»Wieso zwei?«, wunderte sich Martin, »mir fälld nur aane ei: Cordula Huber.«

»Walter Scharf ist noch nicht aus dem Rennen. Wenn er das Video entdeckt hat, hätte er ebenfalls ein Motiv, Anton Huber umzubringen.«

»Ich dachte, den hätten wir gestrichen«, erinnerte Julia, »genauso könnte es sein, dass die Eheleute den Film gemeinsam gefunden haben, und der Alte die Taste gedrückt hat. Damit wären wieder beide verdächtig.«

»Dann müssen wir abwarten«, resümierte Alois Schön, »Martina Scharf läuft uns nicht weg. Und ihr Ehemann kommt erst Ende der Woche aus den Staaten zurück. Das hat er den Kollegen gestern mitgeteilt. Er war sehr kooperativ. Das spricht für seine Unschuld!«

»Können wir ihn nicht zur Heimreise zwingen?«, wollte Julia dennoch wissen.

»Dazu reichen die Verdachtsmomente nicht aus. Also müssen wir uns weiter gedulden.«

»Womöglich kommt er ja früher wegen des Unfalls seiner Frau!«

»Das werden wir erfahren. Die Fluggesellschaften sind informiert. Ebenso die Kollegen am Gardasee. Hat jemand schon etwas von Cordula Huber gehört?«

»Leider nein.«

Plötzlich klingelte das Telefon. Ein Kommissar aus Coburg verlangte den Leiter des Dezernats: »Guten Morgen, Kollege Schön. Wir haben am Freitag bei einer Geiselnahme eine Waffe beschlagnahmt, eine Walther P 99. Es ist durchaus möglich, dass es sich um die Tatwaffe in Ihrem Mordfall handelt. Ich werde Ihnen das gute Stück übersenden, damit Ihre Spezialisten das überprüfen können.«

»Immer her damit«, freute sich der Leiter der Mordkommission.

»Wohin fahren wir jetzt?«, erkundigte sich Cordula bei ihrem Bruder. Es war später Sonntagabend und die meisten Gäste hatten das Festivalgelände längst verlassen. Bloß Fräulein Huber hatte keine Eile. Sie hatte geplant, eine weitere Nacht auf dem Campingplatz zu verbringen. Doch das Sicherheitspersonal durchkreuzte ihre Pläne. Spätestens um 22 Uhr müsse sie verschwunden sein. Danach würde der Zeltplatz geschlossen.

»Lass uns nach Zürich fahren. Das ist eine tolle Stadt.« Sie übernachteten in einem Hotel am Züricher Flughafen und fuhren am nächsten Tag in die Altstadt. Cordula erfreute sich an den Filialen der internationalen Modekonzerne in der Bahnhofstraße: »Wenn ich mein Erbe habe, besorge ich mir eine Kreditkarte. Dann gehen wir hier noch einmal zum Einkaufen.«

Maximilian schaute gelangweilt. Shoppen gehört nicht zu den Lieblingsbeschäftigungen eines Elfjährigen. Die Fahrt mit dem Schaufelraddampfer auf dem Zürichsee gefiel ihm hingegen sehr. Das Wetter war schön, und die Wasserspritzer auf seinem T-Shirt boten eine willkommene Erfrischung.

Am Dienstag gingen sie in den Zoo. Die Masoala-Regenwald-Halle mit der Tier- und Pflanzenwelt aus Madagaskar beeindruckte beide. Maxi wollte sich zu Hause eine Schlange kaufen: »Die machen weniger Dreck als Hamster und Mäuse, müssen nur alle zwei Wochen gefüttert werden und sind auch sonst sehr pflegeleicht.«

Aber seine Schwester fand diese Idee überhaupt nicht gut: »Am besten tausch ich dich hier an Ort und Stelle gegen einen kleinen Orang-Utan ein. Der widerspricht mir nicht und ist viel niedlicher als du!« Kaum hatte sie den Satz zu Ende gesprochen, prallte die Hand ihres Bruders gegen ihre Schulter. Ein freundlicher Schubser als Antwort auf diese Unverschämtheit.

»Ich will nach Hause«, jammerte Maximilian beim Verlassen des Zoos.

»Hast du etwa Heimweh?«

»Ich muss morgen zum Dehner. Meine Natter kaufen!«

Seine Schwester zog die Stirn in Falten: »Ein Grund, hierzubleiben.«

»Ich schlafe in dem Hotel so schlecht.«

»Ist es wirklich so schlimm?«, erschrak Cordula. »Wenn wir jetzt abreisen, stellt uns das Hotel die Nacht in Rechnung.«

»Is' mir egal. Ich will nach München.«

»Stell dich nicht so an! Schließlich wollten wir eine ganze Woche Urlaub machen!«

Doch der Junge quengelte unaufhörlich weiter.

Bis Cordula nachgab: »Gut, aber nur unter einer Bedingung: Wir fahren noch zum Rheinfall zu Schaffhausen. Da wollte ich schon immer mal hin. Dir wird es dort auch gefallen!«

Sie hatte recht. Zwar musste der Besuch des Adventure-Parks wegen des kaputten Beins ausfallen, doch die Schifffahrt zu den Wasserfällen entschädigte Maximilian.

»Wenn du hier über Bord gehst, brauche ich mir über Schlangen in meiner Wohnung keine Gedanken mehr zu machen«, frotzelte Cordula. Zum Spaß griff sie dem Bruder um seine Hüften und hob ihn hoch.

»Wenn, dann fliegen wir beide ins Wasser!«, umklammerte Max zur Abwehr das Genick seiner Schwester. »So viel stärker als ich bist du nicht mehr!«

»Na ja. Ein bisschen dauert es schon noch, bis du mich auf Händen tragen kannst.« Der simulierte Ringkampf endete in einer geschwisterlichen Umarmung.

Erst in der Nacht erreichten sie deutsches Hoheitsgebiet. Der Zöllner an der Grenze hatte keine Anstalten gemacht, aus seinem Haus zu kommen. Folglich war Cordula Huber einfach langsam durchgefahren. Bis München war es nicht mehr weit, und beide freuten sich auf süße Träume in ihren gewohnten Betten.

19. KAPITEL

Im Gegensatz zu den Zöllnern war der Hausmeister auf Zack. Sobald er am Mittwochmorgen realisiert hatte, dass das Auto von Cordula Huber wieder vor dem Haus stand, informierte er die Polizei. Eine Viertelstunde später klingelte eine Streife an der Wohnungstür. Freundlich, aber bestimmt, wurde die schlaftrunkene junge Frau gebeten, mit den Beamten zur Vernehmung in die Hansastraße zu kommen.

»Darf ich noch duschen und mich etwas herrichten?«

»Wenn's schnell geht, ja. Vorher sollten Sie aber auf jeden Fall Ihren Anwalt anrufen.«

»Brauche ich den?«

»Hauptkommissar Schön bat uns, Ihnen das auszurichten. Er meint, bei der heutigen Vernehmung könne ein Rechtsanwalt nicht schaden.«

Cordula folgte der Empfehlung der Polizisten, die im Flur auf sie warteten.

Inzwischen war auch Maximilian aufgewacht. Die Schwester erklärte ihm, dass sie erneut zur Polizei müsse: »Ich meld' mich, wenn ich fertig bin, Kleiner.«

»Gut. Dann geh ich erst einmal wieder ins Bett.«

»In Ordnung. Ruf mich auf meinem Handy an, wenn was is.«

»Mach ich, Schwesterherz«, trottete Maximilian zurück ins Schlafzimmer.

»Frau Huber, wir vernehmen Sie heute als Beschuldigte«, kam Alois Schön bereits bei der Begrüßung direkt zum Punkt. »Wir verdächtigen Sie des Mordes an Ihren Eltern Anton und Maria Huber. Deswegen habe ich Ihnen ausrichten lassen, Sie möchten doch bitte einen Anwalt zu unserer Befragung hinzuziehen.«

»Ist er schon da?« Die Angesprochene verzog keine Miene.

»Nein, noch nicht. Ich denke, wir sollten ihm noch ein paar Minuten geben.« Alois Schön geleitete Cordula Huber ins Vorzimmer, bevor er sich in sein Büro zurückzog.

Fünf Minuten später legte Kommissaranwärter Martin seinem Chef ein Blatt Papier auf den Schreibtisch.

»Danke, wurde auch Zeit«, kommentierte dieser den Empfang und ging zur Beschuldigten: »Frau Huber, ich schlage vor, wir nehmen schon einmal Ihre Fingerabdrücke. So überbrücken wir die Zeit, bis Ihr Rechtsbeistand eintrifft.«

»Das dürfen Sie doch gar nicht! Oder bin ich jetzt verhaftet?«

»Nein, sind Sie nicht. Trotzdem darf ich. Hier ist die richterliche Anordnung.« Alois Schön reichte ihr das Schreiben mit den Unterschriften. »Wenn Sie darauf bestehen, warten wir auf Ihren Anwalt. Obwohl wir aufgrund dieser Erlaubnis Ihre Abdrücke sogar gegen Ihren Willen abnehmen dürfen. Freilich wäre es schön, wenn wir uns unnötige Scherereien ersparen können.«

Cordula Huber zeigte sich kooperativ und folgte Julia Neubauer ins Nebenzimmer. Fünf Minuten später kehrte sie mit zehn schwarzen Fingern und ausreichend Papier zum Abwischen der Tinte auf ihren Platz zurück.

Inzwischen war auch ihr Rechtsanwalt erschienen: »Bitte entschuldigen Sie die Verspätung, Frau Huber. Ich stand im Stau.« Der Advokat sah erst auf Cordulas Hände und anschließend zu Hauptkommissar Schön. Daraufhin reichte ihm dieser wortlos die richterliche Anordnung. Ein flüchtiger Blick genügte, und Schön erhielt sein Schriftstück zurück.

»Möchten Sie sich mit Ihrer Klientin besprechen oder können wir gleich loslegen?«

»Lassen Sie mich mit meiner Mandantin bitte kurz reden.«

»Dann zeige ich Ihnen den Vernehmungsraum. Rufen Sie uns bitte, wenn Sie fertig sind.«

»So machen wir es, Herr Kommissar.«

Als sie am Vernehmungstisch Platz genommen hatten, wandte sich der Rechtsanwalt an seine Klientin: »Gibt es etwas, was ich wissen sollte?«

»Nein.«

»Wirklich nicht, Frau Huber? So wie der Schön hier auftritt, hat er etwas gegen Sie in der Hand. Obendrein hatte er Sie zur Fahndung ausgeschrieben. Das macht der nicht ohne begründeten Verdacht!« Eindringlich sah der Jurist seine Mandantin an.

»Ich wüsste nicht, was er mir anlasten könnte. Und dass ich mit meinem Bruder in der Schweiz war, war reiner Zufall. Mir hat keiner gesagt, dass ich mich abmelden müsse.«

»Gut. Hören wir uns einfach mal an, was Kommissar

Schön vorzubringen hat. Bleiben Sie ruhig und reden Sie so wenig wie möglich. Lassen Sie mich nur machen.«

Die Beschuldigte nickte.

Währenddessen verglich Alois Schön die Fingerabdrücke von Cordula Huber mit dem Fundstück auf dem Camcorder. Das Ergebnis war eindeutig. So offensichtlich, dass er es gleich zu Beginn des Verhörs dem Rechtsbeistand zeigte: »Entgegen früheren Aussagen wusste Ihre Mandantin von der Videokamera und somit auch von den Aufnahmen der Freundinnen ihres Vaters.«

»Ich gebe Ihnen recht, die Abdrücke sehen sich ähnlich. Allerdings bin ich Laie auf diesem Gebiet.«

»Es sind unzweifelhaft der linke Daumen und der linke Zeigefinger. Und Ihre Mandantin ist Linkshänderin.«

Das konnte Cordula Huber nicht bestreiten. Sogar jetzt spielte sie mit dem Kugelschreiber, der auf ihrem Platz gelegen war, in der linken Hand.

»Aber was beweist das?«, gab der Anwalt zu bedenken, »seit wann besitzt denn das Mordopfer diese Kamera?«

»Seit November 2009.«

»Sehen Sie. Da lebte meine Klientin noch im Haushalt ihrer Eltern. Folglich ist es nicht ungewöhnlich, dass sie mit dem Gerät in Berührung gekommen ist.«

»Die Existenz des Camcorders war in der Familie nicht bekannt. Und wenn doch, hätte Ihre Mandantin schon längst zugeben können, dass sie von der Videokamera wusste. Das hätte ihr nicht die geringsten Probleme bereitet!«

»Wenn sie ihren Vater ermordet hätte, umso mehr. Ist es nicht wesentlich wahrscheinlicher, dass sie es schlicht und einfach vergessen hat?«

»Stimmt«, meldete sich Cordula Huber zu Wort, »jetzt erinnere ich mich. Mein Vater hat die Kamera dabei gehabt, als mich meine Eltern und Maxi an meinem Geburtstag in München besucht haben. Er hat uns gefilmt, und dann haben wir alles gemeinsam auf meinem Fernseher angeschaut. Gut möglich, dass ich damals die Play-Taste gedrückt habe.«

»Sehen Sie«, bestätigte der Anwalt, »eine mehr als plausible Erklärung.«

»Wo ist dann die Aufnahme? Wir haben keine weiteren Filme oder Speichermedien gefunden.«

»Möglicherweise haben Ihre Leute nicht gewissenhaft genug gesucht. Auf jeden Fall ist es nicht unsere Aufgabe, Ihre schwachen Indizien zu stärken. Für eine Anklage reicht das keineswegs.« Ruhig und mit festem Blick sah der Anwalt erst Alois Schön und danach Natascha Frey an. Sein Selbstbewusstsein schien unerschütterlich.

Cordula Huber saß gleichermaßen gelassen neben ihm. Man konnte den Eindruck gewinnen, die Anschuldigungen der Kriminalbeamten gingen sie überhaupt nichts an.

Plötzlich klopfte Martin an die Tür: »Chef, Delefon. Dringend.«

Die Kollegen informierten Alois Schön, dass die bei der Geiselnahme benutzte Pistole die Waffe war, die den Schweinebauern getötet hatte. Daraufhin rief er persönlich in Coburg an: »Klären Sie bitte ab, wo der Kerl die

Pistole her hat. Wenn er sie gekauft hat, soll er ein Phantombild vom Verkäufer anfertigen. Ich schicke Ihnen inzwischen Fotos von unseren Hauptverdächtigen per E-Mail.«

Anschließend ging er in den Vernehmungsraum zurück. »Entschuldigen Sie die Unterbrechung«, setzte er sich wieder hin. Er zog seinen Stuhl nahe an den Tisch heran, legte beide Unterarme auf die Tischplatte, beugte sich nach vorne und sah Cordula Huber eindringlich in die Augen: »Wir haben die Pistole gefunden, mit der Ihr Vater erschossen worden ist. Sie wurde bei einer Geiselnahme in Coburg benutzt.«

Ihren Anwalt würdigte er keines Blickes. Nichtsdestotrotz meldete sich dieser zu Wort: »Dann werden Sie auch bald den Mörder haben und meine Klientin entlassen können!«

Diese saß seelenruhig auf ihrem Stuhl. Mit ein wenig Abstand zum Tisch, die Beine gekreuzt und die Arme locker vor der Brust verschränkt. Cordulas Sitzposition hatte sich seit Beginn des Verhörs nur minimal geändert.

Alois Schön bohrte nach: »Möchten Sie dazu etwas sagen, Frau Huber?«

»Ich find das toll, herzlichen Glückwunsch!«

»Ich schlage vor, dass wir die Befragung beenden, damit Sie Ihre Arbeit machen können«, wiederholte der Advokat seine Forderung.

»Das können wir gerne tun. Allerdings müssen wir Frau Huber bei uns behalten. Wegen Flucht- und Verdunkelungsgefahr.«

»Was ist denn das für ein Schwachsinn?« Cordula Huber schlug sich mit der flachen Hand an ihre Stirn.

»Bestimmt ist der Besitzer der Waffe auch der Mörder meines Vaters! Was wollen Sie also noch von mir?«

»Das ist er gewiss nicht.« Alois Schön blieb ernst, seine Stimme klang jedoch freundlich. »Der Geiselnehmer hat schon gesagt, dass er die Pistole erst später gekauft hat. Außerdem kennt er Ihre Eltern nicht!«

»Sie glauben also einem Kidnapper mehr als einer unbescholtenen jungen Frau?«, warf der Anwalt ein.

»Sie können mich gar nicht festnehmen! Schließlich muss ich mich um meinen Bruder kümmern«, ließ die Beschuldigte Alois Schön keine Zeit für eine Antwort. »Außerdem habe ich einen festen Wohnsitz. Von mir aus gebe ich meinen Pass ab, aber lassen Sie mich bitte nach Hause. Ich bin unschuldig!«

»Können wir doch«, merkte der Leiter der Mordkommission an.

Auf die Äußerung des Juristen ging er dagegen nicht ein.

»Also gut. Dann sage ich ab jetzt gar nichts mehr!«

Ihr Anwalt nickte.

Dessen ungeachtet folgte der Richter den Argumenten von Kommissar Schön. Cordula Huber wurde nach Stadelheim gebracht. Um Maximilian kümmerte sich ein Betreuer des Jugendamtes.

Der Geiselnehmer von Coburg war kein Schwerverbrecher. Ein intelligenter Kerl, dem das Leben übel mitgespielt hatte. Der zwar genau wusste, was er tat, aber niemals vorhatte, seine Geisel zu vergewaltigen, geschweige denn zu töten. Trotzdem würde er jetzt für einige Jahre ins Gefängnis gehen. Momentan jedoch hatte er sich an diese Situation noch nicht gewöhnt.

»Woher stammt die Waffe?«, hatte der Coburger Kommissar gefragt.

»Die habe ich in Frankfurt im Bahnhofsviertel gekauft.«

»Wann?«

»Am 14. Juni von einer jungen Frau.«

»Wieso erinnern Sie sich so genau an das Datum?«

»Weil ich an diesem Tag das Schreiben der Versicherung, das sie endgültig nicht zahlen werden, erhalten habe. Erst habe ich einen Schnaps getrunken und dann bin ich ins Bahnhofsviertel gefahren. Einfach so, ohne Plan und Ziel.« Der Mann redete ohne Unterlass. Offensichtlich wollte er reinen Tisch machen, seine Seele entlasten: »Ich wollte mich abreagieren. Ursprünglich wollte ich in eine Peep-Show, unter Umständen in ein Bordell. Aber dann sprach mich eine junge Frau an, die versuchte, eine Pistole zu verkaufen. Da habe ich zugeschlagen. 100 Euro für eine Pistole mit Schalldämpfer, das erschien mir billig!«

»Ein echtes Schnäppchen. Besonders für jemanden, der eine Geiselnahme plant.«

Der Kidnapper stutzte: »Nein, Herr Kommissar, die Idee mit der Geiselnahme kam mir erst später und eher spontan.«

»Wie bitte?«

»Ja ehrlich, Herr Kommissar. Sie müssen mir glauben! Als die junge Frau fragte, wo man hier eine Waffe verkaufen könnte, dachte ich eher daran, eine Bank zu überfallen. Und als ich am anderen Morgen den nächsten Mahnbescheid in meinem Briefkasten fand, überlegte ich, mir eine Kugel in den Kopf zu jagen.«

»Verstehe«, nickte der Coburger Kommissar. »Können Sie die Frau beschreiben oder ein Phantombild mithilfe unseres Programms anfertigen?«

»Wir können es gerne probieren.«

Anfang/Mitte 20, ein rundliches Gesicht mit dicken Backen, schulterlange, gewellte braune Haare. Die nordbayerischen Kriminalbeamten verglichen das Porträt, das die Software ›Facette‹ gezaubert hatte, mit den Fotos, die ihnen aus München gemailt worden waren. Die Übereinstimmungen mit dem Abbild von Cordula Huber waren enorm. Daraufhin zeigten sie dem Kidnapper das ausgedruckte Foto.

»Das ist die Frau, die mir die Pistole verkauft hat!«, bestätigte dieser.

Die gute Nachricht aus Oberfranken verhalf Alois Schön zu ausgezeichneter Stimmung. Bereits am Nachmittag saßen sie abermals zu viert im Vernehmungsraum.

»Frau Huber, schildern Sie uns doch bitte einmal Ihre Fahrtroute in Ihr Urlaubsdomizil an der Nordsee.«

Die Beschuldigte schwieg.

»Was soll diese Frage?«, herrschte der Anwalt den Leiter der Mordkommission an.

»Warum beantworten Sie sie nicht einfach, Frau Huber? Das kann doch nicht so schwer sein!«

»Also gut: München, Nürnberg, Würzburg, kurz vor Frankfurt nach Kassel, über Hannover und Hamburg an die Nordsee.«

»So würde ich auch fahren«, stimmte Alois Schön den Ausführungen lächelnd zu, »war doch ganz einfach!«

»Sagen Sie uns auch, was das soll?« Der Anwalt war von der Freundlichkeit des Kommissars wenig beeindruckt.

»Wo haben Sie Rast gemacht? Oder übernachtet? Schließlich ist es eine lange Reise.«

»Wenn Maxi dabei gewesen wäre, hätten wir vermutlich übernachtet. Aber allein? Wozu denn? Abgesehen vom Mittagessen auf einer Autobahnraststätte und zwei Pinkelpausen bin ich durchgefahren. Fragen Sie mich jetzt aber bitte nicht nach den Namen der Parkplätze.«

»Haben Sie einen Abstecher nach Frankfurt gemacht?«

»Nein. Wieso?«

»Weil man Sie gesehen hat!«

»Das ist unmöglich. Ich war schon ewig nicht mehr in Frankfurt!«

»Sie haben im Bahnhofsviertel die Mordwaffe verkauft!«

»Wer sagt das?«, mischte sich sofort der Anwalt ein, »etwa dieser Schwerverbrecher aus Coburg?«

»Korrekt. Er hat ein Phantombild der Frau, die ihm die Pistole verkauft hat, angefertigt. Es gleicht Ihrer Mandantin aufs Haar.«

»Offenbar hat Frau Huber eine Doppelgängerin. Oder befinden sich die Fingerabdrücke meiner Klientin auf der Tatwaffe?«

»Nein, vermutlich hat sie Handschuhe getragen.«

»Mitten im Hochsommer?«

»Jetzt machen Sie sich und uns bitte nicht lächerlich!«

»Es steht nach wie vor Aussage gegen Aussage. Wenn das alles ist, was Sie vorweisen können, haben Sie mich nicht überzeugt. Und der Richter wird das ähnlich sehen.«

Cordula Huber saß weiterhin völlig entspannt auf ihrem Stuhl. Seelenruhig war sie den Ausführungen ihres Rechtsbeistands gefolgt. Sie hatte keine Miene verzogen und nicht einmal zustimmend genickt. »Warum hätte ich meinen Vater umbringen sollen?«, erkundigte sie sich ohne jede Emotion.

»Genau«, ließ der Jurist Alois Schön nicht die Spur einer Chance zur Antwort, »wo ist das Motiv?«

»Mir fallen verschiedene Beweggründe ein«, ließ sich dieser nicht aus der Reserve locken, »wobei es für einen Haftbefehl und ebenso für eine Anklage locker reicht. Sie haben uns mehrfach belogen, Sie wussten von der Existenz der Kamera und Sie wurden als Verkäuferin der Mordwaffe eindeutig erkannt.«

»Von einem Schwerverbrecher, der nur seine eigene Haut retten will und somit äußerst unglaubwürdig ist!«

Ohne eine Miene zu verziehen, sah Alois Schön den Juristen an: »Womöglich sollte ich Ihnen mitteilen, dass es sich bei dem Geiselnehmer um einen grundanständigen Familienvater handelt, der nur deswegen ausgerastet ist, weil ihm übel mitgespielt wurde. Das entschuldigt zwar nicht seine Tat, erhöht aber seine Glaubwürdigkeit. Der Mann zeigt große Anzeichen von Reue! Abgesehen davon hat er das Phantombild erstellt, bevor ihm die Kollegen das Foto Ihrer Mandantin gezeigt haben. Die Ähnlichkeit ist enorm. Das werden auch Sie feststellen müssen, Herr Rechtsanwalt.«

»Ohne Motiv wird es trotzdem schwierig. Schließlich hatte meine Mandantin ein gutes Verhältnis zu ihrem Vater!«

»Das sehe ich anders! Haben Sie etwas Geduld und Sie werden mehrere Gründe kennenlernen, warum Ihre Klientin ihren Vater umgebracht hat.«

»Frau Huber«, schaute Alois Schön daraufhin der Beschuldigten direkt ins Gesicht, »ich bin fest davon überzeugt, dass Sie Ihre Eltern ermordet haben, und zwar alle beide. Und ich bin mir sicher, dass ich Ihnen das beweisen kann!« Sein Blick wirkte fest und entschlossen. »Freilich würde Ihr Geständnis allen nutzen. Vor allem Ihnen, zugegeben auch mir und meinem Team und nicht zuletzt den Zeugen, die sonst bei ihrer Aussage das gesamte Geschehen noch einmal durchleben müssten.«

»Das Bekenntnis eines Verbrechens, das sie nicht begangen hat, nützt meiner Mandantin gar nichts!«

Cordula Huber saß nach wie vor auf ihrem Stuhl, als würde es gar nicht um ihre Person gehen. Sie verhielt sich wie eine Besucherin einer Lesung, bei der ein Krimiautor aus seinem neuesten Werk erzählt. Konzentriert und voller Erwartung, was als Nächstes passieren wird, aber trotzdem vollkommen unbeteiligt.

»Also gut!« Alois Schön holte tief Luft. »Da Sie weiterhin die Tat bestreiten, erläutere ich Ihnen jetzt einmal, wie ich Ihre Behauptungen widerlegen werde.« Mit selbstbewusstem Blick sah er erst die Beschuldigte und danach ihren Anwalt an. »Wir werden das Phantombild mit dem Original vergleichen, und zur Not wird der Coburger Geiselnehmer bei Ihrem Prozess aussagen.«

Dennoch verzog Cordula Huber weiterhin keine Mine, blieb vollkommen unbeeindruckt.

»Ebenso werden wir Ihren Freund Yannick in den Zeugenstand bitten.«

»Der weiß doch gar nichts!« Zum ersten Mal zeigte Cordula Huber in diesem Verhör Emotionen.

»Yannick wird unter anderem aussagen, dass Sie eine hervorragende Schauspielerin sind«, fuhr Alois Schön unbeirrt fort, »die es versteht, ihre Gefühle zu verbergen.« Der Leiter der Mordkommission sah der Angeklagten tief in die Augen: »Wir werden ihn außerdem zu Ihrem Verhältnis zu Ihren Eltern und zu Maximilian fragen, nach dem Camcorder, dem Video und insbesondere zu der Beziehung zu Ihnen. Inklusive aller sexuellen Details!« Anschließend machte Alois Schön bewusst eine längere Pause. »Möchten Sie das, sehr geehrte Frau Huber?«

»Das können Sie gerne tun, Herr Kommissar«, blieb die Beschuldigte gelassen, »Sie können Yannick gerne über unser Sexualleben ausquetschen. Da gibt es nämlich nichts zu erzählen. Denn wir haben nicht miteinander geschlafen. Wenn Yannick etwas anderes behauptet, lügt er!« Trotzig sah sie ihren Gegenüber an.

»Ich glaube nicht, dass er das tun wird«, antwortete Alois Schön in ruhigem Ton, »doch der Richter wird sich fragen, warum ein junges verliebtes Pärchen wie Sie beide fast ein Jahr zusammen ist und trotzdem keinen Sex hat. Obwohl beide Partner eine eigene Wohnung haben und die junge Frau wegen dieser Beziehung von zu Hause ausgezogen ist.«

Cordula Huber realisierte, dass sie soeben aufs Glatteis geführt worden war. »Auch heute gibt es noch Paare, die mit dem Sex bis nach der Hochzeit warten möchten«, war das Einzige, was ihr zu den Hypothesen des Kommissars auf die Schnelle einfiel.

»Die Ehe Ihrer Eltern und vor allem das Sexualleben Ihres Vaters liefern meines Erachtens einen viel besseren Grund. Wir wissen, dass Ihre Eltern häufig gestritten haben. Genauso habe ich Verständnis dafür, wenn die im Video gezeigten Praktiken nicht jedermanns Sache sind.«

»Mord als Vergeltung für Ehebruch oder besondere sexuelle Vorlieben. Hoffen wir, dass das nicht Schule macht!«, fiel der Anwalt Alois Schön in zynischem Ton ins Wort.

Doch dieser ließ sich nicht aus der Ruhe bringen: »Andererseits zeigt das Verhältnis zu ihrem Ex-Freund, dass diese Dinge Sie viel mehr beschäftigt haben, als Sie zugeben wollen.« Abermals sah der Leiter der Mordkommission Cordula Huber eindringlich an. Doch die saß weiterhin entspannt auf ihrem Stuhl und hielt Alois Schöns Blicken problemlos stand.

Folglich fuhr dieser mit seinen Erläuterungen fort: »Wir werden sämtliche Anwälte in München anschreiben, um zu klären, mit wem Ihre Mutter ein Treffen vereinbart hatte. Zur Not werden wir zu diesem Zweck sogar unser Team aufstocken. Aber ich denke, die Anwaltskammer wird uns dabei behilflich sein.«

»Wenn Sie meinen«, antwortete Cordula Huber gelangweilt.

»Freilich bin ich mir sicher, wir werden keine Kanzlei finden, die uns einen Termin mit Ihrer Mutter bestätigt.«

»Wozu dann der Aufwand?«

»Um zu beweisen, dass Sie Ihre Mutter in eine Falle gelockt haben, um sie später umzubringen!«

»Warum sollte ich das tun? Meine Mutter war mir egal!«

»Sie war Ihnen nicht egal. Sie haben sie gehasst!«, erhob Alois Schön seine Stimme, »weil sie den Verkehrsunfall verursacht hatte, bei dem Ihr Bruder lebensgefährlich verletzt wurde. Was sie bei unserem Gespräch letzte Woche bereits zugegeben haben.«

Cordula Huber hatte auf diese Bemerkung keine Antwort parat. Wie ein trotziges Kind saß sie auf ihrem Stuhl. Mit verschränkten Armen, schmalen Lippen und fest aufeinander gebissenen Zähnen.

Stattdessen meldete sich ihr Anwalt zu Wort: »Wollen Sie ernsthaft behaupten, meiner Mandantin fällt auf einmal ein, sie müsse ihre Mutter für diesen Unfall bestrafen? Nach so vielen Jahren? Wenn sie das gewollt hätte, hätte sie es schon längst tun können. Als sie noch auf dem Hof ihrer Eltern lebte, boten sich sicherlich zahlreiche Möglichkeiten dafür. Oder sind Sie der Ansicht, Frau Huber hat dazu plötzlich einen Befehl von einer überirdischen Macht erhalten?«

»Natürlich nicht!«

»Welches Motiv sollte denn meine Mandantin dann haben?«

»Sie werden es gleich erfahren. Spätestens am Ende meiner Ausführungen wissen Sie es.«

Alois Schön holte tief Luft: »Und natürlich werden wir Ihren Bruder noch einmal vernehmen. Schließlich war er bei dem Besuch an Ihrem Geburtstag dabei. Maximilian kann sich bestimmt daran erinnern, ob Ihr Vater den Camcorder mitbrachte oder nicht.« Er setzte sich gerade hin, beugte sich nach vorne und schaute der Beklagten wiederum direkt in die Augen. Diesmal jedoch sehr ernst. »Bei dieser Befragung werden dann auch unangenehme Einzelheiten zur Sprache kommen müssen. Warum er Ihnen an den Busen fassen wollte, beispielsweise.« Alois Schön wollte nicht preisgeben, dass der Junge das schon längst erläutert hatte. Und die Reaktion der Schwester belegte, dass das Kerlchen manches Detail seines Gesprächs mit Natascha Frey verschwiegen hatte. Denn Cordula Huber erschrak. Ihr wurde heiß. Ihr Hals trocknete aus. Sie griff zum Wasserglas, das vor ihr stand. Doch der Knoten in ihrer Kehle blieb.

»Ebenso werden wir Ihren Bruder fragen, ob er mit seiner Mutter sexuellen Kontakt hatte … Aufgrund der Sache mit dem Vibrator gehen wir davon aus.«

»Haben Sie ihn das noch nicht gefragt?« Cordula Huber verzog spöttisch das Gesicht: »Abgesehen davon … Was soll der Maxi denn erzählen? Dass sich die Mama zu ihm zum Einschlafen ins Bett gelegt hat? Dass ihn meine Mutter in den Arm genommen hat und er seinen Kopf an ihren Busen geschmiegt hat, weil der so schön weich war? Und von dem Vorfall mit dem Vibrator hatte ich keine Ahnung!«

Alois Schön war überrascht und erschüttert zugleich, wie kühl Cordula Huber reagiert hatte. Demzufolge musste er noch eine Schippe drauflegen: »Ich denke schon, dass sich Ihr Bruder«, – die letzten beiden Worte sprach er besonders betont, deutlich und langsam –, »daran erinnern wird, wie er seiner Mutter den Vibrator eingeführt hat.« Doch der Leiter der Mordkommission ging noch weiter: »Genauso schließen wir nicht aus, dass Ihre Mutter Maximilian den Vibrator auch einmal anal eingeführt hat. Allerdings können wir das nur durch eine gründliche ärztliche Untersuchung beweisen. Möchten Sie das Ihrem Bruder wirklich zumuten, Frau Huber?«

Die Schwester schrie: »Ja sind Sie denn wahnsinnig? Natürlich nicht! Das ist ja Körperverletzung!«

»Keineswegs, sondern eine notwendige ärztliche Maßnahme zwecks Aufklärung eines Doppelmordes. Die Sie freilich verhindern können!«

Cordula Huber japste nach Luft und kämpfte mit ihren Tränen. Es waren Tränen der Wut und Verzweiflung. Ihr Anwalt sah ihr ins Gesicht und bat um eine Unterbrechung: »Lassen Sie uns bitte einen Moment alleine. Meine Mandantin braucht eine Pause.«

Daraufhin verließen Natascha und ihr Chef den Vernehmungsraum.

20. KAPITEL

Nach einer Viertelstunde und drei voll geschnäuzten Papiertaschentüchern war Cordula Huber zum Geständnis bereit. »Im Großen und Ganzen liegen Sie richtig«, begann sie ihre Aussage, »ich habe meine Mutter aus der Rehaklinik abgeholt, um sie zu töten, weil sie sich an Maxi vergangen hat.« Mit flehendem Blick sah sie Alois Schön an: »Sie lassen ihn doch jetzt in Ruhe, oder? Mein Bruder hat schon genug durchgemacht!«

»Ich denke schon. Das hängt allerdings auch ein bisschen davon ab, was Sie uns nun erzählen, Frau Huber!«

»In Ordnung.« Cordula Huber griff zum Wasserglas und genehmigte sich einen kräftigen Schluck. »Ich hatte ihr die Woche zuvor am Telefon erzählt, dass ihr Mann schon wieder eine neue Freundin habe.«

»Stimmte das?«

»Keine Ahnung.« Die Mörderin zuckte mit den Schultern. »Der Wunsch, meine Eltern für das, was sie Maxi angetan haben, zu bestrafen, bestand nicht erst seit gestern und wurde von Woche zu Woche stärker. Als sich dann vor meinem Urlaub eine gute Gelegenheit dafür abzeichnete, habe ich die Gunst der Stunde genutzt.«

»Was meinen Sie mit guter Gelegenheit?«

»Nachdem ich erfahren hatte, dass meine Mutter die Rehaklinik ohnehin ein paar Tage später verlassen würde, beschloss ich, ihre Entlassung vorzuziehen. Einen besseren Zeitpunkt, als einen Tag vor meinem Urlaub, würde ich so schnell nicht wieder finden. Niemand würde sich an meiner Abwesenheit stören.«

»Hat Ihre Mutter keinen Verdacht geschöpft? Hat sie sich nicht gewundert, dass Sie sich auf einmal so um sie sorgen?«

»Nicht die Bohne! Die Frau war aufgrund meiner Nachricht so aufgelöst, dass sie meine Hilfe dankbar annahm. Ich riet ihr, sich endlich scheiden lassen. Ich würde ihr einen Termin bei einem erstklassigen Scheidungsanwalt besorgen, der sie zu ihrem Vorteil berät.«

»An welche Kanzlei haben Sie sich gewandt?«

»Natürlich an gar keine! Es war ja nur ein Vorwand, dass ich sie aus der Klinik bekomme. Zu Hause habe ich abends mit ihr zwei Gläser Wein auf ihr neues Leben getrunken. Dadurch wurde sie müde. Als sie auf der Couch eingeschlafen war, habe ich sie betäubt. Anschließend habe ich sie ins Kieswerk gefahren und ihr dort Kehle und Puls aufgeschnitten.«

»Was haben Sie mit der blutigen Kleidung gemacht?«

»Meine Klamotten habe ich vor Ort ausgezogen und später in der Badewanne verbrannt. Frische Shorts und ein neues T-Shirt hatte ich zur Sicherheit mitgenommen. Meine Schuhe ließ ich vorsichtshalber im Auto. Die Asche habe ich später in der Mülltonne entsorgt.«

»Leider haben Sie das Messer am Tatort vergessen.«

»Das war Absicht. Schließlich sollte es so aussehen, als ob meine Mutter meinen Vater ermordet und danach sich selbst umgebracht hätte. Ich habe ihr das Messer extra in die Hand gedrückt, verloren hat sie es dann wohl selber.«

»Wie haben Sie denn herausgefunden, dass Ihre Mutter Ihren Bruder missbraucht? Haben Sie davon bereits erfahren, als Sie noch zu Hause wohnten?«

»Nein.« Cordula Huber schüttelte den Kopf. »Zwar wusste ich, dass es mit der Ehe meiner Eltern nicht zum Besten stand und dass sie häufig stritten. Ebenso hatte ich das eine oder andere Mal gesehen, wie meine Mutter sich die Schürze band oder die Bluse zuknöpfte, nachdem sie aus Maxis Zimmer kam. Doch erst als mein Vater mir die Sache mit dem Vibrator und von seinem Verdacht erzählte, habe ich zwei und zwei zusammengezählt. Und als mir Maxi an den Busen fassen wollte, hatte ich den endgültigen Beweis für den Missbrauch.«

»Haben Sie Ihre Mutter auf das Verbrechen angesprochen?«

»Nein, das hatte bereits mein Vater getan. Aber sie hat alles bestritten. Folglich konnte ich mir weitere Vorwürfe sparen.«

»Immerhin hat sie zugestimmt, dass Ihr Bruder ins Internat kommt.«

»Das war aber auch das Einzige. Die Tat an sich hat sie abgestritten.«

»Daraufhin entschieden Sie sich, zu handeln.«

»Nicht sofort. Erst als ich mitbekam, wie es Maxi an dieser Scheißschule erging.« Cordula Huber redete sich immer mehr in Rage. Natascha protokollierte jedes Wort genau mit.

»Und auf dem Weg an die Nordsee haben Sie Ihren Vater erschossen.«

Cordula Huber nickte.

»Da sind Sie aber ein großes Risiko eingegangen.«

»Wieso?«

»Wenn man die Leiche Ihrer Mutter sofort gefunden hätte, hätten Sie Ihren Vater nicht mehr töten können.«

»Kann schon sein. Aber wenn es auf dem Hof nur so von Polizei gewimmelt hätte, wäre ich einfach weiter gefahren. Genauso, wenn ich ihn nicht angetroffen hätte, weil Sie ihn gerade verhörten. Ansonsten hätte ich meinen Anteil dazu beigetragen, dass mein Vater in den Knast geht.«

»Wieso denn das? Reichte es nicht, dass Sie Ihre Mutter bestraften?«

Die junge Frau räusperte sich. Erneut griff sie zu ihrem Wasserglas und leerte es in einem Zug. Mit zusammengekniffenen Augen sah sie den Leiter der Mordkommission an. Diesmal hatte sie sich zu ihm hin gebeugt: »Der ist doch genauso schuld an den Leiden meines Bruders!«

»Das müssen Sie uns näher erläutern.«

Cordula Huber stützte die Unterarme auf den Vernehmungstisch, als wolle sie aufstehen, blieb aber sitzen.

»Mein Vater war ein frauenverachtender, egoistischer, sexgeiler Mistkerl. Sie kennen doch das Video, Herr Kommissar. Haben Sie nicht gesehen, wie er die Lehrerin behandelt hat?«

»Die Initiative ging in diesem Fall eindeutig von ihr aus!«

»Da gebe ich Ihnen recht, Herr Kommissar. Die Schlampe hat regelrecht um Sex gebettelt. Aber wie hat mein Vater reagiert? Er hat sie gedemütigt und zu seinem Lustobjekt abgestempelt. Das geile Flittchen hat alles getan, damit es endlich von ihm gevögelt wird. Doch je mehr sie sich prostituiert hat, umso mehr wurde sie von meinem Vater hingehalten und gequält. Wie man sich als

Frau nur so entwürdigen kann!« Cordula Huber war sichtlich erregt. Ihre Haut war gerötet, Schweiß stand auf ihrer Stirn. Als ob sie sich das volle Wasserglas ins Gesicht geschüttet hätte.

»Womöglich war es nur ein Spiel. Es gibt Frauen, die stehen auf Sex mit Sadomaso-Touch.«

»Vielleicht war die notgeile Lehrerin masochistisch veranlagt. Meine Mutter jedoch gewiss nicht! Trotzdem hat mein Vater sie erniedrigt!«

»Das müssen Sie uns erklären«, bat Alois Schön.

Gleichwohl dauerte es fast zwei Minuten, bis Cordula Huber in ruhigem Tonfall und gleichmäßig atmend fortfahren konnte:

»Im März letzten Jahres habe ich einen Ehekrach meiner Eltern live miterleben müssen«, erläuterte sie. »Ich hatte Maxi zum Training gebracht und schloss gerade die Haustür auf, als ich meine Eltern streiten hörte. Ich ging leise nach oben und sah, dass die Schlafzimmertür halb offen stand. Von der Treppe, die zu meinem Zimmer im zweiten Stock führt, konnte ich sie gut beobachten. Offenbar hatte meine Mutter meinen Vater wegen einer Freundin zur Rede gestellt. Doch dieser hatte bloß erklärt, die Affäre sei bereits beendet. ›Dann kannst du dich ja jetzt wieder um mich kümmern‹, hatte meine Mutter daraufhin hoffnungsvoll angemerkt. ›Warum sollte ich?‹, erwiderte mein Vater. Mama war entsetzt. Sie rollte ihren Pulli so weit nach oben, wie sie nur konnte, hielt dem Macho ihre Brüste entgegen und schrie ihn verzweifelt an: ›Reichen dir die hier etwa nicht?‹« Cordula Huber atmete erneut schnell. Sie drohte, an ihrer Wut zu ersticken. Deswegen dauerte es einen Moment, bis die folgenden

Worte in geordneter Reihenfolge ihren Mund verließen: »Aber der Saukerl lachte nur: ›Kommt drauf an, was man damit macht und was man sonst noch so drauf hat!‹ Meine Mutter erlitt einen Weinkrampf. Unter Tränen zog sie, so schnell sie nur konnte, Pulli und BH aus, ging vor meinem Vater in die Knie und umklammerte mit der rechten Hand sein Bein. Mit der linken machte sie sich an seinem Gürtel zu schaffen: ›Das, was deine jungen Dinger können, kann ich schon lange! Warum sagst du mir nicht, wie du es am liebsten magst?‹, flehte sie verzweifelt, ›ich mach doch alles, was du willst!‹ Doch mein Vater hielt nur die Hand auf seine Gürtelschnalle und schob meine Mutter zur Seite: ›Hau ab. Bei dir krieg ich sowieso keinen mehr hoch!‹ Dann ging er aus dem Zimmer nach unten. Seine halb nackte weinende Frau ließ er auf dem Fußboden liegen.«

»Sie hatten also Mitleid mit Ihrer Mutter?«, schlussfolgerte Alois Schön. Schließlich gehörte es zu seinen Aufgaben, Widersprüche in einem Geständnis aufzuklären.

»Meine Mutter war mir egal«, widersprach Cordula, »es war die geschundene Frau, die mich berührte. Wie sie zutiefst gedemütigt da lag!«

»Warum haben Sie ihr nicht geholfen? Von Frau zu Frau sozusagen?«

»So weit ging meine Solidarität dann doch nicht. Schließlich war ihr Leiden nur eine Lappalie im Vergleich zu den Qualen, die sie allein schon durch den Unfall meinem Bruder zugefügt hatte! Aber als die Sache mit dem Missbrauch feststand und ich erkannte, wie wenig mein Vater dagegen unternommen hatte, überkam mich das Bedürfnis, ein Zeichen zu setzen. Als Warnung für alle Machos und Chauvis dieser Welt. Was mein Vater getan hat, macht man nicht. So behandelt man Frauen nicht. Und Kinder schon gar nicht!«

Im Grunde teilte Alois Schön diese Meinung: Gefühle und Schwäche durften nicht ausgenutzt werden. Von niemandem. Genauso sollte man sich stets mit Respekt begegnen, insbesondere in der Liebe. Der Weg, den Cordula Huber gewählt hatte, die Art der Sanktion war jedoch völlig indiskutabel. Folglich enthielt er sich jedes Kommentars.

»War dieser Streit also Ihrer Ansicht nach der Auslöser für den Missbrauch?«

»Na klar. Hätte sich mein Vater nicht so aufgeführt, hätte sich meine Mutter nicht an Maxi vergriffen.«

»Also wollten Sie ihn ebenfalls bestrafen.«

»Natürlich, das war nur konsequent! Außerdem hätte er seine Frau anzeigen können. Allerdings hätte sich der Saukerl dann um seinen Sohn kümmern müssen!« Die junge Frau redete immer schneller und wurde von Satz zu Satz lauter. »Wodurch er nicht mehr so viel Zeit für seine Flittchen gehabt hätte. Demzufolge war es für ihn einfacher, Maxi aufs Internat zu schicken.«

»Nur leider kam Ihr Bruder dadurch vom Regen in die Traufe.«

»Richtig. Nun wurde Maxi von seinen Mitschülern gemobbt. Als ob er nicht schon genug durchmachen musste!« Mit einem Geräusch, das jedem Elefanten zur Ehre gereichte, schnäuzte Cordula Huber in ein Papiertaschentuch. »Vermutlich war das sogar noch schlimmer. Das kommt dabei heraus, wenn alles schnell-schnell gehen muss. Doch mein Vater meinte wohl, er hätte seine Schuldigkeit getan. Wie es dem kleinen Kerl ging, interessierte ihn nicht. Sonst hätte er bemerkt, dass Maxi in Starnberg zutiefst unglücklich war.«

Alois Schön ergriff die Wasserflasche und schenkte sich ein. Langsam führte er sein Glas an den Mund. Er ließ sich bewusst Zeit, denn es war alles Wichtige gesagt. Die Mörderin war geständig und hatte ihre Beweggründe eingehend erläutert. Weitere Details würde er eher in einer entspannten Atmosphäre bekommen: »Wie haben Sie eigentlich von dem Video erfahren?«

Doch selbst Alois Schöns väterlicher Tonfall konnte die Mörderin nicht beruhigen. Unruhig wechselte sie im Sekundentakt von einer Pobacke auf die andere: »Während meiner Umzugsvorbereitungen habe ich etwas im Arbeitszimmer meines Vaters gesucht. Da habe ich die Kamera mit den Aufnahmen von der Scharf und den anderen Tussis gefunden.«

»Haben Sie Ihren Vater darauf angesprochen?«

»Natürlich«, schniefte Cordula Huber erneut. Mit dem Zipfel ihres Papiertaschentuches wischte sie sich eine Träne aus dem Augenwinkel. »Als er mir erzählt hat, dass er seine Frau des Missbrauchs an Maxi verdächtigt, diese ihn aber abstreitet.« Danach sprach sie lauter: »Da habe ich ihm vorgeschlagen, sich mehr um seine Frau zu kümmern. Doch der Mistkerl hat nur mit den Schultern gezuckt. Also habe ich ihm klar gemacht, dass ich wüsste, dass er eine Freundin hat und dass er die ebenfalls erniedrige. Ich habe ihn angeschrien, warum er sich nicht scheiden lässt oder wenigstens in ein Bordell geht. Da würde er keinem Schmerz und Kummer zufügen. Weder seiner Frau noch seiner Gespielin.«

»Wie hat er reagiert?«

»Er hat mich ausgelacht! Warum er in einen Puff gehen solle, wenn er das Gleiche umsonst haben könnte. Und eine Scheidung komme für ihn überhaupt nicht infrage. ›Des kimmt mi z' deier‹, hat er wortwörtlich gesagt.«

Wenige Minuten später war das Verhör beendet. Cordula Huber wurde in das Frauengefängnis nach Aichach verlegt. Ein Gericht musste nun entscheiden, ob es die junge Frau als Mörderin zu lebenslanger Haft verurteilte oder aufgrund der besonderen Umstände mit einigen Jahren Gefängnis davonkommen ließ.

Martina Scharf wurde vollkommen gesund und fuhr nach einigen Monaten wieder mit dem Fahrrad durchs Dorf. Ob die Geschehnisse ihre Ehe verbessert haben, ist nicht überliefert.

Zum Scheidungsanwalt ging sie jedenfalls nicht.

Maximilian kam in eine Pflegefamilie, die sich rührend um ihn kümmerte. Er wechselte auf ein normales Gymnasium, und seine Schulnoten besserten sich. Er wurde in die Klasse voll integriert, war beliebt und wurde zwei Jahre später zum Klassensprecher gewählt. Für sein ererbtes Vermögen wurde ihm ein amtlicher Vormund zur Seite gestellt. Man entschied sich, den Hof zu verkaufen und das Geld sicher anzulegen. Somit bestand gute Hoffnung, dass Maximilian Huber irgendwann die schlimmen Monate vergessen würde.

DANKE

Liebe Leserinnen, liebe Leser,

mit »Saukerl« halten Sie meinen ersten Krimi in Händen. Ich freue mich sehr, wenn er Ihnen spannende Unterhaltung geboten hat. Die Tatsache, dass es sich hierbei um mein drittes Manuskript handelt, zeigt schon, dass ich viel lernen musste, damit meine Werke in die Buchhandlungen gelangen konnten. Daher möchte ich die Gelegenheit nutzen, um all denen zu danken, die mich auf meinem bisherigen Weg unterstützt haben.

So wäre ich nie auf die Idee gekommen, Schriftsteller zu werden, wären nicht Katharina und Rosi in mein Leben getreten. Und wie jeder angehende Autor habe auch ich zuallererst Freunde und Verwandte um ihre Meinung bezüglich meiner neuen Leidenschaft gebeten. Stellvertretend für alle, die mir in den Anfängen mit Rat und Tat zur Seite standen, möchte ich mich bei meiner Cousine, Dr. Mirjam Schadendorf, bei Maria Kerscher sowie bei meinem Sohn Christian für ihre Unterstützung und ihr Engagement bedanken. Sinnvolle Anregungen und konstruktive Kritik erhielt ich außerdem auf den monatlichen Treffen meiner Autorengruppe KaLiber München.

Ein besonderer Dank gebührt Inge Wenhart, die mein Bayerisch in »Saukerl« korrigiert hat. Denn nicht zuletzt hat der Charme des Dialekts den Verlag überzeugt. Ebenso darf nicht unerwähnt bleiben, dass mir die Pressestelle der Polizei München zahlreiche Fragen beantwortet und somit bei der realistischen Darstellung der Polizeiarbeit sehr geholfen hat.

Großen Anteil an meinem Erfolg haben Stefanie Kruschandl und Lars Schultze-Kossack. Sie haben an mich und meine Ideen geglaubt und mir den handwerklichen Feinschliff verpasst. Darüber hinaus haben sie mit dem Gmeiner-Verlag eine sehr gute Adresse sowie mit Claudia Senghaas eine hervorragende Lektorin für mich gefunden. Vielen Dank für die vielen Ideen und professionellen Tipps an alle.

Doch sämtliche Mühen, Tipps und Ratschläge sind nur von Erfolg gekrönt, weil Sie, liebe Leser und Leserinnen, »Saukerl« gekauft haben. Daher möchte ich mich auch bei Ihnen ganz herzlich bedanken. Noch mehr freue ich mich, wenn Sie meinen Krimi weiterempfehlen und Freunde und Verwandte auf ihn aufmerksam machen.

Alles Gute wünscht Ihnen
Ulrich Radermacher

Weitere Krimis finden Sie auf den folgenden Seiten und im Internet:

WWW.GMEINER-SPANNUNG.DE

Das Neueste aus der Gmeiner-Bibliothek

Unser Lesermagazin

Bestellen Sie das kostenlose Krimi-Journal in Ihrer Buchhandlung oder unter www.gmeiner-verlag.de

Informieren Sie sich ...

www ... auf unserer Homepage:
www.gmeiner-verlag.de

@ ... über unseren Newsletter:
Melden Sie sich für unseren Newsletter an unter www.gmeiner-verlag.de/newsletter

f ... werden Sie Fan auf Facebook:
www.facebook.com/gmeiner.verlag

Mitmachen und gewinnen!

Schicken Sie uns Ihre Meinung zu unseren Büchern per Mail an gewinnspiel@gmeiner-verlag.de und nehmen Sie automatisch an unserem Jahresgewinnspiel mit »mörderisch guten« Preisen teil!